I0588413

ନାଦନ ପ୍ରେମମ୍

ନାଦନ ପ୍ରେମମ୍

ମୂଳ ମାଲାଲୟମ:

ଏସ୍.କେ.ପୋଟ୍ଟେକ୍କାଟ

ଭାରତୀୟ ଜ୍ଞାନପୀଠ ବିଜେତା

ହିନ୍ଦୀ ଅନୁବାଦ:

ଡ.ଆରସୁ

ହିନ୍ଦୀ ବିଭାଗ, କାଲିକଟ ବିଶ୍ୱବିଦ୍ୟାଳୟ

ଓଡ଼ିଆ ଅନୁବାଦ:

କନକ ମଞ୍ଜଜରୀ ସାହୁ

ବ୍ଲାକ୍ ଈଗଲ୍ ବୁକ୍ସ

ଭୁବନେଶ୍ୱର, ଓଡ଼ିଶା

BLACK EAGLE BOOKS

Dublin, USA

ନାଦନ ପ୍ରେମମ୍ / ମୂଳ ମାଲାଲୟମ-ଏସ୍.କେ.ପୋଟ୍ଟେକ୍କାଟ

ହିନ୍ଦୀ ଅନୁବାଦ- ଡ. ଆରସୁ

ଅନୁବାଦ-କନକ ମଞ୍ଜରୀ ସାହୁ

ବ୍ଲାକ୍ ଈଗଲ୍ ବୁକ୍ସ : ଭୁବନେଶ୍ୱର, ଓଡ଼ିଶା • ଡବ୍‌ଲିନ୍, ଯୁକ୍ତରାଷ୍ଟ୍ର ଆମେରିକା

BLACK EAGLE BOOKS

USA address:
7464 Wisdom Lane
Dublin, OH 43016

India address:
E/312, Trident Galaxy, Kalinga Nagar,
Bhubaneswar-751003, Odisha, India

E-mail: info@blackeaglebooks.org
Website: www.blackeaglebooks.org

First International Edition Published by
BLACK EAGLE BOOKS, 2025

NADAN PREMAM
Malayalam: S.K. pottekatta
Hindi Translation: Dr. Arsu
Translated by **Kanak Manjari Sahoo**

Translation Copyright © **Kanak Manjari Sahoo**

All rights reserved. No part of this publication may be reproduced, stored in a retrieval system, or transmitted, in any form or by any means, electronic, mechanical, photocopying, recording or otherwise without the prior permission of the publisher.

Cover & Interior Design: Ezy's Publication

ISBN- 978-1-64560-715-1 (Paperback)

Printed in the United States of America

ଉତ୍ସର୍ଗ

ପ୍ରସିଦ୍ଧ ଇଂରାଜୀ ଔପନ୍ୟାସିକ ଏବଂ ମୋ ସ୍ୱାମୀ
ପ୍ରଫେସର ଧରଣୀଧର ସାହୁଙ୍କ କରକମଳରେ

ତୁମର **କୁନି**

ଭୂମିକା

'ନାଦନ ପ୍ରେମମ୍' ଲଘୁ ଉପନ୍ୟାସକୁ ମୁଁ ୧୯୪୦ ମସିହାରେ ଲେଖିଥିଲି। ସିନେମାକୁ ଧ୍ୟାନରେ ରଖି ମୁଁ ଉପନ୍ୟାସ ରଚନା କରେନାହିଁ। କିନ୍ତୁ ମୋର ଏହି ପ୍ରଥମ ଉପନ୍ୟାସ ଏହାର ବ୍ୟତିକ୍ରମ। ୧୯୩୯-୪୦ର ପାଖାପାଖି ବମ୍ବାଇରେ ଏକ ଲକ୍ଷ ଟଙ୍କା ବ୍ୟୟରେ ଗୋଟିଏ ସିନେମା ନିର୍ମାଣ ସମ୍ଭବ ଥିଲା। ମୁଁ ଏହି ଉପନ୍ୟାସ ଏହି ଉଦ୍ଦେଶ୍ୟରେ ରଚନା କରିଥିଲି ଯେ ଯାକୁ ଚଳଚିତ୍ର ଭାବେ ରୂପାୟନ କରିବାକୁ ହେଲେ ବମ୍ବାଇର କେତେ ଜଣ ସ୍ୱଚ୍ଛଳ ବନ୍ଧୁଙ୍କ ଠାରୁ ଆର୍ଥିକ ସହାୟତା ମିଳିବ। କିନ୍ତୁ ମୋର ସେଇ ଆଶା ପୂରଣ ହେଲାନାହିଁ, ନା ପ୍ରୋତ୍ସାହନ କୋଉଠୁ ପ୍ରାପ୍ତ ହେଲା। ଯଦିଓ ଏହି ପ୍ରୟାସ ଫଳପ୍ରଦ ହେଲାନି, ତଥାପି ଉପନ୍ୟାସ ଭାବେ ଏହି କୃତି ବହୁତ ଲୋକପ୍ରିୟ ହେଲା। ଏହାର କେତେଗୁଡ଼ିଏ ସଂସ୍କରଣ ମଧ୍ୟ ପ୍ରକାଶ ପାଇଲା।

ଉପନ୍ୟାସ କ୍ଷେତ୍ରରେ ଏହା ମୋର ପ୍ରଥମ ପ୍ରୟାସ ଥିଲା। ଗ୍ରାମୀଣ ଜୀବନର ବିଷୟବସ୍ତୁ, ରୋମାଣ୍ଟିକ୍ କଳ୍ପନା ଏବଂ ସାମାଜିକ ଚଳନିର ଆକଳନ ଏହି ଉପନ୍ୟାସରେ ପ୍ରତିଫଳିତ ହୋଇଛି। ଉପନ୍ୟାସ ରଚନା କୌଶଳର ରାସ୍ତାରେ ଅନଭିଜ୍ଞ ହୋଇ ମୁଁ ଏହା ପ୍ରୟାସ କରିଥିଲି, କିନ୍ତୁ ଜଣାନାହିଁ କାହିଁକି ଏହି ଉପନ୍ୟାସଟି ଏତେ ଲୋକପ୍ରିୟ ହୋଇଗଲା।

ଲୋକଭାରତୀ ପ୍ରକାଶନ (ଏଲ୍ଲାବାଦ) ଯେବେ ମୋତେ କହିଲେ ମୋର ଗୋଟିଏ ଉପନ୍ୟାସର ହିନ୍ଦୀ ଅନୁବାଦ ପ୍ରକାଶ କରିବେ ମୁଁ 'ନାଦନ ପ୍ରେମମ୍'କୁ ହିଁ ବାଛିଲି। ନିଜର ପ୍ରଥମ ସନ୍ତାନକୁ ଅଧିକ ଭଲପାଇବା ସ୍ୱାଭାବିକ କଥା। ଏହି ଉପନ୍ୟାସର ହିନ୍ଦୀ ଅନୁବାଦ ଅତ୍ୟନ୍ତ ଅଳ୍ପ ସମୟ ମଧ୍ୟରେ ଡ.ଆର.ସୁରେନ୍ଦ୍ରନ (ଆରସୁ) କରିଛନ୍ତି। ତାଙ୍କୁ ମୁଁ କୃତଜ୍ଞତା ଜଣାଉଛି।

ଏସ୍. କେ. ପୋଟ୍ଟେକ୍କାଟ
'ଚନ୍ଦ୍ରକାନ୍ତମ୍', କାଲିକଟ-୪
କେରଳ

ହିନ୍ଦୀ ଅନୁବାଦକଙ୍କ ଅଭିମତ

ଶ୍ରୀ ଏସ୍.କେ.ପୋଟ୍ଟେକ୍କାଟ୍ଟ (୧୯୧୩-୧୯୮୨) ଅଖିଳ ଭାରତୀୟ ଖ୍ୟାତିସମ୍ପନ୍ନ ମଲାୟାଲମର ବରିଷ୍ଠ ଗାଳ୍ପିକ ଏବଂ ଔପନ୍ୟାସିକ। ବିଭିନ୍ନ ସାହିତ୍ୟିକ ବିଭାଗରେ ତାଙ୍କର ପ୍ରାୟ ୫୦ ଖଣ୍ଡ ପୁସ୍ତକ ପ୍ରକାଶିତ ହୋଇଛି। ସମସ୍ତ ପ୍ରମୁଖ ଭାରତୀୟ ବିଶ୍ୱବିଦ୍ୟାଳୟରେ ତାଙ୍କର କାହାଣୀମାନ ଅନୁଦିତ ହୋଇଛି। ବିଶ୍ୱର କୋଣ ଅନୁକୋଣକୁ ସେ ଭ୍ରମଣ କରିଛନ୍ତି। ସେ ମାନବିକତାର କଳା ଏବଂ ଧଳା ଦିଗର ଜଣେ ଦକ୍ଷ ଚିତ୍ରକର।

ଶ୍ରୀ ପୋଟ୍ଟେକ୍କାଟ୍ଟଙ୍କ କିଛି କାହାଣୀ ସଂକଳନ ହିନ୍ଦୀରେ ପ୍ରକାଶିତ ହୋଇଛି। ହିନ୍ଦୀ ଭାଷାଭାଷୀଙ୍କୁ ତାଙ୍କର କିଛି ଉପନ୍ୟାସର ରସାସ୍ୱାଦନ କରିବାକୁ ବି ସୌଭାଗ୍ୟ ମିଳିଲା। ରାଷ୍ଟ୍ରୀୟ ପୁସ୍ତକ ନ୍ୟାସର ଆଦାନ ପ୍ରଦାନ ଯୋଜନାର ଅନ୍ତର୍ଗତ 'ବିଷକନ୍ୟକା' (ବିଷକନ୍ୟା)ର ହିନ୍ଦୀ ରୂପାନ୍ତର କରାଯାଇଛି। କେନ୍ଦ୍ରୀୟ ସାହିତ୍ୟ ଏମାଡ଼େମୀ ଏବଂ ଭାରତୀୟ ଜ୍ଞାନପୀଠ ଦ୍ୱାରା ପୁରସ୍କୃତ 'ଓରୁ ଦେଶାତ୍ତିଣ୍ଟେ କଥା'(କଥା ଏକ ପ୍ରାନ୍ତରର) ର ହିନ୍ଦୀ ଅନୁବାଦ ବି ଉପଲବ୍ଧ।

ଉପନ୍ୟାସ ଲିଖନର ତାଙ୍କର ଆଉ ଏକ ଲୋକପ୍ରିୟ କୃତି 'ନାଦନ ପ୍ରେମମ୍'। ଏହି ଉପନ୍ୟାସ ଏକ ସରଳ ଗ୍ରାମୀଣ କନ୍ୟାର ସମର୍ପିତ ପ୍ରେମ, ତା'ର ଦୁଃଖ ଏବଂ ହାହାକାରର କରୁଣ କାହାଣୀ। ଗ୍ରାମୀଣ ପ୍ରେମ ପ୍ରତାରଣା ଏବଂ ପ୍ରତାରଣାର ମନ୍ଦ ଉଦ୍ଦେଶ୍ୟ ଦ୍ୱାରା ପ୍ରଦୂଷିତ ହୁଏନାହିଁ। ସମୀକ୍ଷକ ପ୍ରବର ପ୍ରଫେସର କେ. ଏମ୍. ତରକନଙ୍କ କହିବା ଅନୁସାରେ ଏହି ଉପନ୍ୟାସ ପରିବର୍ତ୍ତିତ ଯୁଗର 'ଶକୁନ୍ତଳା' ଅଟେ।

ଶ୍ରୀ ପୋଟ୍ଟେକ୍କାଟ୍ଟ ଏହି ଉପନ୍ୟାସର ହିନ୍ଦୀ ଅନୁବାଦ କରିବାର ସୌଭାଗ୍ୟ ମୋତେ ପ୍ରଦାନ କଲେ। ସୁଧୀ ପାଠକ ହିଁ ଅନୁବାଦର ସଫଳତା ବା ବିଫଳତାକୁ ପରଖିବେ। ଉପନ୍ୟାସର ଆତ୍ମାକୁ ଅକ୍ଷୁର୍ଣ୍ଣ ରଖିବାକୁ ମୁଁ ବିନମ୍ର ଚେଷ୍ଟା କରିଛି। ଡ.ଏକବାଲ ଅହମ୍ମଦ (କାଲିକଟ ବିଶ୍ୱବିଦ୍ୟାଳୟ) ତଥା ଅମର ଔପନ୍ୟାସିକ ରବିନ୍ଦ୍ର କାଲିୟା ପାଣ୍ଡୁଲିପି ପଢ଼ି କିଛି ମୂଲ୍ୟବାନ ଉପଦେଶ ଦେଲେ। 'ଲୋକଭାରତୀ' ଏହାର ପ୍ରକାଶନର ଦାୟିତ୍ୱ ନେଲେ। ଅନୁବାଦକ ହିସାବରେ ମୁଁ ଏମାନଙ୍କ ପ୍ରତି କୃତଜ୍ଞତା ଜ୍ଞାପନ କରୁଛି।

ଡ. ଆରସୁ

ହିନ୍ଦୀ ବିଭାଗ, କାଲିକଟ ବିଶ୍ୱବିଦ୍ୟାଳୟ

ଓଡ଼ିଆ ଅନୁବାଦିକାଙ୍କ ଅଭିମତ

ଦୀର୍ଘ ପଇଁତିରିଶ ବର୍ଷରୁ ଉର୍ଦ୍ଧ୍ୱ ହେଲା ମୁଁ ଅନୁବାଦ କ୍ଷେତ୍ରରେ ପାଦ ଦେଇଛି । ଏହି ପରିପ୍ରେକ୍ଷୀରେ ମୁଁ ଭାରତର ଅଧିକାଂଶ ଭାଷାରୁ ଓଡ଼ିଆକୁ ଅନୁବାଦ କରିଛି । ବିଶେଷ ଭାବେ ହିନ୍ଦୀ ଏବଂ ବଙ୍ଗଳା ଭାଷା ମାଧ୍ୟମରେ ଅନେକ ଭାଷାର ସାହିତ୍ୟ ସହିତ ପରିଚିତ ହୋଇଛି । ସେଇସବୁ ଭାଷାରୁ ଅନୁବାଦ କରି ଆମ ଓଡ଼ିଆ ପାଠକମାନଙ୍କ ପାଖରେ ପହଞ୍ଚାଇଛି ଏବଂ ଆତ୍ମସନ୍ତୋଷ ଲାଭ କରିଛି ।

ଭାରତ ଏକ ଭାଷା ବୈଚିତ୍ର୍ୟର ଦେଶ । ଭାଷା ଭିନ୍ନ ଭିନ୍ନ ହେଲେ ବି ସାହିତ୍ୟରେ କଥନ, ଜୀବନର ଘଟଣା ଏକାଭଳି ହୋଇଥାଏ । ଅନୁବାଦକ ଅନ୍ୟ ଭାଷାର ସାହିତ୍ୟ ଏବଂ ତାଙ୍କ ସମାଜ ପାଇଁ ଦ୍ୱାର ଖୋଲିଦେଇଥାଏ । ଗୋଟିଏ ଭାଷାଭାଷୀର ସାହିତ୍ୟ ଏବଂ ସଂସ୍କୃତି ସହିତ ଅନ୍ୟ ଏକ ଭାଷାଭାଷୀର ସାହିତ୍ୟ ଏବଂ ସଂସ୍କୃତିକୁ ଅନୁବାଦ ଯୋଡ଼ିଥାଏ । ଏହା ଏକ ସେତୁ ସଦୃଶ । ଗୋଟିଏ ସାହିତ୍ୟ ସମ୍ପୂର୍ଣ୍ଣ ବିଶ୍ୱର, ତାକୁ ସୀମାବଦ୍ଧ କରିବା ଉଚିତ୍ ନୁହେଁ । ବିଶ୍ୱ ଦରବାରରେ ପହଞ୍ଚାଇବାକୁ ହେଲେ ଅନୁବାଦ କରିବା ଜରୁରୀ ହୋଇଥାଏ ।

ମୁଁ ଦାକ୍ଷିଣାତ୍ୟର ଭାଷା ତେଲଗୁ, ତାମିଲ, କନ୍ନଡ, ମାଲାୟାଲମରୁ ଅନେକ ଗଳ୍ପ ଅନୁବାଦ କରିଥିଲେ ମଧ୍ୟ ଉପନ୍ୟାସ କେବେ ଅନୁବାଦ କରିନଥିଲି । ମୋର କିନ୍ତୁ ବହୁତ ଇଚ୍ଛା ଥିଲା ସେଇ ଭାଷାମାନଙ୍କରୁ କିଛି ଉପନ୍ୟାସ ଅନୁବାଦ କରିବାକୁ । ଏହି ସମୟରେ ମାଲାଲୟମ ଲେଖକ ଏସ୍.କେ. ପୋଟ୍ଟେକ୍କାଟ୍ଟଙ୍କର ଏହି ପ୍ରସିଦ୍ଧ ଉପନ୍ୟାସ 'ନାଦନ ପ୍ରେମମ୍' ମୋର ହସ୍ତଗତ ହେଲା । ୧୯୮୦ ମସିହାରେ 'କଥା ଏକ ପ୍ରାନ୍ତର କୀ' ଉପନ୍ୟାସ ପାଇଁ ସେ ଜ୍ଞାନପୀଠ ପୁରସ୍କାର ଲାଭ କରିଥିଲେ । 'ନାଦନ ପ୍ରେମମ୍' ଏକ ଗ୍ରାମୀଣ ଝିଅର ସରଳ ପ୍ରେମ ବିଷୟରେ ଆଧାରିତ । ଏହା ତାଙ୍କର ପ୍ରଥମ ଏବଂ ଲଘୁ ଉପନ୍ୟାସ ହୋଇଥିଲେ ବି ପାଠକ ମହଲରେ ବହୁତ ଲୋକପ୍ରିୟ ହୋଇଥିଲା । ଏହାର ଅନେକ ଗୁଡ଼ିଏ ସଂସ୍କରଣ ପ୍ରକାଶ ପାଇଛି । ଉପନ୍ୟାସଟିର କଳେବର ଛୋଟ ହେଲେ ମଧ୍ୟ ଆମ ଓଡ଼ିଆ ପାଠକ ମହଲରେ ବେଶ୍ ଆଦୃତ ହେବ ବୋଲି ଆଶା ।

ଉପନ୍ୟାସଟିକୁ ପୁସ୍ତକ ଆକାରରେ ପ୍ରକାଶ କରିଥିବାରୁ ବ୍ଲାକ ଇଗଲର ପବ୍ଲିସର ଶ୍ରୀଯୁକ୍ତ ସତ୍ୟ ପଟ୍ଟନାୟକଙ୍କ ନିକଟରେ ମୁଁ କୃତଜ୍ଞ । ପ୍ରକାଶନର ସମସ୍ତ ଭାର ସୂଚାରୁରୂପେ ତୁଲାଇଥିବାରୁ ଶ୍ରୀଯୁକ୍ତ ଅଶୋକ ପରିଡ଼ାଙ୍କୁ ମୁଁ ଆନ୍ତରିକ ଧନ୍ୟବାଦ ଜଣାଉଛି ।

(୧)

କୋଷିକ୍କୋଡ଼ର ଷ୍ଟାର କ୍ଲବରେ ରାତି ଦଶଟାରେ ଏକ ରାଜକୀୟ ଭୋଜନର ଆୟୋଜନ ହେଉଥାଏ। ଗୋଟିଏ ବଡ଼ ଟେବୁଲ ଉପରେ ବିଦେଶୀ ମଦର ବୋତଲ, ମାଛ ଏବଂ ମାଂସ ବ୍ୟଞ୍ଜନର ଥାଳି ସବୁ ସଜାଯାଇଛି। ଛୁରୀ, କଣ୍ଟା ଚାମଚ ଇତ୍ୟାଦି ଜିନିଷ ରଖାଯାଇଛି। ପାଖରେ ଦୁଇ ଡର୍ଜନ ଯୁବକ ମଦ ନିଶାରେ ଚୁର ହୋଇ ନାଚୁଥିଲେ। ମିଷ୍ଟର ରବିନ୍ଦ୍ରନ୍ ଏକ ରାଜକୀୟ ଭୋଜନ ଦେଉଛନ୍ତି । ସେଠାରେ ଉପସ୍ଥିତ ବ୍ୟକ୍ତିମାନେ ଭୋଜନର ପ୍ରସଂସା କରୁଥିଲେ। ତାଳିର ଶବ୍ଦ ଭିତରେ ମିଷ୍ଟର ରବିନ୍ଦ୍ରନ୍ ଧନ୍ୟବାଦ ଦେବାପାଇଁ ଛିଡ଼ାହେଲେ।

ମଦ ନିଶାରେ ସେଇ ଦୀର୍ଘକାୟ, ହସ ହସ ମୁହଁ ଏବଂ ସୁନ୍ଦର ଯୁବକ କହିଲେ, 'ପ୍ରିୟ ବନ୍ଧୁମାନେ! ଏହି ଛୋଟ ଭୋଜନରେ ଆପଣମାନେ ଖୁସି ଏବଂ ସନ୍ତୁଷ୍ଟ ହେଲେ ଏହା ଜାଣି ମୁଁ ବହୁତ ଆନନ୍ଦିତ ହେଲି କିନ୍ତୁ କାଲି ସକାଳୁ ଆପଣମାନଙ୍କୁ ଏକ ନୂଆ ଆଶ୍ଚର୍ଯ୍ୟଜନକ ଖବର ଶୁଣାଇବି। ଯଦି ଆପଣମାନେ ସେଇ ବିଷୟରେ ଅନୁମାନ କରିପାରୁ ନାହାନ୍ତି ତା'ହେଲେ କାଲି ସକାଳ ପର୍ଯ୍ୟନ୍ତ କୃପା କରି ଅପେକ୍ଷା କରନ୍ତୁ।'

ମଦ ନିଶାରେ ଚୁର ହୋଇଥିବା ସେଇ ଯୁବକମାନେ ପରସ୍ପର ମଧ୍ୟରେ ଫୁସଫାସ ହେଲେ, 'ଏହି ନୂଆ ଖବର କ'ଣ ହୋଇଥିବ?' ତା'ହେଲେ କ'ଣ ସେ କ୍ଲବକୁ କିଛି ବଡ଼ ଦାନ କରିବେ?'

"ନାଇଁ, ତା'ହେଲେ କ'ଣ ରବିନ୍ଦ୍ରନଙ୍କର ବିବାହ ହେବ?" ଏମିତି ଅନେକ ଲୋକ ତାଙ୍କ କଥାକୁ ବ୍ୟାଖ୍ୟା କରି ଅନୁମାନ କରିବାକୁ ଲାଗିଲେ।

ପରଦିନ ସକାଳୁ ଷ୍ଟାର କ୍ଲବର ଟେବୁଲ ଉପରେ ଏକ ଚିଠି ପଡ଼ିଥିବାର ଦେଖାଗଲା। କ୍ଲବ ସଦସ୍ୟମାନଙ୍କ ନାମରେ ସେଇ ଚିଠି ଥିଲା। ସଦସ୍ୟମାନେ ଉତ୍ସୁକତାର ସହ ସେଇ ଚିଠିଟିକୁ ପଢିବାକୁ ଆରମ୍ଭକଲେ।

"ବନ୍ଧୁମାନେ, ଖବର ଏହା ଯେ ଦୁଇ ମାସ ପାଇଁ ମୁଁ ଅଜ୍ଞାତବାସରେ ଯାଉଛି। ଯେତେବେଳେ ଆପଣମାନଙ୍କୁ ଏହି ଚିଠି ମିଳିବ ମୁଁ କୋଷିକ୍କୋଡ଼ ସହରରୁ ଚାଲିଯାଇଥିବି। ମୋର ଗୁପ୍ତ ନିବାସ ସ୍ଥାନ ଆପଣମାନେ ଯଦି କିଏ ଖୋଜି ବାହାର କରିଦେବେ ତା'ହେଲେ ତାଙ୍କୁ ମୋର ନୂଆ ମରସିଡ଼ିଜ କାର ପୁରସ୍କାରରେ ମିଳିବ। ଗୁଡ଼ବାଏ।"

ରବିନ୍ଦ୍ରନ୍

ସେଇ ଚିଠି ପଢି କ୍ଲବର ସଦସ୍ୟମାନେ ଆଶ୍ଚର୍ଯ୍ୟଚକିତ ହୋଇଗଲେ। ଲୋକେ ଅନୁମାନ ଲଗାଉଥିଲେ ଯେ ସାଙ୍ଗମାନଙ୍କ ସହିତ ପ୍ରତିଦିନ ମଦ ପିଇ ଚକ୍କର କାଟୁଥିବା ସେଇ ଲକ୍ଷପତିଙ୍କର ଅଜ୍ଞାତବାସ ସୁଖପ୍ରଦ ହେବ ନା ନାହିଁ? ତା' ସହିତ ପ୍ରତ୍ୟେକ ବ୍ୟକ୍ତି ନିଜ ମନଭିତରେ ଦୃଢ ନିଶ୍ଚିତ କରୁଥିଲେ ମରସିଡିଜ କାର କୌଣସିପ୍ରକାରେ ପ୍ରାପ୍ତ କରିବାରେ ଅଛି।

(୨)

ଦ୍ୱିପହର ଢଳିଗଲା । କୋଝିକ୍କୋଡ ସହରର ପୂର୍ବ ପଟରେ ଗୋଟିଏ ଗାଁ ଅଛି, ସେଠାକାର ଏକ କାଦୁଆ ସଙ୍କୀର୍ଣ୍ଣ ବୁଲାଣି ଆବୁଡ଼ା ଖାବୁଡ଼ା ରାସ୍ତା ଦେଇ ଏକ ଟ୍ୟାକ୍ସି ଧୀରେ ଧୀରେ ଆଗକୁ ବଢୁଥିଲା । ରାସ୍ତାର ଦୁଇ ପାର୍ଶ୍ୱରେ ବିଶାଳ କ୍ଷେତ । କଟାଯିବା ପରେ ଖାଲି ପଡ଼ିଥିବା ସେଇ କ୍ଷେତର ହିଡ଼ମାନଙ୍କରେ ଚାରିଆଡ଼େ ସବୁଜ ଘାସ ସବୁ ଉଠିଛି । ଗାଈମାନେ ଲାଙ୍ଗୁଳ ହଲାଇ ଚରୁଥିଲେ । ଏପଟେ ସେପଟେ ଝୁମ୍ପୁଡ଼ି ଘରେ ଦୋକାନମାନ ଅଛି । ସେଠାରୁ ଚାଉଳ ଇତ୍ୟାଦି ସଉଦାପତ୍ର କିଣି ଫେରୁଥିବା ଚିରା ଫଟା ଲୁଗା ପିନ୍ଧି ଗରିବ ଗ୍ରାମୀଣ ମହିଳାମାନେ ରାସ୍ତାରୁ ହଟି ଛିଡ଼ା ହୋଇଗଲେ । ମଦୁଆମାନଙ୍କ ଭଳି ଝୁମି ଝୁମି ବଳଦ ଗାଡ଼ିମାନ ବି ସେଇ କାରକୁ ରାସ୍ତା ଦେଲେ ।

ନଡ଼ିଆ ଗଛରେ ଭରପୂର ବନ୍ଧ, ଭୂମିରୁ ଉପର ତକ ବିନ୍ଧି ଲଗାଇଲା ଭଳି ଟାଙ୍ଗରା ପାହାଡ଼, କ୍ଷେତ ମଝିରେ ଠିକ୍ ମାପ ଚୁପ ରହିନଥିବା କିଛି ଜମି...ସେପଟେ କିଛି ଝୁମ୍ପୁଡ଼ି, ଜୀର୍ଣ୍ଣ ଶୀର୍ଣ୍ଣ ମନ୍ଦିର, ଓସ୍ତ ଗଛ ମୂଳେ ଦରଭଙ୍ଗା ଚଉତରା, ମନ୍ଦିର ପାଖରେ ପୋଖରୀ, ଆମ୍ବ ବଗିଚା, ସବୁଜ ଘାସର ପଡ଼ିଆ, ପରିବା, ଶାଗ କିଆରୀ..ଏମିତି ପ୍ରକାର ଅନେକ ଦୃଶ୍ୟକୁ ପାରହୋଇ ସେଇ କାର ଇରୁବଂଷନ୍ନିପ୍ପୁଝା ଏବଂ ଚେରୁପୁଝାର ସଙ୍ଗମ ସ୍ଥଳ ମୁକ୍କମ ଘାଟ ପାଖରେ ଯାଇ ଅଟକିଲା ।

ଜଣେ ମଧ୍ୟବୟସ୍କ ଗ୍ରାମୀଣ ପାଖକୁ ଆସି କାରରେ ବସିଥିବା ବ୍ୟକ୍ତିଙ୍କୁ ସ୍ୱାଗତ କଲା ।

ସେଇ ବ୍ୟକ୍ତି ପଚାରିଲେ, 'ସବୁ କିଛି ଠିକ୍ ରଖିଛ ତ ?'

"ରହିବାକୁ ଯାଗାର ବ୍ୟବସ୍ଥା ହେଇଯାଇଛି, ଚାକର ବି ଅଛି।" ଗ୍ରାମୀଣ ଉତ୍ତର ଦେଲା।

"ଠିକ୍ ଅଛି, ଆବଶ୍ୟକ ଜିନିଷପତ୍ର କାରରେ ନେଇଆସିଛି।"

"ସବୁ ଜିନିଷ ଏବେ ସେଠାକୁ ନେଇଯିବି।"

ସେଇ ଗ୍ରାମୀଣ ଜୋରରେ ଡ଼ାକିଲା, କୁଁଣନ୍, କୁ..ଅ..ଅ..ସାଙ୍ଗେ ସାଙ୍ଗେ ଜଣେ ମୋଟା ଲୋକ ସେଠାକୁ ଦୌଡ଼ିକି ଆସିଲା।

"ଏହି ସବୁ ଜିନିଷ ନେଇ ମୋ ଗୋଦାମ ଘରେ ରଖିଦେବୁ।"

ତା'ପରେ ରବିନ୍ଦ୍ରନ ଆଡ଼କୁ ବୁଲି କହିଲା, 'ଏସବୁ ଜିନିଷ କୁଁଣନ ନେଇଆସିବ ଆମେ ସେପଟେ ଯିବା।'

"ଆଚ୍ଛା।"

ରବିନ୍ଦ୍ରନ ଭଡ଼ା ଦେଇ ଟ୍ୟାକ୍ସି ବାଲାକୁ ବିଦାକଲେ।

ରବିନ୍ଦ୍ରନ୍ ଏବଂ ଗ୍ରାମୀଣ ସେଇ ନଦୀ ପାଖ ଦେଇ ଚାଲିବାକୁ ଲାଗିଲେ। ରାସ୍ତାରେ ଲୁଗାପଟା ଧୋଉଥିବା ଏବଂ ଗାଧୋଉଥିବା ମହିଳାମାନଙ୍କୁ ଦେଖିଲେ। ପିଲାମାନେ ନଦୀ କୂଳରେ ବାଲିର ସ୍ତୁପ କରୁଥିଲେ ଏବଂ ଗାତ ଖୋଳି ବନ୍ଧ ବାନ୍ଧି ଖେଳୁଥିଲେ। କିଛି ଗ୍ରାମୀଣ ବଳଦମାନଙ୍କୁ ଗାଧୋଇ ଦେଉଥିଲେ।

ସେମାନେ ନଦୀ କୂଳ ଛାଡ଼ି ଏକ ସଙ୍କୀର୍ଣ୍ଣ ଗଳିକୁ ଆସିଲେ। ତା'ପରେ ଏକ ଛୋଟ କ୍ଷେତରେ ପହଞ୍ଚିଲେ। ସେଠାରୁ ଏକ ବାଉଁଶ ସିଡ଼ିରେ ଚଢ଼ିକି ଆସିଲେ।

ସେଠାରେ ଏକ ଛୋଟ ଶସ୍ୟାଗାର ପଡ଼ିଲା। ତା' ଉପରେ ନୂଆ ଘାସ ବିଛାଯାଇଥିଲା। ତା'ଚାରିପଟ ବାଡ଼ ପୋତାଯାଇଛି, ଗୋବରରେ ଅଗଣା ସୁନ୍ଦର ଭାବେ ଲିପାଯାଇଛି। ଏମିତି ଭାବେ ତାହା ଏକ ମନୋହର ଦୃଶ୍ୟ ଥିଲା।

ରବିନ୍ଦ୍ରନ୍‌ଙ୍କୁ ଶସ୍ୟାଗାର ଏବଂ ତା' ଆଖପାଖର ଜମି ଯାହା ଅନେକ କଦଳୀ, ଆମ୍ବ ଏବଂ ପଣସ ଗଛରେ ଭରା ବଗିଚା ଭଲ ଲାଗିଲା। ବେଢ଼ାରେ ଆକାଶକୁ ଛୁଉଁଥିବା ବାଉଁଶ ବୁଦା, ସାମନାରେ ବହୁତ ଦୂର ପର୍ଯ୍ୟନ୍ତ ବିସ୍ତୃତ କ୍ଷେତ ଏବଂ ଉତ୍ତର ଦିଗରେ ଛୋଟ ଛୋଟ ପାହାଡ଼ ଅଛି, ଆଉ ଏକ ନଦୀ ମଧ୍ୟ ବହିଯାଇଛି।

ରବିନ୍ଦ୍ରନ ଏବଂ ଗ୍ରାମୀଣ ଶସ୍ୟାଗାରରେ ତିଆରି ହୋଇଥିବା ଘର ଭିତରକୁ ପଶିଲେ। ସେଠାରେ ଦୁଇଟା ବଡ଼ କୋଠରି। ଏହା ବ୍ୟତିତ ଆଉ ଏକ ନୂଆ ରୋଷେଇଘର ବି ହେଇଛି।

ରବିନ୍ଦ୍ରନ ବିଛଣା, ଆରାମ ଚେୟାର ଏବଂ ପେଟିକୁ ରଖିବାର ସ୍ଥାନ ଆଡ଼କୁ ଇସାରା କଲେ ଏବଂ ସେ ଅଗଣାର ଆମ୍ବ ଗଛ ତଳେ ଗୋଟିଏ ଖଟିଆରେ ଲୋଟିଯାଇ ଆରାମ କରିବାକୁ ଲାଗିଲେ।

ଖାଲି ପଡ଼ିଥିବା କ୍ଷେତ ଆଡୁ ଥଣ୍ଡା ଥଣ୍ଡା ପବନ ବହିବାକୁ ଲାଗିଲା। ସେଇ ମୃଦ୍ଧ୍ୟ ସମୀର ରବିନ୍ଦ୍ରନଙ୍କର ମୁଣ୍ଡରୁ ଗୋଡ଼ ଯାଏ ସ୍ପର୍ଶ କଲା। ଗ୍ରାମ୍ୟ ପରିବେଶର ସେଇ ପ୍ରଥମ ସ୍ୱାଗତ ରବିନ୍ଦ୍ରନଙ୍କୁ ସତେଜ କରିଦେଲା। ତାଙ୍କୁ ଲାଗିଲା ସହରର ନିରନ୍ତର ଗହଳି ଚହଳି ସହିତ ପରିଚିତ ସେଇ କାନ ଏଠାକାର ଅପୂର୍ବ ଶାନ୍ତିରେ ବୁଡି ଯାଉଛି।

ରବିନ୍ଦ୍ରନ କୋଷିକ୍କୋଡର ଜଣେ ଲକ୍ଷପତି। ତାଙ୍କର କାଠ କାଟିବାର କମ୍ପାନୀ ଅଛି ତଥା ବୟନଶିଳ୍ପ ଚଳାନ୍ତି ଏବଂ ବଡ଼ ମାପ କରିବାର ବସ୍ତୁରେ ମାପି କାଠ ବେପାରୀମାନେ ନିଅନ୍ତି। ତାଙ୍କର ପ୍ରାସାଦ ଭଳି ଘର, ଦୁଇଟା କାର, ବ୍ୟାଙ୍କ ବାଲାନ୍ସ ତଥା ଧନୀ ବ୍ୟକ୍ତିମାନଙ୍କ ସହିତ ସମ୍ପର୍କ। ଏହା ବ୍ୟତିତ ସେ ଅବିବାହିତ, ଉଦାର, ଉତ୍ତମ ବ୍ୟବହାର ଥିବା ଜଣେ ସୁନ୍ଦର ଯୁବକର ଶ୍ରେୟ ମଧ୍ୟ। ଦୁଇ ମାସ ଯାଏ ଏକ ଶାନ୍ତ ଅଜ୍ଞାତବାସ ବିତାଇବା ପାଇଁ ସେ ମୁକ୍କମ ପ୍ରଦେଶର ଏହି ନିର୍ଜନ ସ୍ଥାନକୁ ବାଛିଲେ।

(୩)

ମେ ମାସ। ସୂର୍ଯ୍ୟ ଉଇଁ ଆସିଲେଣି। ନଦୀ କୂଳ ବାଲିରେ ଜଣେ ଯୁବତୀ ଚାଲି ଚାଲି ନଦୀ କୂଳକୁ ଯାଉଥିଲା। ତା' ହାତରେ ଏକ ଗଣ୍ଠିଲି ବି ଥିଲା।

ଖରା ଯୋଗୁ ଶୁଖି ଯାଇଥିବା ସେଇ ନଦୀର କିଛି କିଛି ସ୍ଥାନରେ ପାଣି ଏକ ନାଳ ଭଳି ଦେଖାଯାଉଥିଲା। ଦୁଇ କୂଳ ଧଳା ବାଲିରେ ଭରା ବିଶାଳ ପଠା। କେବଳ ନଦୀର ଦୁଇ ପାର୍ଶ୍ୱର ଗଛ ବୃକ୍ଷରେ ରହି ରହି କିଚିରମିଚିର କରୁଥିବା ଚଢେଇଙ୍କ ଶବ୍ଦରେ ସେଇ ଅପରାହ୍ନର ନିସ୍ତବ୍ଧତାକୁ ଭଙ୍ଗ କରୁଥିଲା। ଯଦିଓ ଖରାର ତେଜ କମିଯାଇଥିଲା ତଥାପି ବାଲିର ଗରମ ଥଣ୍ଡା ହୋଇନଥିଲା। ସେଇ ଯୁବତୀ ନଦୀ କୂଳର ଜଳକୁ ପାଦ ବଢ଼ାଇଲା ପରେ ଜାଣିଲା ନଦୀର ପାଣି ତଥାପି ଗରମ ଅଛି।

ସେ ଧୀରେ ତା'ଗଣ୍ଠିଲକୁ ତଳେ ଥୋଇଲା, ତା'ପରେ କେଶକୁ ଖୋଲି ହାତରେ ସାଉଁଳାଇବାକୁ ଲାଗିଲା। ଯଦିଓ ତାହା କୁଞ୍ଚୁକୁଞ୍ଚିଆ ନୁହେଁ ତଥାପି ଗହଳ ଲମ୍ବା କେଶରେ ଏକ ଅସାଧାରଣ କୋମଳତା ଏବଂ ଚମକ ଦେଖାଯାଉଛି। ସେ କେଶକୁ ମୁଣ୍ଡ ପଛରେ ବାନ୍ଧିଦେଲା।

ପରିଶ୍ରମ ଯୋଗୁ ତା' ଶରୀର ଥକ୍କା ଲାଗୁଥିଲା। ସେ ନଦୀର ସେପଟେ ନଜର ବୁଲାଇଆଣିଲା। ଗଛ ମଝିରୁ ଦୂରରେ ଏକ ଖାଲି କ୍ଷେତ ଦେଖାଗଲା। ସେ ନରମ ଖରାରେ ସ୍ୱପ୍ନବତ୍ ଏକ ମୃଗତୃଷ୍ଣା ଭଳି ମଝିରେ ମଝିରେ ପ୍ରତିବନ୍ଧକ ହୋଇ ଝଟକୁଥିବା ଏକ ଦୃଶ୍ୟ ବି ଦେଖିଲା।

ତାଙ୍କର ସୁପ୍ତ ଆଖି ପୁଣି ଥରେ ଚାରିଆଡ଼େ ବୁଲିଆସିଲା। ପ୍ରକୃତିର

ଏହି ସୌନ୍ଦର୍ଯ୍ୟର ଆସ୍ୱାଦନ ସହିତ ତାଙ୍କର ପରିଚୟ ନାହିଁ। ତଥାପି ପ୍ରକୃତିର ମନୋହର ଶାନ୍ତିପୂର୍ଣ୍ଣ ଦୃଶ୍ୟ ତାଙ୍କୁ ନିଜ ଆଡ଼କୁ ଆକୃଷ୍ଟ କଲା।

ବେକରେ ଘଣ୍ଟି ଓହଳାଇ ଦୁଇଟି ବଳଦକୁ ପାଣି ପିଆଇବାକୁ କଳନ୍ତନ ମାସ୍ତିଲା ନଦୀକୁ ଆସିଲା। ସହରରୁ ଚାଉଳ ଇତ୍ୟାଦି ଜିନିଷ ନେଇ ଫେରୁଥିବା ଏକ ନାଆ ନଦୀର ସେଇ ମୋଡ଼କୁ ପାରହୋଇ ପୂର୍ବ ଆଡ଼କୁ ଗଲା। ନଦୀରୁ ଗୋଟିଏ ମାଛକୁ ଥଣ୍ଟରେ ଧରି ଗୋଟିଏ ପକ୍ଷୀ ଉପରକୁ ଉଡ଼ିଗଲା। କିଛି ସମୟ ପୂର୍ବରୁ ସେପଟେ ଯାଇଥିବା ନାଆ ପାଣି ଅଭାବରୁ ବାଲିରେ ପଶିଗଲା। ତାକୁ ବାହାର କରିବାକୁ ନାବିକ ଡାକ ଛାଡ଼ିଲା।

ପାଟି ଶୁଣି ଦଶ ପନ୍ଦର ମିନିଟରେ ପାଞ୍ଚ ଛଅ ଜଣ ଚିରାଫଟା ଲୁଗା ପିନ୍ଧିଥିବା ଗ୍ରାମୀଣ ସେଠାରେ ଆସି ପହଞ୍ଚିଲେ। ସେମାନେ ପାଣିରେ ପଶି ନାଆକୁ ବାହାର କରିବାକୁ ଚେଷ୍ଟାକଲେ। କିନ୍ତୁ ନାଆ ଟିକେ ବି ହଲିଲାନି। ପରିସ୍ଥିତି ଏମିତି ହେଲା ଯେ ନାଆ ବାଲିରେ ପୋତି ହୋଇଗଲା।

"ହେଇ ! ଇକ୍କୋରନ ଆସିଗଲା।" ସମସ୍ତେ ଏକ ସ୍ୱରରେ ଚିତ୍କାର କଲେ।

ଜଣେ ମୋଟା ଲମ୍ବା ମଣିଷ, କେବଳ ବେକ ଯାଏ ଗୋଟିଏ ତଉଲିଆ ପିନ୍ଧିଥିବା ସେଇ ଲୋକ ନଦୀ ଆଡୁ ନାଆ ପାଖକୁ ଆସିଲା।

ଇକ୍କୋରନକୁ ଦେଖି ସମସ୍ତଙ୍କର ଉତ୍ସାହ ବଢ଼ିଗଲା। ଇକ୍କୋରନ ନାଆର ଅଗ୍ରଭାଗକୁ ଦୁଇ ହାତରେ ଧରି ନଇଁପଡ଼ି ଝିଙ୍କିଲା, "ଆରେ, ଟାଣ" କହିବାରୁ ସମସ୍ତେ ଏକାସାଙ୍ଗରେ ସବୁ ଶକ୍ତି ଦେଇ ଉଠାଇଲେ। ନାଆ ଆଗକୁ ବଢିଲା ତଥା ନଦୀ ଆଡ଼କୁ ମୁହଁ କରି ଛିଡ଼ା ହୋଇଗଲା। ପୁଣି ଥରେ ଧକ୍କା ଦେବାରୁ ନାଆ ପୁରା ଜୋରରେ ପାଣିକୁ ଚାଲିଗଲା।

ସମସ୍ତେ ଆନନ୍ଦରେ ଚିତ୍କାର କଲେ। ନାବିକ ନାଆକୁ ଚଢି କାତ ମାରିଲା। ଲୋକେ ପାଣିରେ ମୁହଁ, ଗୋଡ଼ ହାତ ଧୋଇ ଜଣେ ଜଣେ ସଙ୍କୀର୍ଣ୍ଣ ଗଳି ଦେଇ ଚାଲିଗଲେ। ଇକ୍କୋରନ ଗୁଣଗୁଣ ହେଇ ନଦୀ କୂଳ ଦେଇ ପଶ୍ଚିମ ଦିଗକୁ ଚାଲିଗଲା। ଝିଅଟିକୁ ସେପଟେ ଚିନ୍ତାମଗ୍ନ ହୋଇ ଛିଡ଼ା ହୋଇଥିବା ଦେଖି ଇକ୍କୋରନ ଉଚ୍ଚ ସ୍ୱରରେ ପଚାରିଲା,

"କ'ଣ ମାଲୁ, ଆକାଶରେ ଗନ୍ଧର୍ବ ଅଛନ୍ତି ?"

ନିଦରେ ସ୍ୱପ୍ନରୁ ଜାଗି ଉଠିଲା ଭଳି ସେ ଚମକି ଉଠିଲା। ସେ ଇକ୍କୋରନର

ମୁହଁକୁ ଚାହିଁଲା । ତା'ପରେ ନଦୀ ସେପଟ ଆଡ଼କୁ ଇସାରା କରି କହିଲା, "ମୁଁ କାଣିରମ୍ପରପୁବାଲୋର ଶସ୍ୟାଗାର ଆଡ଼କୁ ଦେଖୁଛି । କଟା, ପିଟା ସବୁ ଶେଷ ହୋଇଗଲାଣିନା ? ତା'ହେଲେ ଏବେ ସେଇ ଶସ୍ୟାଗାରକୁ କାହିଁକି ଠିକ୍ ଠାକ୍ କରିଛନ୍ତି ?'

"ମୁଁ କହୁଛି ଶୁଣ । ଶୁଣିଛି ସହରରୁ କିଏ ଏଠାକୁ ରହିବାକୁ ଆସିଛନ୍ତି ।"

ମାଲୁକୁ ଇକ୍କୋରନର କଥାକୁ ବିଶ୍ୱାସ ହେଲାନି, ପଚାରିଲା "ସହରରୁ ଲୋକ ଏଠି ଆସି କାହିଁକି ରହିବେ ?"

"ଆରାମ ପାଇଁ ।"

"ଆରାମ ପାଇଁ ? ଏଠାରେ କି ଆରାମ ଅଛି ?"

"ତୋ ଭଳି ସୁନ୍ଦରୀ ଝିଅଙ୍କୁ ଦେଖିବା ବି ଏକ ଆନନ୍ଦ ନା ?"

"ନାଇଁ, ଯଦି ବାଜେ କଥା କହିବ ତ..." ସେ ରାଗିଗଲା ।

ଇକ୍କୋରନ ଜୋରରେ ହସିବାକୁ ଲାଗିଲା । ସେ ଏକ ଲୋକ ଗୀତ ଗାଇ ଗାଇ ପଶ୍ଚିମ ଦିଗ ଆଡ଼କୁ ଚାଲିଗଲା ।

ମାଲୁ ତା' ଗଣ୍ଠିଲ ଖୋଲି, ସେଥିରୁ ଗୋଟିଏ ଧୋତି ବାହାରକରି ପାଣିରେ ଭିଜାଇ ଦେଲା । ସାବୁନ ଲଗାଇ ପଥର ଉପରେ କାଚିବାକୁ ଲାଗିଲା । ତା'ପରେ ଗୋଟିଏ ଛୋଟ ତଉଲିଆ ନେଇ ନିଜେ ପିନ୍ଧିଥିବା ଧୋତି ଏବଂ ଘାଗରା ଓହ୍ଲାଇ ପାଣିରେ ଭିଜାଇଲା । କେବଳ ଗୋଟିଏ ଛୋଟ ତଉଲିଆ ପିନ୍ଧିଲା ଏବଂ ଗୋଟିଏ ପଟକୁ ମୁଣ୍ଡରେ ଅଧା ଢାଙ୍କି ମୁଣ୍ଡରେ ବାନ୍ଧିଦେଇ ତା'ପରେ ଲୁଗା ଧୋଇବାକୁ ଲାଗିଲା ।

ତାକୁ ଏକଥା ଜଣାନଥିଲା ଯେ ସହରରୁ ଆସିଥିବା ସେଇ ଲୋକ ଏହି ସବୁ ଦୃଶ୍ୟକୁ ବାଉଁଶ ବୁଦା ଆଢୁଆଳରୁ ତାକୁ ଦେଖୁଛନ୍ତି ।

କିଛି ସମୟପରେ ରବିନ୍ଦ୍ରନ ସେଇ ପାଣିର ନାଳକୁ ପାରହୋଇ ସେଇ ପଟକୁ ଆସିଲେ । ଭଦ୍ର, ଭଲ ଡ୍ରେସ ପିନ୍ଧି ଜଣେ ସହରୀ ଯୁବକକୁ ସାମନା ସାମନି ଦେଖି ମାଲୁ ଆଶ୍ଚର୍ଯ୍ୟ ହେଲା । ଗୋଟିଏ ଓଦା ବସ୍ତ୍ର ନେଇ ସେ ତା' ଛାତିକୁ ଢାଙ୍କିଲା ଏବଂ ମୁହଁ ବୁଲାଇ ଛିଡ଼ା ହୋଇଗଲା ।

ରବିନ୍ଦ୍ରନ ତାକୁ ଆଖି ପୁରାଇ ଚାହିଁଲେ, "ଯୌବନର ନବ ପଲ୍ଲବିତ ସୁଗନ୍ଧକୁ ଖେଳାଇ ଦେଉଥିବା ଜଣେ ଗ୍ରାମୀଣ କୁସୁମ..." ରବିନ୍ଦ୍ରନ୍ ମନକୁ ମନ କହିହେଲେ ।

ପ୍ରଥମ ଦୃଷ୍ଟିରେ ହିଁ ରବିନ୍ଦ୍ରନଙ୍କର ଲମ୍ବା ଶରୀର, ସୁନ୍ଦର ଢଙ୍ଗରେ ସଜେଇ କରି ରଖିଥିବା କୁଞ୍ଚକୁଞ୍ଚ କେଶ ତଥା ନିର୍ନିମେଷ ଦୃଷ୍ଟି ଯୁବତୀର ହୃଦୟକୁ ସେଇ ଚିତ୍ର ଟାଣି ନେଇଥିଲା । କିଛି ସମୟପରେ ରବିନ୍ଦ୍ରନ୍ ସେଇ ରାସ୍ତା ହେଇ ପଶ୍ଚିମ ଦିଗ ଆଡ଼କୁ ଚାଲିଗଲେ । ବୁଲି ନ ଦେଖିବା ପାଇଁ ସେଇ ଯୁବତୀ ଚେଷ୍ଟା କଲା, କିନ୍ତୁ ସେ ସମ୍ଭାଳି ପାରିଲାନି । ଏକ ଅଜ୍ଞାତ ପ୍ରେରଣା ଦ୍ୱାରା ସେ ବୁଲି ଚାହିଁଲା । ତା'ର ଦୁର୍ଭାଗ୍ୟ କହିବା, ରବିନ୍ଦ୍ରନ ବି ତାକୁ ଦେଖିବା ପାଇଁ ବୁଲି ଚାହୁଁଥିଲେ, ସେତେବେଳେ ସିଏ ବି ତାଙ୍କୁ ଦେଖିଦେଲା । ତାଙ୍କ ଚାରି ଆଖିର ମିଳନ ହେଲା । ଯଦିଓ ସେ ଲଜ୍ୟାବଶତଃ ଥରିଉଠି ଆଗକୁ ବୁଲି ଛିଡ଼ା ହୋଇଗଲା । ତଥାପି କ୍ଷଣଟିଏ ଦୃଷ୍ଟି ତାକୁ ଅସହାୟ କରିଦେଲା ।

(୪)

ପର୍ବତ ଶ୍ରେଣୀ, ସବୁଜ ବନାନୀରେ ଆଚ୍ଛାଦିତ ବିସ୍ତୀର୍ଣ୍ଣ ସମତଳ, ଝରଣାର କୁଳୁକୁଳୁ ନାଦ, ଜଳାଭୂମି, କାଟି ସଫାକରି ଶାଗ, ପନିପରିବାର କ୍ଷେତ, ଛୋଟ ପାହାଡ଼, ବାଉଁଶର ଜଙ୍ଗଲ, ତାଳ ବଗିଚା, ଗୋଲମରିଚ ବଗିଚା...ମୁକ୍କମ ଏହି ସବୁ ପ୍ରାକୃତିକ ଦୃଶ୍ୟରେ ଭରା ଏକ ପ୍ରଦେଶରେ ଅବସ୍ଥିତ...କୋଝିକ୍କୋଡ଼ ସହର ଠାରୁ ପ୍ରାୟ ପଚିଶ ମାଇଲ ପୂର୍ବ ଦିଗରେ ଅବସ୍ଥିତ ଏକ ଛୋଟ ଗାଁ।

ଏହି କାହାଣୀର ଘଟଣା ଘଟିବା ସମୟରେ ସହରୀକରଣର ହାଲୁକା ତରଙ୍ଗ ମଧ୍ୟ ଏହି ଛୋଟ ଗାଁ ଟିକୁ ବୁଡ଼ାଇ ଦେବାକୁ ଯାଉଥିଲା। ଗୋଟିଏ ପଟେ ପୂର୍ବ ଭାଗରେ ଘଞ୍ଚ ଜଙ୍ଗଲ, ସେଠାରେ ଜଙ୍ଗଲୀ ହାତୀ, ବାଘ, ବାରହା, ସିଂଘ, ଭାଲୁ,ବଣୁଆ ଘୁଷୁରୀ ଏକା ସାଙ୍ଗରେ ରୁହନ୍ତି। ବାଉଁଶ ଏବଂ ଗଛଗୁଡ଼ିକ ଫୁଲରେ ପରିପୂର୍ଣ୍ଣ ରାସ୍ତା ଦେଇ ସେଠାକୁ ଯାଇହେବ। କେବଳ ଶିକାର କରିବାକୁ ଏବଂ ଗଛ କାଟିବାକୁ ଅଳ୍ପ କିଛି ଲୋକେ ସେଇ ଆଡ଼କୁ ଯାଆନ୍ତି। ଗୋଟିଏ ରାସ୍ତା ସହରରୁ ଏ ପର୍ଯ୍ୟନ୍ତ ଆସିଛି। ସହରରୁ କେବଳ ଗୋଟିଏ ବସ ଏହି ଆଡ଼କୁ ଯିବା ଆସିବା କରେ। ଏଠାକାର ପରିଶ୍ରମୀ ଲୋକ ଧାନ, କନ୍ଦ, କନ୍ଦମୂଳ ଇତ୍ୟାଦି କୃଷି ଏବଂ ଶିକାର କରି ନିଜର ଗୁଜୁରାଣ ମେଣ୍ଟାନ୍ତି। ସୁସ୍ଥ, ସୁଗଠିତ ତଥା ସର୍ବନିମ୍ନ ବସ୍ତ୍ରରେ ରହିବାକୁ ବାଧ୍ୟ ହୋଇଥିବା ଏଠାକାର ଗ୍ରାମୀଣ ସୁନ୍ଦରୀମାନେ ବି କ୍ଷେତବାଡ଼ି କାମରେ ପାରଙ୍ଗମ।

ପ୍ରତ୍ୟେକ ରବିବାରରେ ଏଠାରେ ବଜାର ବସେ। ଦୈନନ୍ଦିନ ଜୀବନର ଆବଶ୍ୟକ ବସ୍ତୁ ଗୋଟିଏ ସ୍ଥାନରେ ମିଳିଯାଏ। ନାଆ ଏବଂ ବଳଦଗାଡ଼ିରୁ କାନ୍ଧରେ

କିମ୍ୱା ମୁଣ୍ଡରେ ମୁଣ୍ଡେଇ ପୂର୍ବ ଦିନ-ରାତିରୁ ସବୁ ଜିନିଷ ସେଠାକୁ ଆସି ଯାଇଥାଏ। ସମସ୍ତେ କୁହନ୍ତି ଲୁଣ ଠାରୁ ଆରମ୍ଭ କରି କର୍ପୁର ପର୍ଯ୍ୟନ୍ତ, ହାଣ୍ଡି ଠାରୁ ଆରମ୍ଭ କରି ଖାଦ୍ୟସାମଗ୍ରୀ, ବେଲା, ଡଙ୍କି ପର୍ଯ୍ୟନ୍ତ, 'ମା ବାପା'କୁ ଛାଡ଼ି ସମସ୍ତ ଜିନିଷ ସେଠାରେ ମିଳିଯାଏ। ତେଣୁ ସେମାନଙ୍କୁ ବାହାରୁ ବିଶେଷ ଆଉ କୌଣସି ଜିନିଷ ଦରକାର ପଡ଼େନି। ତଥାପି ଲୁଣ, କିରୋସିନ, ତମାଖୁ ଏବଂ ଶୁଖୁଆ କିଣିବାକୁ ତାଙ୍କୁ ବଜାର ଯିବାକୁ ପଡ଼ିଥାଏ। ବଜାର ଦିନ ମୁକ୍କାମବାସୀଙ୍କ ପାଇଁ ଏକ ମହୋତ୍ସବ। ସେଠାରେ ଅନେକ ପରିଚିତ ଏବଂ ଅପରିଚିତ ଲୋକଙ୍କ ଭେଟ ଭାଟର ବି ଏକ ଶୁଭ ଅବସର।

ଏହି ଦିନ ସହରର ଆକର୍ଷଣୀୟ ବସ୍ତୁ ଏଠାକୁ ଆସି ଯାଇଥାଏ। ତେଣୁ ତାହା ସେମାନଙ୍କ ପାଇଁ ପୂଣ୍ୟଦିନ ଏବଂ ତାଙ୍କ ଜିନିଷ ବିକ୍ରିକରି ଅଣ୍ଟିରେ ଟଙ୍କା ଖୋସି ତଥା ଟୋକେଇରେ ଜିନିଷ ଭରି ନିଜ ନିଜ ଘରକୁ ଫେରନ୍ତି। ଏହା ସେମାନଙ୍କ ପାଇଁ ଛୁଟିଦିନ ହୋଇଥାଏ। ନଡ଼ିଆ କତାର ଦଉଡ଼ିରୁ ନେଇ ଜାପାନୀ କେଶଫୁଲ ପର୍ଯ୍ୟନ୍ତ ସେଠାରେ ବିକ୍ରି ପାଇଁ ଆସିଥାଏ। ସେଇ ସବୁ ଜିନିଷ ତାଙ୍କୁ ଦରକାର, ଦରକାର ନଥିଲେ ବି ସେମାନେ ସଉଦା କରିବାକୁ ଆସନ୍ତି।

ପ୍ରାୟ ଏଗାରଟାରେ ବଜାର ଗହଳି ହୋଇଯାଏ। କ୍ରୟ, ବିକ୍ରୟ ପାଇଁ ଲୋକଙ୍କର ଭିଡ଼ ଜମିଯାଏ। କୌଣସି ଷ୍ଟଲ ଖାଲି ନଥାଏ। ଭିଡ଼ ଭାଡ଼ ବଢିଯାଏ। କୋଳାହଳ, ଭିଡ଼, ବିନା ବାଧା ବିଘ୍ନରେ ବେପାରୀଙ୍କ ଡାକ ଏବଂ ମୁଦ୍ରାର ଝଣଝଣ ଶବ୍ଦରେ ବଜାର ବହୁତ ଚଳଚଞ୍ଚଳ ହୋଇଯାଏ। ସବୁଆଡେ ଗମ୍ଭୀର ମୁହଁ ଦେଖାଯାଏ। ଜଣେ ବୟସ୍କ ଲୋକ ଗୋଟିଏ ଖୁଚୁରା ଟଙ୍କାକିଆ କଏନକୁ ପଥର ଉପରେ ପକାଇ ତାକୁ ପରିକ୍ଷଣ କରୁଥାଏ। ଗୋଟିଏ ଦୋକାନ ସାମନାରେ ଛିଡ଼ାହୋଇ ଗୋଟିଏ ପିଲା କଫି ପିଇବା ପାଇଁ ତା' ମା' ସାଙ୍ଗରେ ଜିଦି କରୁଥାଏ। ଗୋଟିଏ ଗଛ ତଳେ ଜଙ୍ଗଲୀ ଲୋକଙ୍କର ଦଳଟିଏ ଗୋଲାକାର ଭାବେ ବସିଛନ୍ତି। ସେମାନେ କିଛି ରଙ୍ଗିନ ପଥର କିଣିଲେ। ସେମାନେ ତା'ର ଶୋଭାକୁ ପରଖୁଥାନ୍ତି।

ଗୋଟିଏ ଟୋକେଇ ଧରି ମାଲୁ ବି ବଜାରକୁ ଆସିଲା। ସେ ଏକ ଲାଲ ଛିଟର ଘାଘରା ପିନ୍ଧିଥାଏ ତଥା କଳା ଝାଲର ଥିବା ଏକ ଓଢ଼ଣୀ ପକାଇଥାଏ। କେଶକୁ ସୁନ୍ଦର ଭାବେ ସଜେଇ ପଛରେ ବାନ୍ଧିଥାଏ।

ଜିନିଷ କିଣିବା ପାଇଁ ତା' ମାମୁଁ ଦେଇଥିବା ଗୋଟିଏ ଟଙ୍କା ବ୍ୟତିତ ନିଜେ ରସି ବଳି କମେଇଥିବା ଆଠଣିଟିଏ ବି ତା' ପାଖରେ ଅଛି ।

ଲୁଣ, ଲଙ୍କା ଇତ୍ୟାଦି ଜିନିଷ ବ୍ୟତିତ ନିଜ ପାଇଁ ଅଧିକ ଜିନିଷ କିଣିବା ଉଦ୍ଦେଶ୍ୟରେ ସେ ବଜାର ଆଡ଼କୁ ବଢ଼ିଲା । କିନ୍ତୁ ବଜାରରେ ପହଞ୍ଚିବା ପରେ ସେ ଦେଖିଲା ଯେ ସେଠାରେ ଆହୁରି କେତେ ଅନ୍ୟ ଜିନିଷସବୁ ଅଛି ଯାହା ବିଷୟରେ ସେ ଭାବିନଥିଲା । ସେଇ ଜିନିଷକୁ କିଣିବାର ଇଚ୍ଛା ତା' ମନଭିତରେ ଉତ୍ପନ୍ନ ହେଲା ।

ସେ ବଜାରରେ ବୁଲାବୁଲି କରି ଦେଖିବାକୁ ଲାଗିଲା । ତା' ପରେ ସେ ଚୁଡ଼ି ଦୋକାନ ପାଖରେ ପହଞ୍ଚିଲା ଏବଂ ତା' ମନ ପସନ୍ଦର ଚୁଡ଼ି ସେଠାରେ ଥିବା ଦେଖିଲା । ଚୁଡ଼ିକୁ ଉଠେଇ ନେଇ ଦେଖିଲା, ପରଖିଲା ତା'ପରେ ପୁଣି ସେଠାରେ ରଖିଦେଲା । ତା'ପରେ ସେ ଏକ ଡ୍ରେସ ଦୋକାନକୁ ଯାଇ ସେଠାରେ ସଜାଯାଇଥିବା ରଙ୍ଗିନ ଡ୍ରେସକୁ ଏକଲୟରେ ଚାହିଁଲା । ଶେଷରେ ସବୁଜ ରଙ୍ଗର ଛିଟ ପଡ଼ିଥିବା ଜାପାନୀ କପଡ଼ାର ଦାମ ପଚାରିଲା । ଗଜ ଆଠ ଅଣା ଶୁଣି ସେ ସ୍ତବ୍ଧ ହେଇ ରହିଗଲା । ନିରାଶ ହୋଇ ବୁଲି ପଡ଼ିଲା ବେଳକୁ ସାମନାରେ ଜଣଙ୍କୁ ଦେଖି ଚମକି ପଡ଼ିଲା । ତାଙ୍କୁ ଦେଖି ସେ ଆଶ୍ଚର୍ଯ୍ୟଚକିତ ହୋଇଗଲା, କାରଣ ସେଇ ଲୋକ ସେଠାରେ ଉପସ୍ଥିତ ଥିଲେ ଯିଏ ତାକୁ ବାଉଁଶ ବୁଦାର ପଛରୁ ଦେଖୁଥିଲେ ।

ଡରିଯାଇ ସେ ଅନ୍ୟ ଏକ ରାସ୍ତା ଆଡ଼କୁ ବୁଲିଗଲା । ଅନେକ ଯାଗାରେ ବୁଲାବୁଲି କରି ସେ ଶେଷରେ ଏକ ତମାଖୁ ଦୋକାନ ପାଖରେ ଛିଡ଼ା ହୋଇଗଲା ।

ସିଝା ହୋଇଥିବା କନ୍ଦ ପାଟିରେ ପୁରାଇ ତା' ସହିତ ନଡ଼ିଆ ଖଣ୍ଡେ ଚୋବାଇ ଚୋବାଇ ଏକ ମୋଟା ପେଟୁଆ ଲୋକ ତା' ଆଡ଼କୁ ଆସିଲା ଏବଂ ସେ ତମାଖୁ ଦୋକାନରୁ କିଛି ତମାଖୁ ନେଇ ଶୁଂଘିଲା ତା'ପରେ ତାକୁ ଛିଙ୍କ ଆସିଲା । ତା' ମୁହଁରୁ ଅର୍ଦ୍ଧ ଚୋବାଇଥିବା ଖାଦ୍ୟ ପଦାର୍ଥ ଏମିତି ଭାବେ ବାହାରକୁ ଚାଲିଆସିଲା ଯେମିତି ତୋପରୁ ବାରୁଦ ବାହାରିଲା । ଦୋକାନୀର ମୁହଁରେ ତା'ର ଛିଟା ପଡ଼ିଲା । ଏହି ଦୃଶ୍ୟକୁ ଦେଖି ମାଲୁ ହସିଉଠିଲା, ଯେମିତି କୌଣସି ବନ୍ଧ ଭାଙ୍ଗିଗଲା । ପଛରୁ ଆହୁରି ଜୋରରେ ହସ ଶୁଣି ସେ ବୁଲି ଦେଖିଲା ତ ସେଇ ଲୋକ !

ସେଇ ଲୋକ ତାଙ୍କ ହସକୁ ଅଟକାଇ ପାରୁନଥିଲେ ଏବଂ ଏପଟେ ମାଲୁ ବି ମୁହଁ ଲୁଚାଇ ହସୁଥିଲା ।

ସେ ବଜାରରୁ ଫେରୁଥିବା ସମୟରେ ଗୋଟିଏ ପିଲା ତା' ପାଖକୁ ଦୌଡ଼ିକି ଆସିଲା ତା'ପରେ କାଗଜ ପ୍ୟାକେଟ ଗୋଟିଏ ତା' ଆଡ଼କୁ ବଢାଇଦେଲା ।

"ୟାକୁ କିଏ ଦେଲା ?" ସେ ସନ୍ଦେହ କରି ସେଇ ପିଲାକୁ ପଚାରିଲା । ସେ କହିଲା, "ଡେଙ୍ଗା ହେଇ ରେଶମୀ ଶାର୍ଟ ପିନ୍ଧିଥିବା ଜଣେ ନିଶୁଆ... "

ୟାକୁ ନେବ ? ସେ ଦ୍ୱନ୍ଦରେ ପଡ଼ିବାରୁ ସେଇ ପିଲାଟି ପ୍ୟାକେଟକୁ ତା' ଟୋକେଇରେ ପକାଇଦେଇ ଚାଲିଗଲା ।

ସେ ଏକ ନିର୍ଜ୍ଜନ ସ୍ଥାନକୁ ଗଲା ଏବଂ ପ୍ୟାକେଟ ଖୋଲି ଦେଖିଲା । ସେ ଯେଉଁ କପଡ଼ାର ଦାମ୍ ପଚାରିଥିଲା, ତିନି ଚାରି ଗଜର ସେଇ କପଡ଼ା ଏବଂ ଏକ ସୁଗନ୍ଧିତ ସାବୁନ ଗୋଟିଏ ଡବାରେ ଥିଲା । ତାକୁ ଆନନ୍ଦ ଠାରୁ ବି ବେଶୀ ରହସ୍ୟ ମନେହେଲା ।

(୪)

ଦ୍ୱିପହର ଢଳିଗଲା । ମାଲୁ ନଦୀକୁ ଗାଧୋଇବାକୁ ଗଲା । କେବଳ ତଉଲିଆ ପିନ୍ଧି ସେ ପୋଖରୀ ଭିତରକୁ ଡେଇଁଲା । ଦଳକୁ ଆଡ଼େଇ ସେ ଧୀରେ ଧୀରେ ହାତରେ ପାଣିକୁ ଛାଟି ସେ ଏକ କଳାତ୍ମକ ଢଙ୍ଗରେ ପାଦ ଛାଟିଲା ଏବଂ ମୁଣ୍ଡକୁ ଗୋଟିଏ ପଟକୁ ବୁଲାଇ ରଖିଲା । ସେ ପୋଖରୀର ପ୍ରବାହକୁ ଭେଦି ସନ୍ତରଣ କଲା । ମାଲୁ ଜଣେ ଦକ୍ଷ ସନ୍ତରଣକାରୀ । ସେ ଚିତ୍ ହୋଇ ପିଠି ରେ ବଳ ଦେଇ ସନ୍ତରଣ କଲା । ତା'ର ବିଶ୍ୱାସ ଥିଲା ଯେ ତା'ର ଜଳକ୍ରୀଡ଼ା କିଏ ବି ଦେଖୁନାହାନ୍ତି । ତେଣୁ ସେ ତା' ନିଜ ସ୍ୱାଧିନତାର ସହ ଜଳକ୍ରୀଡ଼ା କରୁଥିଲା ।

କିନ୍ତୁ ରବିନ୍ଦ୍ରନ ତା'ର ସେସବୁ ସନ୍ତରଣକୁ ବାଉଁଶ ବୁଦା ଆଢୁଆଳରୁ ଦେଖି ଆନନ୍ଦିତ ହେଉଥିଲେ । ତା' ପରେ ସେ ପୋଖରୀର ମଧ୍ୟ ଭାଗରେ ପହଞ୍ଚିଗଲା । ଏହା ଦେଖି ତା'ର ସନ୍ତରଣ କଳାର ପ୍ରଶଂସାରେ ରବିନ୍ଦ୍ରନ ସିଟି ବଜାଇଲେ ।

ରବିନ୍ଦ୍ରନଙ୍କୁ ଦେଖିବା ମାତ୍ରେ ସେ ସଙ୍କୋଚବଶତଃ ଡୁବ ମାରିଲା । ଦୁଇ ତିନି ମିନିଟ ପର୍ଯ୍ୟନ୍ତ ତା'ର ପତ୍ତା ନଥିଲା । ରବିନ୍ଦ୍ରନ ବ୍ୟସ୍ତ ହୋଇ ପଡ଼ିଲେ । କିନ୍ତୁ ପୋଖରୀର ସେପାରିରୁ ସେ ଅଚାନକ ବାହାରି ଆସିଲା ।

ରବିନ୍ଦ୍ରନଙ୍କୁ ଦେଖି ସେ ଏପଟ କୂଳକୁ ଆସିବାକୁ ସାହସ କରି ପାରିଲାନି । କେବଳ ମୁଣ୍ଡକୁ ବାହାରକୁ ଦେଖାଇ ସେ ପୋଖରୀ କୂଳ ପାଖାପାଖି ଗୋଟିଏ ମାଛ ଭଳି ସନ୍ତରଣ କରିବାକୁ ଲାଗିଲା । ପାଣି ଉପରେ ଚାରିପଟେ ବିଛୁଡ଼ି ହେଇ ପଡ଼ିଥିବା କେଶ ମଝିରେ ତା'ର ମୁହଁ ଶୈବାଳ ମଝିରେ ଲାଲ ପଦ୍ମଫୁଲ ଭଳି ଦେଖାଯାଉଥିଲା ।

ପନ୍ଦର ମିନିଟ ଚାଲିଗଲା । ତଥାପି ରବିନ୍ଦ୍ରନ ସେଠାରୁ ହଟିଲେନି । ସିଗାରେଟ ପିଇ ସେ ସେଠାରେ ଛିଡ଼ାହେଲେ ।

ମାଲୁ ଧୀରେ ଧୀରେ କୂଳକୁ ଲକ୍ଷ ରଖି ପହଁରିବାକୁ ଲାଗିଲା, କୂଳରେ ପାଦ ରଖିବାକ୍ଷଣି ହାତରେ ଛାତିକୁ ଲୁଚାଇ ବସ୍ତ୍ର ପିନ୍ଧିବାକୁ ଦୌଡ଼ିଲା ।

ମୁସଲମାନ ମହିଳାମାନେ ସ୍ନାନ କରିବାପାଇଁ କୂଳ ପାଖରେ ନଡ଼ିଆ ବାହୁଙ୍ଗାରେ ତିଆରି ହୋଇଥିବା ଏକ ଗାଧୁଆଘର ଥିଲା । ସେ ବସ୍ତ୍ର ନେଇ ସେଇ ଘର ଭିତରକୁ ପଶିଗଲା ।

ଲୁଗା ବଦଳାଇ ସେ ବାହାରକୁ ଆସିଲା । ରବିନ୍ଦ୍ରନ ସେଇ ସ୍ଥାନରେ ଛିଡ଼ାହୋଇ ରହିଲେ । ତା' ସହିତ କିଛି କଥା ହେବାକୁ ସେ ଇଚ୍ଛା କରୁଥିଲେ । କିନ୍ତୁ ସେ କିଛି କହିପାରୁ ନଥିଲେ, ସେମିତି ମୂର୍ତ୍ତି ଭଳି ଛିଡା ହୋଇ ରହିଲେ । ସହରର ଅନେକ ଯୁବତୀମାନଙ୍କ ସହିତ ରଙ୍ଗ ରସ କରୁଥିବା ରବିନ୍ଦ୍ରନ ଏହି ଗ୍ରାମୀଣ କନ୍ୟା ସହିତ ଗୋଟିଏ ଅକ୍ଷର ବି କଥା ହୋଇ ପାରିଲେନି ।

ହଠାତ୍ ତାଙ୍କ ଦୃଷ୍ଟି ସାବୁନ ଉପରେ ପଡ଼ିଲା ଯେଉଁ ସାବୁନ ସେ ପୂର୍ବ ଦିନ ପଠାଇଥିଲେ । ଏବେ ତାଙ୍କୁ କଥାବାର୍ତ୍ତା କରିବାର ସୁବର୍ଣ୍ଣ ସୁଯୋଗ ମିଳିଗଲା ।

"କ'ଣ ସାବୁନର ବାସନା ଭଲ ?"

ମାଲୁ ସାବୁନକୁ ଡ୍ରେସ ଭିତରେ ଲୁଚେଇ ରଖିଦେଲା । କିଛି ବି ଉତ୍ତର ନଦେଇ ବୁଲିପଡ଼ି ଚାଲିଗଲା ।

ସେଇଦିନ ସନ୍ଧ୍ୟାରେ ରବିନ୍ଦ୍ରନ କ୍ଷେତ ଆଡେ ବୁଲାବୁଲି କରିବାକୁ ଯାଇଥିବା ସମୟରେ ତା' ଘର ବି ଖୋଜି ବାହାରକଲେ ।

ଫଳ ଗଛର ଘଞ୍ଚ ଭୂଖଣ୍ଡ ମଧ୍ୟରେ ଘାସ ଏବଂ ନଡ଼ିଆ ପତ୍ରରେ ତିଆରି ହୋଇଥିବା ସେ ଏକ ଝୁମ୍ପୁଡ଼ି ଦେଖିଲେ । ସାମନାରେ ଗୋବରରେ ଲିପା ଯାଇଥିବା ଅଗଣା । ତିନି ଚାରିଟା ଗାଈ ଥିବା ଏକ ଗୁହାଳ, ଗୋଟିଏ ପଟେ ଗୋବରର ଏକ ଉଚ୍ଚ ସ୍ତୁପ ।

ସେଇ ଘରେ ମାଲୁ ବ୍ୟତୀତ ତା' ମାମୁଁ, ମାଇଁ ଏବଂ ତାଙ୍କର ଦୁଇ ବର୍ଷର ଗୋଟିଏ ପୁଅ ରହୁଥିଲେ ।

ନଦୀ କୂଳରେ ରବିନ୍ଦ୍ରନ ଏବଂ ମାଲୁ ପ୍ରତିଦିନ ସାକ୍ଷାତ କରିବାକୁ ଲାଗିଲେ । ଏମିତି ଭାବେ ତାଙ୍କର ବନ୍ଧୁତା ବଢ଼ିବାକୁ ଲାଗିଲା । ଧୀରେ ଧୀରେ କଥା

କହିବାର ସାହସ ମାଲୁକୁ ଆସିଗଲା । ସେ ରବିନ୍ଦ୍ରନଙ୍କର ପ୍ରଶ୍ନରେ 'ହଁ' 'ନାଇଁ' ରେ ଉତ୍ତର ଦେବାକୁ ଲାଗିଲା । ଧୀରେ ଧୀରେ ସେଇ ସୀମା ବି ଭାଙ୍ଗିଗଲା । ସେମାନେ ପରସ୍ପର ନିର୍ବିଘ୍ନରେ ଖୋଲାଖୋଲି ଭାବେ କଥାବାର୍ତ୍ତା କରିବାକୁ ଲାଗିଲେ । ରବିନ୍ଦ୍ରନ ଦେଉଥିବା ଉପହାର ସେ ନିଃସଙ୍କୋଚରେ ଗ୍ରହଣ କରିବାକୁ ଲାଗିଲା । ରବିନ୍ଦ୍ରନଙ୍କୁ ପୁରା ବିଶ୍ୱାସ ହୋଇଗଲା ଯେ ଗ୍ରାମୀଣ ଚଢ଼େଇ ତା' ଜାଲରେ ଫସିଯାଇଛି ।

ଦିନେ ରବିନ୍ଦ୍ରନ ଟିକେ ବି ଦ୍ୱିଧା ନକରି ପଚାରିଲେ, " ତୁ କ'ଣ ଆଜି ସନ୍ଧ୍ୟା ପରେ ଆସିପାରିବୁ ? ଆମେ ଏହି ବାଲି ଉପରେ ଚାନ୍ଦିନୀ ରାତିରେ ଟିକେ ବସି ଗପସପ କରିବା । ଏକୁଟିଆ ଏଠାରେ ବସି ବସି ମୁଁ ବିରକ୍ତ ହୋଇଗଲିଣି ।"

ରବିନ୍ଦ୍ରନ ନିଜର ଏକଲାପଣ କଥା କହିବାରୁ ତାଙ୍କ ଉପରେ ମାଲୁର ଦୟା ଆସିଲା । ସେ କହିଲା, "ମୁଁ ଆସି ପାରନ୍ତି, କିନ୍ତୁ କିଏ ଦେଖିଦେବ !"

ରବିନ୍ଦ୍ରନ କହିଲେ, "ରାତିରେ ଏଠାକୁ କିଏ ଯେ ଏମିତି ଆସିବ ? ଯଦି ବା କିଏ ଆସିବ ଆମେ ଏହି ଗାଧୁଆଘରେ ଲୁଚିଯିବା ।"

ସେ କିଛି ଉତ୍ତର ଦେଲାନି । ରବିନ୍ଦ୍ରନ ଏହାକୁ ମୌନ ସ୍ୱୀକୃତି ଭାବିଲେ । ସେ ଏକ ବିଜୟର ଭାବ ନେଇ ଫେରିଲେ ।

ସେଦିନ ବସନ୍ତ ପଞ୍ଚମୀ ଥିଲା । ଆକାଶର ଛାତି ଉପରେ ବାଘ ନଖ ଭଳି ଅର୍ଦ୍ଧ ଚନ୍ଦ୍ର ପଶ୍ଚିମପଟ ପାହାଡ଼ ଉପରେ ଚମକିବାକୁ ଲାଗିଲା । ସେଇ ଫିକା ଜହ୍ନ ରାତିରେ ଇରୁବଂଷନ୍ନିସ୍ପୁଝାର କୂଳ ଚମକି ଉଠିଲା । ମୃଦୁ ପବନରେ ଦୋହଲୁଥିବା ବୃକ୍ଷ ଲତା ସମୂହର ମନୋହର ଦୃଶ୍ୟ ନଦୀ ତଟରେ ଖେଳିଯାଉଥିଲା । ଆକାଶରୁ ନିସୃତ ଏକ ଶାନ୍ତି ସବୁଆଡେ ଛାଇଯାଇଥିଲା ।

ମାଲୁର ପ୍ରତିକ୍ଷାରେ ରବିନ୍ଦ୍ରନ ସେଇ ଗାଧୁଆଘରେ ଲୁଚି ବସିରହିଲେ । ଅନେକ ଡେରିଯାଏ ଅପେକ୍ଷା କରିବା ପରେ ବି ଗୋଟିଏ ଛାଇ ବି ସେଠାରେ ଦେଖିବାକୁ ମିଳିଲାନି । ରବିନ୍ଦ୍ରନଙ୍କର ଧୀରେଧୀରେ ଧୈର୍ଯ୍ୟ ଭାଙ୍ଗୁଥିଲା ଏବଂ ସିଗାରେଟ ପରେ ସିଗାରେଟ ପିଇବାକୁ ଲାଗୁଥିଲେ । ପଞ୍ଚମୀର ଚାନ୍ଦ ସେତେବେଳେ ବୁଡ଼ିବାକୁ ଯାଉଥିଲା ।

ପାଖ ବୁଦାରୁ ଦୁଇଟି ଜଙ୍ଗଲୀ ପକ୍ଷୀ ଝକ୍ ଝକ୍ କରିବାକୁ ଲାଗିଲେ । ପବନରେ ଗଛମାନଙ୍କର ପତ୍ର ହଲିବାକୁ ଲାଗିଲା । ନଦୀ ପଟରୁ ଗୋଟିଏ ଲଣ୍ଠନର

ଲାଲ ଆଲୋକ ଆଗକୁ ବଢୁଥିଲା। ସହରରୁ ସନ୍ଧ୍ୟାରେ ବାହାରିଥିବା ସଉଦାରେ ଲଦା ଯାଇଥିବା ଏକ ନାଆ ଆସୁଥିଲା।

ପ୍ରତି ମୂହୁର୍ତ୍ତ ଗଣି ଗଣି ରବିନ୍ଦ୍ରନ ଆହୁରି କେତେ ସମୟ ଅପେକ୍ଷା କରିବାକୁ ଲାଗିଲେ। ଗୋଟିଏ ଶୃଗାଳ ସେଇ ବୁଦାରୁ ନଦୀ କୂଳକୁ ଆସିଲା ଏବଂ ସେ ଟିକେ ସନ୍ଦିଗ୍ଧ ହୋଇ ମୁଣ୍ଡ ଉପରକୁ କରି ସେଠାରେ ଛିଡ଼ାହେଲା।

ଶୃଗାଳକୁ ପାଖରେ ଦେଖି ରବିନ୍ଦ୍ରନଙ୍କର ଟିକେ ଧୈର୍ଯ୍ୟ ବଢ଼ିଲା। ରବିନ୍ଦ୍ରନଙ୍କର ଏକଲାପଣର ସାଥି ହେବାକୁ ଆସିଥିବା ମିତ୍ରକୁ ନିଜ ଆଡ଼କୁ ଆକର୍ଷିତ କରିବାକୁ ଏକ ବିକୃତ ଶବ୍ଦ ଦ୍ୱାରା ଆକୃଷ୍ଟ କରିବାକୁ ସେ ପ୍ରୟାସ କଲେ।

ସେଇ ଶବ୍ଦକୁ ଶୁଣି ଶୃଗାଳ ବି ଉତ୍ସୁକ ହେଲା। ଧୀରେ ଧୀରେ ଆସି ସେ ଶବ୍ଦର ଉଦ୍ଭବ ସ୍ଥାନ ଆଡ଼କୁ ଚାହିଁଲା। ସେଠାରେ ଛପି ରହିଥିବା କାମଲୋଲୁପକୁ ଦେଖି ଶୃଗାଳ ତାଙ୍କୁ ଅଣଦେଖା କରି ସେଠାରୁ ଧାଇଁଲା ଏବଂ ଦୂରକୁ ଯାଇ ସେ ବୁଲି ଚାହିଁଲା।

ତା' ପରେ ରବିନ୍ଦ୍ରନ ଜୋରରେ ହସିଉଠିଲେ।

କ୍ଷଣଟିଏ ପାଇଁ ଚାନ୍ଦ ବାଦଲ ତଳେ ଲୁଚିଗଲା, ତା'ପରେ ତା'ର ପ୍ରଭାବ ବଢିଗଲା। ରବିନ୍ଦ୍ରନଙ୍କର ଧୈର୍ଯ୍ୟ ଭାଙ୍ଗିଗଲା। ତା'ପରେ ସେ ଜାଣିଲେ ମାଲୁ ତାଙ୍କୁ ଧୋକା ଦେଇଛି।

ପାଞ୍ଚ ମିନିଟ ଯାଇଥିବ କି ନାହିଁ ରବିନ୍ଦ୍ରନଙ୍କର ଦୃଷ୍ଟି ଦଶ ଗଜ ଦୂରରେ ଏକ ଧଳା ବସ୍ତୁ ଉପରେ ପଡ଼ିଲା।

ଧଳା ଧୋତିରେ ମୁଣ୍ଡକୁ ଢାଙ୍କି ଘନିଭୂତ ଚାନ୍ଦ ଭଳି ସେ ଧୀରେ ଧୀରେ ଆସୁଛି।

ରବିନ୍ଦ୍ରନଙ୍କର ହୃଦୟ ଆନନ୍ଦରେ ଭରିଗଲା। ବିଜୟର ଏକ ହାଲୁକା ହସ ତାଙ୍କ ଅଧରରେ ଖେଳିଗଲା। ସେ ପୁରା ଉତ୍ସାହରେ ତାଙ୍କ ଆଶାଲତା ଆଡ଼କୁ ଚାହିଁ ଶାନ୍ତିର ଏକ ନିଶ୍ୱାସ ନେଲେ।

ସେ ଯେତିକି ଯେତିକି ଗାଧୁଆଘର ପାଖକୁ ପାଖକୁ ଆସୁଥିଲା ସେତିକି ସେତିକି ତା' ଗତି ଧୀର ହେଇଯାଉଥିଲା। ସେ ତାଙ୍କଠାରୁ ଦୁଇ ଗଜ ଦୂରକୁ ଆସି ଆତଙ୍କିତ ହୋଇ ଛିଡ଼ା ହୋଇଗଲା।

"ମାଲୁ!" ରବିନ୍ଦ୍ରନ ଗାଧୁଆଘରୁ ତାକୁ ଡାକିଲେ। ସେ ହଲିଲାନି। ତା' ମନ ଆଉ ତନ କମ୍ପିବାକୁ ଲାଗିଲା।

"ଆସେ।" ରବିନ୍ଦ୍ରନ ଫୁସଫୁସ ହୋଇ କହିଲେ। ତଥାପି ସେ ଏକ ଶଂଖମଲମଲ ପ୍ରତିମା ଭଳି ସେଠାରେ ଛିଡ଼ା ହୋଇ ରହିଲା।

ରବିନ୍ଦ୍ରନ ବାହାରକୁ ଆସି ତା' ହାତକୁ ଧରିଦେଲେ। ସେ ବିଜୁଳି ତାର ଭଳି ଗରମ ଥିଲା ଏବଂ କମ୍ପୁ ବି ଥିଲା। ତା' ମୁଣ୍ଡରେ ପକାଇଥିବା ଧଳା ବସ୍ତ୍ରକୁ ହଟେଇ ସେ ଧ୍ୟାନପୂର୍ବକ ଚାହିଁଲେ। ଗୋଟିଏ ଶବ ଉପରେ ପକାଇଥିବା କପଡ଼ାକୁ ହଟେଇ ଦେବାପରେ ଦେଖାହେବା ଭଳି ତା' ମୁହଁ ନିର୍ଜିବ ଲାଗିଲା। ଏମିତି ହେବା ପରେ ବି ତା' ଆଖି ତାରା ଭଳି ଚମକୁଥିଲା। ତା' ଆଖିରୁ ଗାଲ ଦେଇ ଅଶ୍ରୁ ବହି ଚାଲିଥିଲା।

ରବିନ୍ଦ୍ରନ ନିଜର ଅଦ୍ଭୁତ ଆବେଗକୁ ନିୟନ୍ତ୍ରିତ କରି ଶାନ୍ତ ସ୍ୱରରେ ପଚାରିଲେ, "ମାଲୁ, ତୁ କାନ୍ଦୁଛୁ କାହିଁକି ?"

ରବିନ୍ଦ୍ରନ ଧରିଥିବା ତା' ହାତକୁ ଟାଣିଆଣି ଅଲଗା କରି ସେ   ଗଦ୍‌ଗଦ୍ ସ୍ୱରରେ କହିଲା, "ମୁଁ ଯାଉଛି।"

"କାହିଁକି ଯିବୁ ? ତୁ ଡରୁଛୁ କାହିଁକି ? ତୁ କାହିଁକି ଥରୁଛୁ ? ମୋ ଉପରେ ତୋର ବିଶ୍ୱାସ ନାହିଁ ? ପାଗଳି ଏପଟେ ଆସେ।"

ରବିନ୍ଦ୍ରନ ପୁଣି ତା' ହାତକୁ ଧରିଲେ। ସେ ହାତକୁ ଟାଣିନେଲା। ସମ୍ଭ୍ରମତାର ସହ ସେ ବୁଲି ଚାଲିଗଲା।

"ମାଲ..ମାଲୁ..ରହିଯା.." କହି ରବିନ୍ଦ୍ରନ ତା' ପଛେ ପଛେ ଗଲେ। ତା'ର ଚାଲି ବଢ଼ିଗଲା। ଥକ୍କିଯାଇ ଧଇଁସଇଁ ହୋଇ ସେ ବାଲିରେ ଦୌଡ଼ିବାକୁ ଲାଗିଲେ। କିଛି ଦୂର ପର୍ଯ୍ୟନ୍ତ ଦୌଡ଼ିବାକୁ ଲାଗିଲେ। ସେ ଏକ ପତଙ୍ଗ ଭଳି ଜମି ଆଡ଼କୁ ଉଡ଼ିଗଲା।

ସେ ବୁଲିକି ଆଦୌ ଚାହିଁଲାନି। ଜମିର ବେଢ଼ାରେ ରଖାଯାଇଥିବା ବାଉଁଶର ସିଢି ଚଢି ସେ ଗଛମାନଙ୍କ ଗହଳିରେ କୁଆଡେ ଅଦୃଶ୍ୟ ହୋଇଗଲା। ରବିନ୍ଦ୍ରନ କିଂକର୍ତ୍ତବ୍ୟବିମୂଢ଼ ହୋଇ ସେଇ ନଦୀ କୂଳ ଆଡ଼କୁ ଆସିଥିବା ସଙ୍କୀର୍ଣ୍ଣ ଗଳିରେ ସ୍ତବ୍ଧ ହୋଇ ଛିଡ଼ାହେଲେ। ଏହି ବିତିଯାଇଥିବା ଘଟଣା ଏକ ଦୁର୍ଲଭ ସ୍ୱପ୍ନ ଭଳି ତାଙ୍କୁ ଲାଗିଲା।

କିଛି ସମୟଯାଏ ସ୍ତବ୍ଧ ହୋଇ ଛିଡ଼ା ହୋଇ ରହିବାପରେ ତଳମୁହାଁ ତଥା ବିଚାରମଗ୍ନ ହୋଇ ରବିନ୍ଦ୍ରନ ବୁଲି ଚାଲିଗଲେ। ପ୍ରେମପୂର୍ଣ୍ଣ କେତେ ଅଦ୍ଭୁତ ଅନୁଭବ

ହେବା ପରେ ବି ଏହି ଢଙ୍ଗରେ ଏକ ହୃଦୟସ୍ପର୍ଶୀ ଅନୁଭବ ତାଙ୍କର କେବେ ହୋଇନଥିଲା। ଏଥିରେ ଅନ୍ତର୍ଭୁକ୍ତ ମନୋବୈଜ୍ଞାନିକ ତତ୍ତ୍ୱକୁ ସେ ବୁଝିପାରୁ ନଥିଲେ।

ତା'ର ପଦଚିହ୍ନ ସେଇ ବାଲି ଉପରେ ସ୍ପଷ୍ଟ ଦେଖାଯାଉଥିଲା। ତା' ଉପରେ ପାଦ ରଖି ଚାଲିବା ସମୟରେ ତାଙ୍କୁ ଆନନ୍ଦ ଲାଗିଲା। ସେଇ ପାଦମୁଦ୍ରା ଉପରେ ପାଦ ରଖି ସେ କିଛି ଦୂର ପର୍ଯ୍ୟନ୍ତ ଚାଲିଲେ।

ହଠାତ୍ ସେଇ ପାଦଚିହ୍ନ ପାଖରେ କୌଣସି ଜିନିଷକୁ ସେ ଚମକିପଡ଼ି ଚାହିଁଲେ। ନଇଁପଡ଼ି ସେ ସେଇ ଜିନିଷଟିକୁ ଉଠାଇନେଲେ। ତାହା ଏକ ଚାନ୍ଦିର ପାଉଁଜି ଥିଲା।

ଏଇଟି ମାଲୁର ଏଥିରେ ସନ୍ଦେହ ନାହିଁ। ରବିନ୍ଦ୍ରନ ତାକୁ ଓଲଟ ପାଲଟ କରି ଦେଖି ନିଜେ କହିହେଲେ। ସେ ତାକୁ ଅଧର ପର୍ଯ୍ୟନ୍ତ ନେଇ ଚୁମ୍ବନ ଦେଲେ।

ପାଉଁଜିକୁ ହାତରେ ରଗଡ଼ି ନିଜ ଆଶାର ବାଷ୍ପକୁ ନେଇ ସେ ଘରକୁ ଫେରିଲେ।

ପରଦିନ ରବିନ୍ଦ୍ରନ ପାଉଁଜିକୁ ଧରି ନଦୀ କୂଳକୁ ଗଲେ ଏବଂ ମାଲୁର ବାଟ ଚାହିଁ ବସିଲେ। କିନ୍ତୁ ସେ ନିରାଶ ହେଲେ।

ଚତୁର୍ଥ ଦିନ ଟାଣ ଦ୍ୱିପହରରେ ଲୁଗାପଟା ଧୋଇବା ପାଇଁ ମାଲୁ ନଦୀ କୂଳକୁ ଆସିଲା। ଧୀରେ ଧୀରେ ତା' ପାଖକୁ ଯାଇ ରବିନ୍ଦ୍ରନ ପଚାରିଲେ, "ମାଲୁ, ଏଇଟା କ'ଣ ତୋ ପାଉଁଜି ?"

ଦୟନୀୟ ଭାବେ ରବିନ୍ଦ୍ରନ ଆଡ଼କୁ ଥରେ ଚାହିଁଦେଇ 'ହଁ' କହି ସେ ମୁଣ୍ଡ ହଲାଇଲା। ତା' ପାଖକୁ ଆଉ ଟିକେ ଲାଗିଯାଇ ରବିନ୍ଦ୍ରନ ପଚାରିଲେ, "ସେଦିନ ରାତିରେ ତୁ କାହିଁକି ଧାଇଁ ଚାଲିଗଲୁ ?"

ସେ ଟିକେ ବିଚଳିତ ହୋଇ କିଛି ଉତ୍ତର ନଦେଇ ମୁଣ୍ଡ ତଳକୁ କରି ଛିଡ଼ାହେଲା। ରବିନ୍ଦ୍ରନ ତା'ପରେ ପଚାରିଲେ, "କାଲି ରାତିରେ ତୁ ଆସିବୁ ? ସେଇ ସ୍ଥାନରେ ମୁଁ ଅପେକ୍ଷା କରିଥିବି। 'ମୁଁ ଆସିବି' ଏମିତି କହ, ସେ ତା' ହାତକୁ ଧରି ଦବାଇଲେ।

ମାଲୁ ଟିକେ ଦବିଲା ସ୍ୱରରେ କହିଲା, 'ମୁଁ ଆସିବି।'

"ଆଚ୍ଛା, ତା'ହେଲେ ସେଇ ପାଉଁଜି ସେତେବେଳେ ଦେବି।" ସେ ବୁଲିପଡ଼ି ଚାଲିଗଲା ବେଳକୁ ରବିନ୍ଦ୍ରନ କହିଲେ।

ସ୍ୱଚ୍ଛ ଚାନ୍ଦିନୀ ରାତିରେ ସେଦିନ ମଧ୍ୟ ଧଳା ଗାଲିଚା ବିଛାଇଦେଲା। ବାଉଁଶ ବୁଦାର ଛାଇ ସେଇ ବିଶାଳ ରେଶମୀ ଗାଲିଚାକୁ ଝାଲର କରିଦେଲା।

ସାକ୍ଷାତ କରିବା ସ୍ଥାନରେ ରବିନ୍ଦ୍ରନ ପ୍ରତୀକ୍ଷା କରିବାକୁ ଲାଗିଲେ। ନଦୀ ଆଡ଼କୁ ଝୁଙ୍କି ଠିଆ ହୋଇଥିବା ଏକ ଶୁଖିଲା ନଡ଼ିଆ ଗଛରେ ଗୋଟିଏ ପେଚା ଆସି ବସିଲା ଏବଂ ଶବ୍ଦ କରିବାକୁ ଲାଗିଲା। ରବିନ୍ଦ୍ରନଙ୍କର ପାଦ ପାଖ ଦେଇ ଏକ ଜଙ୍ଗଲୀ ମୂଷା ଦୌଡ଼ି ଚାଲିଗଲା। ସେ ଚମକି ପଡ଼ିଲେ।

ଗୋଟିଏ ତାରାକୁ ନିରିକ୍ଷଣ କଲାଭଳି ସେ ମାଲୁର ଝୁମ୍ପୁଡ଼ିରେ ମିଞ୍ଜି ମିଞ୍ଜି ହେଇ ଜଳୁଥିବା ଡିବି ଆଲୋକର ଦୃଶ୍ୟକୁ ଦେଖି ଛିଡ଼ାହେଲେ।

ତାହା ଜଲଦି ଲିଭିଗଲା। ତା' ପରେ ରବିନ୍ଦ୍ରନଙ୍କୁ ବହୁତ ଆଶ୍ୱାସନା ମିଳିଲା। ସେ ଆଉ ଗୋଟିଏ ସିଗାରେଟ ଲଗାଇଲେ। ତା'ପରେ ସେ ସେଇ ସଙ୍କୀର୍ଣ୍ଣ ଗଳି ଆଡ଼କୁ ଏକଲୟରେ ଚାହିଁରହିଲେ।

ଅଧ ଘଣ୍ଟା ବିତିଗଲା ପରେ ବି ସେ ଆସିଲାନି। ରବିନ୍ଦ୍ରନଙ୍କର ଭାବନା ବଦଳିଗଲା। ସେ ତାକୁ ଖୋଜିବାକୁ ସେଠାକୁ ଯିବାକୁ ଭାବିଲେ।

ଅନ୍ୟମନସ୍କ ହୋଇ ସେ ବୁଲି ଦେଖିବାରୁ ଗୋଟିଏ ଛାଇକୁ ତାଙ୍କ ପଛରେ ଛିଡ଼ା ହୋଇଥିବାର ଦେଖାଗଲା।

"ମାଲୁ" ସେ ଅନ୍ୟ କୌଣସି ରାସ୍ତା ଦେଇ ଆସି ପହଞ୍ଚିଲା। ତା' ମୁଣ୍ଡରୁ ଆଞ୍ଚଳ ଉତାରି ସେ ତା' ମୁହଁ ଉପରୁ ଉଠାଇଲା। ତା' ମୁହଁରେ ଛାଇଯାଇଥିବା କଇଁର ଧବଳତା, ନିର୍ମଳତା ଏବଂ ସୁଗନ୍ଧ ସମ୍ମିଳିତ ହୋଇ ଯାଇଥିଲା।

ବହୁତ ଆନନ୍ଦର ସହ ଅଭୂତପୂର୍ଣ୍ଣ ଏବଂ ଅନୁପମ ଅନୁରାଗର ଉଦ୍‌ବେଗରେ ସେ ନିର୍ମିନେଷ ଦୃଷ୍ଟିରେ ଚାହିଁ ରହିବାରୁ ମାଲୁ ଏକ ତରଳ ତାରା ଭଳି ଛିଡା ହୋଇଗଲା। ପ୍ରଥମ ଭେଟ ଭଳି ହୁଏତ ସେ ଏବେ ବି ଦୌଡ଼ି ଚାଲିଯିବ। ଏହି ଆଶଙ୍କାରେ ରବିନ୍ଦ୍ରନ ତା' ହାତକୁ ଜୋରରେ ଚାପି ଧରିଲେ।

ତା'ପରେ ତାଙ୍କର ଭାବନା ବଦଳିଗଲା। ସେ କଇଁ କଇଁ ହେଇ କାନ୍ଦିଲା ଏବଂ ସରଳ ସ୍ୱଭାବରେ ସେ କହିଲା, " ମୁଁ ଦୁନିଆ ସାମନାରେ ଅପରିଚିତ ଝିଅ। ମୋର ବାପା ମା' ଭାଇ କେହି ନାହାନ୍ତି। ଯଦି କୌଣସି ଅସୁବିଧା ହେଇଯାଏ ତା'ହେଲେ..."

ତାକୁ ଆଲିଙ୍ଗନ କରି ରବିନ୍ଦ୍ରନ କହିଲେ, "ମାଲୁ ତୋର କ'ଣ ମୋ

ଉପରେ ବିଶ୍ୱାସ ନାହିଁ ? ତୋର କୌଣସିପ୍ରକାର ମାନହାନି ହେବା ପୂର୍ବରୁ ମୁଁ ସାଙ୍ଗରେ ନେଇଯାଇ ତତେ ସାମାଜିକ ପ୍ରତିଷ୍ଠା ଦେବି।"

ଚାନ୍ଦ ଡୁବିଗଲା। ରବିନ୍ଦ୍ରନ ମାଲୁକୁ ତା' ଘର ପାଖରେ ପହଞ୍ଚାଇଦେଲେ। ତା'ପରେ ଫେରି ଘରେ ପହଞ୍ଚିବା ପରେ ରବିନ୍ଦ୍ରନଙ୍କର ଏକଥା ମନେ ପଡ଼ିଲା ଯେ ସେ ମାଲୁର ପାଉଁଜି ଫେରାଇନାହାନ୍ତି।

(୬)

ଶୁକ୍ଳପକ୍ଷର ଚାନ୍ଦ ଭଳି ତାଙ୍କର ପ୍ରେମଲୀଳା ବଢ଼ିଚାଲିଲା । ଆକାଶର ହଜାର ହଜାର ନକ୍ଷତ୍ର ତାଙ୍କ ରାତ୍ରି ମିଳନର ସାକ୍ଷୀ ହୋଇଗଲେ ।

ସୂର୍ଯ୍ୟାସ୍ତ ପରେ ପରେ ଗ୍ରାମବାସୀ କାଞ୍ଜି ପିଇ ଶୋଇଯାଆନ୍ତି ଏବଂ ଗାଁରେ ନିସ୍ତବ୍ଧତା ଖେଳିଯାଏ । ଘରଲୋକେ ଗାଢ ନିଦରେ ଶୋଇପଡ଼ନ୍ତି । ସେତେବେଳେ ମାଲୁ ଘରୁ ବାହାରେ । ଅନ୍ଧକାରରେ ତା'ର ଅନ୍ତରାତ୍ମା ତାକୁ ଆଲୋକ ଦେଖାଏ । ଇରୁବଂଷନ୍ନିସ୍ଥୁଷାର ଧଳା ବାଲିଯୁକ୍ତ ନଦୀ କୂଳକୁ ଆସି ବେକ ଯାଏ ପାଣି ପାରହୋଇ ସେ ଅନ୍ୟ କୂଳକୁ ଆସେ ଏବଂ ରବିନ୍ଦ୍ରନଙ୍କର ଉପର ଘରୁ ବାହାରୁଥିବା ଆଲୋକକୁ ଲକ୍ଷ୍ୟ କରି ଆଗକୁ ବଢେ । ଯେତିକି ଯେତିକି ସେ ତାଙ୍କ ଘର ପାଖାପାଖି ପହଞ୍ଚେ ସେତିକି ସେତିକି ତା'ର ପ୍ରବଳ ଶକ୍ତି ଆସିଯାଏ । ସେ ତା' ନିଜ ହୃଦୟ ସ୍ପନ୍ଦନର ଶବ୍ଦ ନିଜେ ଶୁଣିବାକୁ ଲାଗେ । ପାଦ ତଳ ଠିକ୍‌ରେ ପଡ଼େନି, ଲଡ଼ଲଡ଼ ହୁଏ । ଅକାରଣଟାରେ ତା'ଅଧର ଶୁଖିଯାଏ...ହଠାତ୍ ତା' ପଛରୁ ଅପ୍ରତ୍ୟାଶିତ ସ୍ପର୍ଶ । ଏକ ବିଜୁଳିର ଶକ୍ତି ତା'ର ସବୁ ଶିରା ପ୍ରଶିରାରେ ସେଇ ଆଲିଙ୍ଗନରେ ଖେଳିଯାଏ । ତାକୁ ଯେମିତି ଲାଗେ ସେ ସେଇ ଅନ୍ଧକାରରେ ବିଲୀନ ହୋଇଯିବ । ତା'ର ଥରୁଥିବା ଅଧରରେ ଏକ ମଧୁର ଚୁମ୍ବନ..ଅର୍ଦ୍ଧ ଚେତନରେ ସେଇ ଆଲିଙ୍ଗନରେ..ଆନନ୍ଦର ଭଅଁରରେ ଏକ କଇଁର ନାଡ଼ ଭଳି ସେ ଲୋଟିପଡେ । ନିଜ ଶରୀରର ଉଷ୍ମତାରେ ଶୁଖିଯାଇଥିବା ସେଇ ସୁନ୍ଦର ଲତାଟିକୁ ଉଠେଇ ରବିନ୍ଦ୍ରନ ନିଜ କୋଠରି ଆଡ଼କୁ ନେଇଗଲେ । ସେଠାକାର ଶୟନକକ୍ଷର ଗାଲିଚାର ଶେଜ ଉପରେ ସେଇ ପ୍ରେୟସୀକୁ ସେ ପ୍ରସ୍ତୁତ କଲେ ।

ରବିନ୍ଦ୍ରନ ପ୍ରେମର ଜାଦୁଗର। ତା'ର କମନୀୟତାକୁ କ୍ଷଣଟିଏରେ କଣ୍ଢେଇଟିଏ କରିବାକୁ ନୈସର୍ଗିକ କୌଶଳ ତାଙ୍କୁ ଜଣା। ପ୍ରେମକୁ ପ୍ରକାଶ କରିବାର ତାଙ୍କର ସେଇ କୌଶଳ ଗ୍ରାମୀଣ କନ୍ୟା ମାଲୁ ଉପରେ ଦୁଇ ଗୁଣା ଶକ୍ତିର ପ୍ରଭାବ ପକାଇଲା। "ମାଲୁ" ରବିନ୍ଦ୍ରନଙ୍କର ଏହି ଡ଼ାକ ହିଁ ପ୍ରେମର ପ୍ରଣୟ ମନ୍ତ୍ର ଭଳି ତା'ର ଅନୁଭବ ହେଲା। ରବିନ୍ଦ୍ରନଙ୍କର ପ୍ରତ୍ୟେକ ନଜର, ଭାବ ଏବଂ ସ୍ପର୍ଶ ମାଲୁର ଅର୍ନ୍ତମନକୁ ପୁଲକିତ କରିଦେଲା। ସେ କ୍ଷଣକେ ବଦଳିଗଲା। ଯେତେବେଳେ ତାକୁ ଲଜ୍ୟା ହେବା କଥା ସେ ନିର୍ଭିକ ହୋଇଗଲା ଏବଂ ନିର୍ଭିକ ହେବା ଅବସରରେ ସେ କାନ୍ଦେ। ତାଙ୍କଠାରୁ ମାଲୁ ପ୍ରେମର କିଛି ନୈତିକ ଶିକ୍ଷା ବି ଶିଖିଗଲା। ସେଇ ପ୍ରେମାନନ୍ଦରେ ସିଏ ବି କିଛି ଭାଗ ନେଲେ।

ରବିନ୍ଦ୍ରନ କହନ୍ତି, "ମୁଁ ତତେ କୋଷିକ୍କୋଡ ନେଇଯିବି।"

ମାଲୁ ପଚାରେ, "କାହିଁକି ?"

"ତତେ ବିବାହ କରିବା ପାଇଁ।"

"ଉଫ୍! ତୁମେ କ'ଣ ମୋତେ ଥଟ୍ଟା କରୁଛ ?"

ତା' କପାଳରେ ଚୁମ୍ବନ ଦେଇ ରବିନ୍ଦ୍ରନ କହିଲେ, "କ'ଣ ମାଲୁ, ତୋର ମୋ ଉପରେ ବିଶ୍ୱାସ ଅଛି ନା ନାହିଁ ?"

ମାଲୁ ମୁଣ୍ଡ ତଳକୁ କରି ରବିନ୍ଦ୍ରନଙ୍କର ଇସ୍ତ୍ରୀ କରାଯାଇଥିବା ଶାର୍ଟର କଲରକୁ ଛୁଇଁ କହିଲା, "ନାଇଁ, ମୋତେ ଏଇଠି କୌଣସିପ୍ରକାର ଜୀବନ କଟେଇବାର ଅଛି।"

"ଯା ଇଡ଼ିଅଟ।"

"ଇଡ଼ିଅଟ" ଏହି ଇଂଗ୍ରାଜୀ ଶବ୍ଦର ମାନେ ସେ କେମିତି ଜାଣିବ ? ତଥାପି ସେ ଅନୁମାନ ଲଗାଇ କହିଲା ଯେ ଏହା କୌଣସି ପ୍ରେମର ନାଁ ହୋଇଥିବ।

ତା'ପରେ ରବିନ୍ଦ୍ରନ ସହର ଏବଂ ସହରୀ ଜୀବନ ବିଷୟରେ ଏକ ବିସ୍ତୃତ ଏବଂ ଉଦ୍‌ବେଗପୂର୍ଣ୍ଣ ବର୍ଣ୍ଣନା ଆରମ୍ଭ କଲେ। ସମୁଦ୍ର, ଜାହାଜ, ସମୁଦ୍ରକୂଳ, ବେପାର, ରାସ୍ତାମାନଙ୍କର ଭିଡ଼ଭାଡ଼, ରାଜକୀୟ ଅଟ୍ଟାଳିକା, କୁଟୀର ଉଦ୍ୟୋଗଶାଳା, ହୋଟେଲ, କ୍ଲବ, ସିନେମାହଲ, ରେଲୱେ ଷ୍ଟେସନ...ଏହି ସବୁ ବିଷୟରେ ଥରକୁ ଥର ରବିନ୍ଦ୍ରନ ବର୍ଣ୍ଣନା କରିବାକୁ ଲାଗିଲେ। ସେତେବେଳେ ତା' ଆଖି ବିସ୍ଫୋରିତ ହୋଇଗଲା। ସହର ବିଷୟରେ, ସେଇ ଅଦ୍ଭୂତ ସ୍ଥାନ ବିଷୟରେ ସେ ଅନେକ

ସ୍ୱପ୍ନର ଜାଲ ବୁଣିଲା...କିଛି ପିଲାଳିଆ ଭାବନାକୁ ତା' ସହିତ ଜୋଡ଼ି ଦେଇ ସେ ଭାବେ।

ଦୁଇ ପାହାଡ଼ ମଝି ଗଳିରେ ସେଇ ମୁକ୍କମ ଇଷ୍ଟେଟର ଇଂରେଜ ମାଲିକଙ୍କ ବଙ୍ଗଳାଭଳି ପାଞ୍ଚ ଶହ ଘରର ସମ୍ମିଳିତ ରୂପ ଭଳି ସେ ଅନୁମାନ କରେ। ବଜାରର ଭିଡ଼ ଭାଡ଼ ମୁକ୍କମର ଶହେ ବଜାରର ମିଶାମିଶି ରୂପକୁ ସେ ମନ ଭିତରକୁ ନେଇଆସେ। କିନ୍ତୁ ଜାହାଜ ଏବଂ ରେଳଗାଡିର ସ୍ପଷ୍ଟ ଆକାର ପ୍ରକାର ବିଷୟରେ ସେ ଅଦୌ ଭାବି ପାରିଲାନି। ମାଲୁ ବହୁତ କଥା ଅନୁମାନ କରିପାରେନି। ଯେହେତୁ ଅନ୍ୟ କୌଣସି ସ୍ଥାନ ଦେଖିନି। ମୁକ୍କମର ପୂର୍ବ ଦିଗରେ ଅଲ୍ଲିବାଗ (ରବର ଇଷ୍ଟେଟ) ପର୍ଯ୍ୟନ୍ତ ଏବଂ ପଶ୍ଚିମ ଦିଗରେ ବଲିୟା ପୋମିଲ ପରନ୍ପୁ ପର୍ଯ୍ୟନ୍ତ ସେ ଯାଇଛି। ତା' ବ୍ୟତୀତ ଅନ୍ୟ ସ୍ଥାନ ବିଷୟରେ ତାକୁ କିଛି ବି ଜଣାନାହିଁ। କିନ୍ତୁ ମୁକ୍କମର ଭୂଗୋଳ ଏବଂ ପୁରାତତ୍ତ୍ୱଶାସ୍ତ୍ର ତା' ଭଳି ଜାଣିବାବାଲା ବିରଳ।

ଦିନେ ରାତିରେ ରବିନ୍ଦ୍ରନ ଏବଂ ମାଲୁ ସେଠାରେ ଦେଖାକଲେ ଏବଂ ଯେତେବେଳେ ପରସ୍ପର ଅଲଗା ହେଲେ ଗୋଟିଏ ଗୀତ ଶୁଣିବାକୁ ମିଳିଲା।

"ଉଧର କୀ ଜାନୁ କୀ ସାବୁନ ପେଟୀ ମେ
ଡ୍ରାଇଭରର ଫୋଟ ଦେଖା
ପ୍ୟାରୀ ମୌସୀ...ଡ୍ରାଇଭର କା ଫୋଟୋ ଦେଖା
ଚାହେଁ କାଲା ହୋ ୟା ଗୋରା
ଇସ୍ ଚାହିୟେ ମୁଝେ ଅପନା ଓ୍ୱହ ଡ୍ରାଇଭର।"

ସେଇ ପୁରୁଣା ଗୀତ ଶୁଣି ରବିନ୍ଦ୍ରନ ହୋ ହୋ ହେଇ ହସିଉଠିଲେ।

ମାଲୁ ଧୀରେ ଚୁପକରି କହିଲା, "ଇକ୍କୋରନର ଗୀତ।"

ରବିନ୍ଦ୍ରନ ପଚାରିଲା, "ଏହି ଇକ୍କୋରନ କିଏ ?"

"ସେ ଜଣେ ଅସହାୟ ମଣିଷ, ସମସ୍ତଙ୍କର ସାହାଯ୍ୟକାରୀ, କାହା ସହିତ ଝଗଡ଼ା ନାହିଁ। ସକାଳୁ ଦ୍ୱିପହର ଯାଏ କୋଦାଳ ମାରି କାହା କ୍ଷେତରେ ହଳ ବୁଲାଇ, କାହା ବଗିଚାରେ କାମ କରି ରୋଜଗାର କରି ଚଳେ। ସନ୍ଧ୍ୟାରୁ ଅଧ ରାତି ଯାଏ ମଦ ପିଇ ଗୀତ ଗାଇ ବୁଲାବୁଲି କରେ। ଏହା ହିଁ ତା'ର ପେଶା। ସମସ୍ତେ ତାକୁ ମାଡ୍ରାସୀ ଇକ୍କୋରନ ବୋଲି ଡାକନ୍ତି।"

ରବିନ୍ଦ୍ରନ ଏବଂ ମାଲୁ ବୁଢା ପାଖରୁ ହଟିଯାଇ ଛିଡ଼ା ହୋଇଗଲେ। ଇକ୍କୋରନ

ସେଇ ଗୀତ ଗାଇ ଗାଇ ନଦୀ କୂଳ ହେଇ ତାଙ୍କଠାରୁ ବହୁତ ପାଖଦେଇ ଚାଲିଗଲା।

ବିଦାୟ ସମୟରେ ରବିନ୍ଦ୍ରନ ତା' ଅଧରରେ ଶେଷ ଚୁମ୍ବନ ଦେଲେ।

ଇନ୍ଦ୍ରନୀଳ ମଣିରେ ଜଡ଼ିତ ଆକାଶ ଉଜ୍ଜ୍ୱଳ ଦିଶୁଥିଲା।

ସେଇ ସମୟରେ ଏକ ଉଲକା ପଡ଼ିଲା।

ମାଲୁ ଆଖି ବିସ୍ଫୋରିତ କରି କହିଲା, "ଦେଖ, ଗୋଟିଏ ମାଛ ଖସିଲା।"

ତା'ର ଚକ୍‌ଚକ୍ କରୁଥିବା ଆଖି ଆଡ଼କୁ ଚାହିଁ ରବିନ୍ଦ୍ରନ କହିଲେ, "ଦେଖିଲି ସେଇ ମାଛ ତୋ ଆଖିରେ ପଡ଼ିଲା।"

ମାଲୁ ସେଥିରେ ନିହିତ କାବ୍ୟ ରସର ଆସ୍ୱାଦନ କରିପାରିଲାନି। ସେ ଯଥାର୍ଥରେ କହିଲା, "ନାଇଁ ନାଇଁ ସେଇଟା ଚେତୁ ମାସ୍ତିଳାର ଜମିରେ ପଡ଼ିଲା। ତାହା ପଡ଼ିବା ସ୍ଥାନକୁ ଗାତ ଖୋଳି ଦେଖିଲେ ଗୋଟିଏ ଲିଙ୍ଗ ଦେଖାଯିବ। ରବିନ୍ଦ୍ରନ ହୋ ହୋ ହେଇ ହସିଲେ ଏବଂ ତା' ଆଖିରେ ଆଖି ମିଶାଇ ଗାଲରେ ଚୁମ୍ବନ ଦେଇ କହିଲେ, "ମୋର ସର୍ବସ୍ୱ ଏଠାରେ ଅଛି।"

ରବିନ୍ଦ୍ରନ ତାକୁ ଅତ୍ୟନ୍ତ ଆକର୍ଷଣୀୟ ପ୍ରେମଚିତ୍ର, ଅଧିକାଂଶ ନଗ୍ନ ଚିତ୍ର ଦେଖାଇଲେ। ସେଇ ଫଟୋକୁ ଦେଖି ସେ ଏକ ଅପରିପକ୍ୱ ଝିଅ ଭଳି ଜୋରରେ ହସିଲା। ସେ ଏକ ପ୍ରେମ କବିତା ଗାଇ ଶୁଣାଇଲେ ଏବଂ ଶୃଙ୍ଗାରିକ ଶ୍ଳୋକର ବ୍ୟାଖ୍ୟା କଲେ।

ଦିନେ ରାତିରେ ସେ ଆସିଲାରୁ ରବିନ୍ଦ୍ରନଙ୍କ ପାଇଁ ଖାଇବାକୁ ଆଣିଥିଲା। ଚିନି, ଘିଅ, ଆରାରୁଟ ଇତ୍ୟାଦି ପକାଇ ହାଲୁଆ ଢଙ୍ଗରେ ତିଆରି ହୋଇଥିବା ଏକ ଗାଉଁଲି ଖାଦ୍ୟ। କେକ୍‌ଠାରୁ ବି ବେଶୀ ସ୍ୱାଦିଷ୍ଟ ଲାଗୁଥିବା ଯୋଗୁ ସେ ପୁରା ଖାଇଦେଲେ। ତା'ପରେ ସେ କହିଲେ, "ଏବେ ତୁ ଖାଇବା ପାଇଁ ମୁଁ ଗୋଟିଏ ଖାଇବା ଜିନିଷ ତତେ ଦେବି।"

ରବିନ୍ଦ୍ରନ କୋଟ ପକେଟରୁ ଏକ ଚକଲେଟ ବାହାରକରି ମାଲୁକୁ ଦେଲେ। ସେଇ ଚମକୁଥିବା ଜିନିଷକୁ ମାଲୁ ଓଲଟ ପାଲଟ କରି ଦେଖିଲା।

"ଏଇଟା କ'ଣ ?"

"ଏକ ସହରୀ ଖାଦ୍ୟ। ତୁ ଖାଆ।"

ସେ ସେଇ ଚମକୁଥିବା ଜିନିଷକୁ ତା' ଢଙ୍ଗରେ ପାଟିକୁ ନେଲା।

ସେ ଚୋବେଇ ଓକାଳି ହେଲା। ରବିନ୍ଦ୍ରନ ତା' ପାଟିରୁ ଚକଲେଟଟାକୁ ବାହାର କରିଦେଲେ। ରବିନ୍ଦ୍ରନ କହିଲେ, "ଚକ୍‌ଚକ୍ କରୁଥିବା ଏହି ଜିନିଷ କ'ଣ ଖାଆନ୍ତି ?" ସେ ସେଇ ଜରିକୁ ଚିରି ସେଇ ମିଠା ପଦାର୍ଥକୁ ତା' ପାଟିରେ ପୁରାଇଦେଲେ। ତା'ପରେ ତାଙ୍କ କୋଳରେ ତାକୁ ଶୁଆଇଦେଲେ।

ତା'ର ଗନ୍ଧ ଏବଂ ରଙ୍ଗ ତାକୁ ଭଲ ଲାଗିଲାନି। ତା'ର କଡ଼ା ରସ ଆହୁରି ବି ତାକୁ ଅସହନୀୟ ଲାଗିଲା। ତଥାପି ସେ ତା'ର ପ୍ରେମିକ ଦେଇଥିବା ବସ୍ତୁକୁ ଥୁକିବାକୁ ଚାହୁଁନଥିଲା। କୌଣସି ଗୋଟିଏ ଔଷଧ ଭଳି ସେ ବଡ଼ କଷ୍ଟରେ ଚୋବାଇ ଗିଳିଦେଲା।

ରବିନ୍ଦ୍ରନ ଗୋଟିଏ ସିଗାରେଟ ଲଗାଇ ପିଇଲେ ଏବଂ ତା' ମୁହଁର ଭାବକୁ ଦେଖି ଚାଲବୁଲ କଲେ।

କିଛି ସମୟପରେ ମାଲୁ କହିଲା, "ମୋତେ ବାନ୍ତି ଆସୁଛି। ଲାଗୁଛି ଏବେ ହେଇଯିବ।"

ରବିନ୍ଦ୍ରନ ସେଇ ସିଗାରେଟଟାକୁ ତା' ଆଡ଼କୁ ବଢାଇ ଦେଇ କହିଲେ, "କିଛି କଥା ନାହିଁ, ଏହାକୁ ଦୁଇ ଢୋକ ନେବାପରେ ବାନ୍ତି ଲାଗିବା ଦୂର ହୋଇଯିବ।"

ସେ ଦ୍ୱନ୍ଦରେ ରହି କହିଲା,

"ଉଁହୁ"

ସେ ଜୋରରେ ମୁଣ୍ଡ ହଲାଇ ମନାକଲା।

"ମାଲୁ, ଭଲ ଲାଗିବ।"

ନିଜେ ରବିନ୍ଦ୍ରନ ତା' ଓଠ ମଝିରେ ସିଗାରେଟକୁ ରଖିଦେଲେ। ସେ ଗୋଟିଏ ଢ଼ୋକ ଟାଣିଲା। ବହୁତ ଧୂଆଁ ତା' ଗଳାକୁ ଉତରିଗଲା। ନାକ ଏବଂ କାନ ହେଇ ସେଇ ଧୂଆଁ ବାହାରକୁ ବାହାରିବାକୁ ଲାଗିଲା। ତା'ର କାଶ ହେବାକୁ ଲାଗିଲା ଏବଂ ରବିନ୍ଦ୍ରନଙ୍କୁ ହସ।

"ତା' ପାଇଁ ବି ଔଷଧ ଅଛି। ରବିନ୍ଦ୍ରନ ଗୋଟିଏ ଛୋଟ ପିଲା ଭଳି ତାକୁ ଛାତିରେ ଲଗାଇ କହିଲେ, "ଗୋଟିଏ ଚୁମ୍ବନ।"

ଦିନେ ସନ୍ଧ୍ୟାରେ ଏକ ଶୁଭ ସମାଚାର ସହିତ ମାଲୁ ରବିନ୍ଦ୍ରନ ପାଖକୁ ଆସିଲା। "ମାଇଁ ତାଙ୍କ ବାପଘରକୁ ଚାଲିଗଲେ। ଦୁଇ ମାସ ପରେ ଯାଇ ଫେରିବେ।"

ରବିନ୍ଦ୍ରନ ତାକୁ ଉଠେଇ ଚୁମ୍ବନ ଦେଇ କହିଲେ "ଏବେ ମୋ ଶାରୀକୁ ଏଠାକୁ ଉଡ଼ି ଆସିବା ପାଇଁ ସ୍ୱାଧିନତା ମିଳିଗଲା ନା ?" ସେଇ ସମୟରେ ଏକ ଭୟାଳୁ ଶବ୍ଦ ଉତ୍ପନ୍ନ କରି ଗୋଟିଏ ଚଢ଼େଇ ଅଗଣାର ଛୋଟ ନଡ଼ିଆ ଗଛରୁ ଉଡ଼ିଆସି ତଳେ ପଡ଼ିଗଲା । ରବିନ୍ଦ୍ରନ ଏମିତିପ୍ରକାର ଚଢ଼େଇକୁ ପୂର୍ବରୁ କେବେ ବି ଦେଖିନଥିଲେ । ସେ ତାକୁ ଉତ୍ସୁକତାର ସହ ଦେଖିବାକୁ ଲାଗିଲେ ।

ମାଲୁ କହିଲା, "ଏଇଟା ପପୀହା, ଈଶ୍ୱରଙ୍କ ଅଭିଶାପ ଯୋଗୁ ଇଏ ଏମିତି ହେଇଯାଇଛି ।"

ରବିନ୍ଦ୍ରନ ସେଇ ଅଭିଶାପର କାହାଣୀ ଶୁଣିବାକୁ ଚାହିଁଲେ ।

ମାଲୁ କହିବାକୁ ଲାଗିଲା, "ପୂର୍ବକାଳରେ ଈଶ୍ୱରଙ୍କ ଗାଈଙ୍କୁ ପାଣି ଦେଉଥିବା ଜଣେ ପିଲା ଥିଲା । ଦିନେ ସେଇ ଗାଈମାନଙ୍କୁ ପାଣି ଦେବା ଛାଡ଼ି ଫିମ୍ପାକୁ ସାମନାରେ ରଖି ଶୋଇଗଲା । ଶୋଷରେ ଛଟପଟ ହେଉଥିବା ଗାଈମାନଙ୍କୁ ଦେଖି ଈଶ୍ୱର ତୁରନ୍ତ ସେଇ ଫିମ୍ପାକୁ ତା' ମୁଣ୍ଡ ଉପରେ ଓଲଟା କରି ରଖିଦେଲେ । ତା'ପରେ ଅଭିଶାପ ଦେଲେ ଯେ ତୁ ସର୍ବଦା ଶୋଷରେ ଛଟପଟ ହେଉଥିବା ଚଢ଼େଇ ହେଇଯା, ଯାହା ଗଳାରେ କଣା ରହିଥିବ ଏବଂ ତା' ମୁଣ୍ଡ ଉପରେ ସେଇ ଫିମ୍ପାକୁ ରଖିଦେବା ଯୋଗୁ ସେ ଏମିତି ଦେଖାଯାଉଛି । ଏହା ହିଁ ତା'ର କାରଣ ।

ପପୀହାର ପୂର୍ବ ଇତିହାସ ଶୁଣି ରବିନ୍ଦ୍ରନ ଜୋରରେ ହସିଲେ । "ମୋ ଚଢ଼େଇ ଆଉ କି କି କାହାଣୀ ଜାଣିଛି ?" ତା' କପାଳରେ ସେ ଟିକେ ଚିମୁଟି ଦେଇ କହିଲେ ।

ଯଦିଓ ସହରର ବାତାବରଣ ଠାରୁ ଦୂରରେ ଏହି ଗାଁର ଲୋକମାନେ ନିରକ୍ଷର ଅଟନ୍ତି, ତଥାପି ତାଙ୍କର ମଧ୍ୟ ନିଜର ଏକ ଅଲଗା ସାହିତ୍ୟ ଅଛି । ପୁରୁଣା କାହାଣୀ, ପରୀ କାହାଣୀ, ଇତିହାସ, ବୀର ପରାକ୍ରମୀମାନଙ୍କୁ ପ୍ରଶଂସା କରୁଥିବା ଗୀତରେ ଭରା ଏହି ଶାଳୀନ ଗ୍ରାମୀଣ ସାହିତ୍ୟର ବି ନିଜର ଏକ ମାର୍ମିକ ଦିଗ ଅଛି । ଏଠାକାର ପ୍ରତ୍ୟେକ ଛୋଟ ପାହାଡ଼, ଝରଣା, ଖାଇ, ପୋଖରୀର ଅଲଗା ଅଲଗା ନାମ ଅଛି । ଏମିତି ଭାବେ ଏଠାକାର କଳା ଚଟାଣ, ମଇଳା ପୋଖରୀର ଏବଂ ଓସ୍ତ ଗଛ ଚଉତରା ପଛରେ ବି କିଛି ନା କିଛି ଲମ୍ବା କାହାଣୀ ଜଡ଼ିତ ଅଛି । ଦେଖ, ସେଇ ବଡ଼ କଳା ପଥର ଚଟାଣ ତାହା ଏକ ହାତୀର ପଥରରେ ପରିବର୍ତ୍ତିତ ରୂପ । କୌଣସି ଗ୍ରାମୀଣକୁ ପଚାରିଲେ ସେଇ ହାତୀର ପରିବର୍ତ୍ତିତ ରୂପ ପଥର

ହୋଇଥିବା ଭୟଙ୍କର କାହାଣୀ ଶୁଣାନ୍ତି। ଦେଖ, ସେଇ ଗଛ ପାଖ ପୋଖରୀ ପାଖକୁ କେହି ଯାଆନ୍ତିନି। କାରଣ ଏହା ଯେ ତାହା ପୂର୍ବେ ଦୋଷୀର ଗଳା କାଟିବା ପାଇଁ ବ୍ୟବହାର ହୋଇଥିବା ପୋଖରୀ। ତାଙ୍କୁ ପଚାରିବା ଦରକାର ନାହିଁ ଯେ ଗୋଟିଏ ଗୋଟିଏ ନୂଆ ଋତୁର ଆଗମନକୁ ଗ୍ରାମୀଣ ଲୋକେ ଫୁଲ ଏବଂ ପକ୍ଷୀ ସାହାଯ୍ୟରେ ଚିହ୍ନନ୍ତି। କୋଇଲି ଆସିଲେ ବର୍ଷା ବି ଆସେ। 'ବିତ୍ତୁମ, କୈକ୍କୋଟ୍ଟୁମ' (ମଞ୍ଜି ଏବଂ କୋଦାଳ)କୁ ନେଇ ଏକ ପ୍ରକାର ଗୀତ ଗାଆନ୍ତି ଏବଂ ନୂଆ ଅତିଥି ଚଢ଼େଇମାନେ ଆସିଲେ ଏହି କଥାକୁ ମନେ ପକାଇ ଦିଅନ୍ତି ଯେ କ୍ଷେତରେ ହଳ କରି ମଞ୍ଜି ବୁଣିବା ସମୟ ଆସିଗଲାଣି। ମାଲୁ ଏହି ପ୍ରକାର ଜ୍ଞାନ ଏବଂ ଭାବନାର ଗନ୍ତାଘର।

ଏହି ପ୍ରକାର ପୁରୁଣା ଏବଂ ସରଳ ବିଶ୍ୱାସୀ ବିଷୟରେ ମାଲୁର କଥା ଶୁଣିବା ରବିନ୍ଦ୍ରନଙ୍କ ପାଇଁ ବି ଏକ ଉତ୍ତମ ବିନୋଦନ ଥିଲା।

ମାଇଁ ଚାଲି ଯାଇଥିବାରୁ ସେ ଆହୁରି ସ୍ୱାଧୀନ ହେଇ ଯାଇଥିଲା। ଅପ୍ରତ୍ୟାଶିତ ସ୍ୱାଧିନତା ମିଳିଯିବାରୁ ନଦୀ କୂଳର ସେଇ ପ୍ରେମ ନୀଡ଼ ପାଖରେ ସେ ଦିନ ସମୟରେ ବି ଉଡ଼ିବାକୁ ଲାଗିଲା।

(୭)

ମୁକ୍କମ ଅଞ୍ଚଳରେ ଇକ୍କୋରନର ନାମ ସହିତ କେହି ବି ଅପରିଚିତ ନଥିଲେ। ଶ୍ୟାମଳ ରଙ୍ଗ, ହୃଷ୍ଟ ପୃଷ୍ଟ ବଳିଷ୍ଠ ଶରୀର। ଲଣ୍ଡା ହେଇଥିବା ମୁଣ୍ଡ, ହସ ହସ ମୁହଁ। ଏହି ସବୁ ଯଦିଓ ଅସାଧାରଣ ତତ୍ତ୍ୱ ନୁହେଁ ତଥାପି ମୋଟାମୁଟି ଭାବେ ଇକ୍କୋରନ ଏକ ଅସାଧାରଣ ସୃଷ୍ଟି।

ସେ ବେକଯାଏ ଏକ ଖଦଡ଼ିଆ ତଉଲିଆ ପିନ୍ଧିଥାଏ। କାମ ପାଇଁ ବାହାରିବା ସମୟରେ ସେ କଳା ମଇଳା ହୋଇଯାଏ, ନଚେତ୍ ସେ ସଫା ସୁତୁରା ରହିଥାଏ। ଏତିକି ଫରକ ଯେ ତା' କାନରେ କାନଫୁଲ ବଦଳରେ କେବଳ କଣା ଅଛି। ସେ ନିଜେ ଜାଣିନି ଯେ ତା'ର ବୟସ କେତେ ? ପଚିଶ କି ପଇଁତିରିଶ ମଧ୍ୟରେ ପ୍ରାୟ ହୋଇଥିବ। ଗୋଟିଏ ଛୋଟ ଛୁରୀ ସବୁବେଳେ ଅଣ୍ଟାରେ ଖୋସିଥାଏ...ତା'ର ଏକମାତ୍ର ହତିଆର।

ତା'ର ଜନ୍ମସ୍ଥାନ କେଉଁଠି ? ଘର କେଉଁଠି ? ବାପା ମାଆ କିଏ ? ଏଇ ସବୁ କଥା ମୁକ୍କମବାସୀ ଜାଣନ୍ତିନି। ମାଲବାର-ଗଦର ବିଦ୍ରୋହ ସମୟରେ କୋଉ ଦକ୍ଷିଣରୁ କୌଣସି ପ୍ରକାରେ ମୃତ୍ୟୁରୁ ବଞ୍ଚି ମୁକ୍କମ ଅଞ୍ଚଳରେ ଆଶ୍ରୟ ପାଇଥିଲା। ତା' ବାପା ମା' ବିଦ୍ରୋହରେ ମରିଗଲେ। ଗଦରବାଲାଙ୍କ ଖଣ୍ଡା ଆକ୍ରମଣର ପ୍ରତୀକକୁ ନିଜ ବେକର ଅଳଙ୍କାର ରୂପେ ବିବେଚନା କରି ସେ ଚାଲିଛି।

ମୁକ୍କମରେ ପହଞ୍ଚିବା ପରଠାରୁ ଏ ପର୍ଯ୍ୟନ୍ତ ସେ ନିଜ ଚେଷ୍ଟାରେ ଜୀବନ ଯାପନ କରିଆସିଛି।

ସେ ନା ପାନ ଖାଏ, ନା ବିଡ଼ି ପିଏ, ନା ଚା' ପିଏ, କୌଣସି ପ୍ରକାର

ଖରାପ ଅଭ୍ୟାସ ତା'ର ନାହିଁ। କିନ୍ତୁ ତା'ଠାରୁ ଅଧିକ ଆହୁରି ଖତରନାକ ଗୋଟିଏ ଅଭ୍ୟାସ ତା'ର ଅଛି ମଦିରା ପାନ! ସେ ତା'ର ନିଜ ଶବ୍ଦରେ କହେ, "ସେ କ୍ଷୁଦ୍ର କୃଷକ ଏବଂ ଜଣେ ବଡ଼ ମାତାଲ।" ଭୋରରୁ ନେଇ ଦ୍ୱିପହର ପର୍ଯ୍ୟନ୍ତ ହାଡ଼ ଭଙ୍ଗା ପରିଶ୍ରମ କରେ। ଦ୍ୱିପହରରୁ ସନ୍ଧ୍ୟା ଯାଏ ମଦ ପିଏ। ସନ୍ଧ୍ୟାରୁ ଅଧରାତି ଯାଏ ଏପଟ ସେପଟ ଗୀତ ଗାଇ ବୁଲେ। ଏହା ହିଁ ତା'ର ନିୟମିତ ଦିନଚର୍ଯ୍ୟା।

ତା'ର କେବଳ ସମସ୍ତ ସମ୍ପତ୍ତି ଦୁଇଟି ବଳଦ। କଣସ୍ପନ ଏବଂ ମୈଲନ। ତା'ର ସ୍ନେହର ପାତ୍ର କେବଳ ଦୁଇଟି ଜୀବ। ତାଙ୍କ ଦ୍ୱାରା କାମ କରାଇ ଜୀବନ ନିର୍ବାହ କରେ। ସେଇ ମୁକ ପଶୁଙ୍କୁ ଘାସ ଏବଂ ପାଣି ଦେବା ବିନା ଇକ୍କୋରନ ନିଜ କଥା ଭାବେନାହିଁ। 'ପରୋପକରାର୍ଥ ମିଦ ଶରୀରମ୍' ଚରିତାର୍ଥ କରୁଥିବା ଉକ୍ତିକୁ ଅବିକଳ ଇକ୍କୋରନ ଭଳି ଆଉ କିଏ ବି ନାହାନ୍ତି। ସେ ମୋଟାମୁଟି ଭାବେ ମୁକ୍କମବାସୀଙ୍କର ସାଧାରଣ ସମ୍ପତ୍ତି। କୌଣସି ବିଶେଷ କାମ ପଡ଼ିଲେ ଯଥା ସମୟରେ ସାହାଯ୍ୟ କରିବା ପାଇଁ ଇକ୍କୋରନ୍ ନିଶ୍ଚୟ ସେଠାରେ ପହଞ୍ଚେ। ବିଶେଷ ଅବସରରେ କଦଳୀ ପତ୍ର କାଟିବା ଠାରୁ ଆରମ୍ଭ କରି ଅଇଁଠା ବାସନ ସଫା କରିବା ପର୍ଯ୍ୟନ୍ତ କୌଣସି କାମରେ ସେ ଅନିଚ୍ଛା ପ୍ରକାଶ କରେନି। ଇକ୍କୋରନର ଅଭାବରେ ମୁକ୍କମରେ କାହାର ବି ବିଶେଷ ସମାରୋହ ସମ୍ପନ୍ନ ହୁଏନି। ତା'ର ଗୀତ ଏବଂ ଶକ୍ତି ଶ୍ରମିକମାନଙ୍କୁ ସତର୍କ ଏବଂ ଉତ୍ସାହ ଦେଇଥାଏ। ଯେ କୌଣସି ଜାତି ନିର୍ବିଶେଷରେ ଆବାଳବୃଦ୍ଧବନିତା ତାକୁ ଭଲ ପାଆନ୍ତି। କୌଣସି ଫଳ ଆଶା ନକରି ଯେ କୌଣସି ମଣିଷ ପାଇଁ ଝାଳ ବୁହାଇ କାମ କରେ। ପିଲାମାନେ ଗୀତ ଶୁଣିବା ପାଇଁ ତା' ପଛରେ ଲାଗିଯାଆନ୍ତି। ସେ ଶିଖିଥିବା ଲୋକଗୀତରୁ ନିଶ୍ଚୟ ଗୋଟିଏ ଗାଏ। ପିଲାମାନେ ଆନନ୍ଦରେ ଚିଲ୍ଲେଇ ତା' ପଛରେ ପଡ଼ିଯାଆନ୍ତି। "ମାଡ୍ରାସୀ ଇକ୍କୋରନ ଆଉ ଗୋଟିଏ" ସେ ଥରକୁ ଥର ଅନେକ ଗୀତ ଗାଏ। ଶେଷରେ ଗାଏ....

"ଗାନେ ସବ୍ ଗାକର, ବାନ୍ଧକର ପୁରାନୀ ଚଟାଇ ମେ
ବହା ଦିଆ ମୁକ୍କମ-ନଦୀ ମେ"

ଏହାର ଅର୍ଥ ଏହା ଯେ ସେ ଆଉ କିଛି ଗୀତ ଗାଇବନି। ଏହା ଶୁଣି ପିଲାମାନେ ଚିତ୍କାର କରନ୍ତି। ସେତେବେଳେ ସେ ପିଲାମାନଙ୍କୁ କଦଳୀ କିମ୍ବା କ'ଣ ଟିକେ କିଣି ଖାଇବାକୁ ଦେଇଦିଏ।

ମହିଳାମାନଙ୍କର ତା' ଉପରେ ବହୁତ ବିଶ୍ୱାସ ଅଛି। ନଡ଼ିଆ ପାରିବା, ଖରାଦିନେ ନଦୀ କୂଳରେ ସ୍ୱଚ୍ଛ ପାଣି ପାଇଁ ଗାତ ଖୋଳିବା, ଜଙ୍ଗଲରୁ କାଠ ଆଣିବା, ନାଆରେ କାତ ଇତ୍ୟାଦି କାମରେ ସେ ତାଙ୍କୁ ସାହାଯ୍ୟ କରେ। ତାକୁ ଜଣେ ସଙ୍କୋଚ ବ୍ୟକ୍ତି ଭାବେ ସମସ୍ତେ ଜାଣନ୍ତି। ରାତି ସମୟରେ ଇକ୍କୋରନ ମୁକ୍କମର ଗୃହରକ୍ଷୀ। ରାତିରେ ଅସମୟରେ କିଏ ଏକୁଟିଆ ହୋଇଗଲେ ଯାତ୍ରୀମାନେ ପରସ୍ପର ମଧ୍ୟରେ କୁହାକୁହି ହୁଅନ୍ତି, "ଡରିବାରେ କିଛି ନାହିଁ, ଇକ୍କୋରନ ଏଇଠି କୋଉଠି ଥିବ।" କଥାଟା ଠିକ୍ ସେମିତି। ମୁକ୍କମର କୋଉ ବସ୍ତିର କୋଣରେ ଅତିକମରେ ଇକ୍କୋରନର ପୁରୁଣା ଗୀତ ସେମାନେ ରାସ୍ତାରେ ନିଶ୍ଚୟ ଶୁଣନ୍ତି। ସେମାନେ ଶୁଣି ନିର୍ଭୟରେ ଯାତ୍ରା କରନ୍ତି।

ରାତିରେ ଲୋକେ ଅସମୟରେ ଆସିଲେ ନଦୀ ପାର ହେବାପାଇଁ ଦ୍ୱନ୍ଦରେ ରହିଲେ "ଇକ୍କୋରନ କୂଚ" (ଆସ)ଏହି ପ୍ରକାର ପାଟିକରି ଡାକିବା ଯଥେଷ୍ଟ। ମଦ ପିଇ ନିଶାରେ ଚୁର ହୋଇ ଯେମିତି ଅବସ୍ଥାରେ ପଡ଼ିଥାଉ ସେଇ ଡାକରାରେ "କୂ..କୂ..କୁ.." ର ପ୍ରତ୍ୟୁତ୍ତର ସହିତ ନଦୀ ପାର କରିଦେବା ପାଇଁ ସେ ନାଆ ସହିତ ଆସି ପହଞ୍ଚିଯାଏ। ସେଥିପାଇଁ ସେ କୌଣସି ପାରିଶ୍ରମିକ ମାଗେନାହିଁ। ଯଦି ଲୋକେ ଗୋଟିଏ କଂସା ମଦ ଦେଇ ଦିଅନ୍ତି ତ ସେ ହସିଦେଇ ତାକୁ ସ୍ୱୀକାର କରିନିଏ।

ମାଲୁ ଏକଥା ଜାଣିଥିଲା ଯେ ସେଇ ମାଡ୍ରାସୀ ଇକ୍କୋରନର ଆଉ ଏକ ମଜା ନାଁ ବି ଅଛି। କେବେ କେବେ ସେ ମାଡ୍ରାସୀ ଇକ୍କୋରନ ଏବଂ କେବେ କେବେ କେବଳ ମାଡ୍ରାସୀ ହୋଇଯାଏ। ତିନି ଚାରି ବର୍ଷ ପୂର୍ବେ ଚିକିତ୍ସା ପାଇଁ କୋଷିକ୍କୋଡ଼ର ଜଣେ ପୁଞ୍ଜିପତି ମାଡ୍ରାସର ଜେନେରାଲ ହସପିଟାଲକୁ ଯାଇଥିଲେ। ଇକ୍କୋରନ ତାଙ୍କୁ ସାହାଯ୍ୟ କରିବା ପାଇଁ ତାଙ୍କ ସାଙ୍ଗରେ ଯିବାର ସୌଭାଗ୍ୟ ତାକୁ ମିଳିଥିଲା। ସେଥିପାଇଁ ତାକୁ ଏହି ନାଁରେ ଡାକନ୍ତି।

ଯଦିଓ ସେ ମାଡ୍ରାସର କେବଳ ରେଲୱେ ଷ୍ଟେସନରୁ ନେଇ ହସପିଟାଲ ପର୍ଯ୍ୟନ୍ତ ସ୍ଥାନ ଦେଖିଥିଲା, ତଥାପି ସେ ମାଡ୍ରାସ ସହର ବିଷୟରେ ବିସ୍ତୃତ ବର୍ଣ୍ଣନା କରୁଥିବା ଏକ ଲମ୍ବା ଗୀତର ରଚନା କଲା ଏବଂ ତାକୁ ଗାଇ ଗାଁଲୋକଙ୍କୁ ଆଶ୍ଚର୍ଯ୍ୟ କରିଦେଲା। ସେମାନେ ସେଥିପାଇଁ 'ମାଡ୍ରାସୀ ଇକ୍କୋରନ' ର ସଂଜ୍ଞା ଦେଲେ। ଏହା ବ୍ୟତୀତ ଲୋକେ ତା'ର କବିତ୍ୱକୁ ବି ମାନ୍ୟତା ଦେଲେ।

ବଳଦ ଏବଂ ହଳ ଅଲଗା କରି ଦ୍ୱିପହରରେ କୁଣ୍ଡା ତୋରାଣି ପିଆଇବା ପରେ ସେଦିନ ବି ଇକ୍କୋରନ ସିଧା ତାଡ଼ି ଦୋକାନକୁ ଗଲା। ଏକା ନିଶ୍ୱାସରେ ଦୁଇ କଂସା ପିଇଦେଇ ଉତ୍ତର ଦିଗକୁ ଚାଲିଲା। କିଛି ଦୂର ଚାଲିଲାପରେ ଉଣିଚ୍ଚେକ୍କୁ ମାପ୍ପିଳାକୁ ସାମନାରେ ଆସୁଥିବାର ଦେଖିଲା।

ମାପ୍ପିଳା ତାକୁ ଅଭିବାଦନ ଜଣାଇ ପଚାରିଲା, "କେମିତି ଅଛ ?"

"ଠିକ୍ ଅଛି" ଇକ୍କୋରନ ଉତ୍ତର ଦେଲା। ଆଖିପତା ତା'ର ପଡ଼ିଯାଉଥାଏ। ଇକ୍କୋରନ ମାପ୍ପିଳାକୁ ମୁଣ୍ଡରୁ ଗୋଡ଼ ପର୍ଯ୍ୟନ୍ତ ଚାହିଁଲା ଏବଂ ଗୀତ ଗାଇବାକୁ ଲାଗିଲା।

"ଚାର କସୁର ହୈ ମାପ୍ପିଲାଓଁ କେ
ନୀଚା କରକେ ପୋଷାକ ଔର ପଗଡ଼ୀ
କରେଙ୍ଗେ ମୁଣ୍ଡନ, ରହତେ ଦାଢ଼ୀ
ପକଡ଼େଙ୍ଗେ ହାତ ନିୟନ କୂଳ କେ।"

ଉଣିଚ୍ଚେକ୍କୁ ମାପ୍ପିଳା ଜୋରରେ ହସିଉଠିଲା। ତା'ପରେ ସେ ଅସଲ କଥା ପଚାରିଲା,

"ଇକ୍କୋରନ, କାଲି କ୍ଷେତରେ ହଳ କରିବାକୁ ଯିବୁନି ?"

"ନାଇଁ ଇକ୍କା" (ମୁସଲମାନଙ୍କୁ ଶ୍ରଦ୍ଧାରେ ଇକ୍କା ଡାକନ୍ତି)

ତା'ହେଲେ କାଲି ସକାଳୁ ବଳଦମାନଙ୍କୁ ନେଇକି ଆସେ। ମୋର ତିନି ଖଣ୍ଡ ଜମି ହଳ କରିବାରେ ଅଛି।

"ହଁ, ଯିବି ଇକ୍କା।"

ଇକ୍କୋରନ ତଥାପି ଲକ୍ଷହୀନ ହୋଇ ଚାଲିଲା। ଗୀତ ଗାଇ ଗାଇ କ୍ଷେତର ମୁଖ୍ୟ ରାସ୍ତା ହେଇ ଚାଲିବା ସମୟରେ ପାଖ ଝୁମ୍ପୁଡ଼ିରୁ ଗୋଟିଏ ପିଲାର କାନ୍ଦଣା ସ୍ୱର ଶୁଣିଲା ଏବଂ ସେ ସେଇଆଡ଼କୁ ଚାଲିଲା।

ଘର ଛପର କରୁଥିବା ପାଚ୍ଚୁର ସେଇ ଝୁମ୍ପୁଡ଼ି ଘର। ସେଇ ସମୟରେ ପାଚ୍ଚୁ ସେଠାରେ ନ ଥିଲା। ପାଚ୍ଚୁର ପତ୍ନୀ ଗୁହାଳରେ ଗାଈ ଦୁହୁଁଥିଲା। ପିଲାକୁ ଦେଖିବାକୁ ସେଠାରେ ଆଉ କେହି ନଥିଲେ। କାନ୍ଦି କାନ୍ଦି ପିଲାଟାର ତଣ୍ଟି ପଡ଼ିଗଲାଣି।

ଇକ୍କୋରନ ସିଧା ବାରଣ୍ଡାକୁ ଉଠିଲା। ତା'ପରେ ଏକ ପୁରୁଣା ଚଟେଇ

ଉପରେ ଗଡୁଥିବା ପିଲାଟାକୁ ଉଠେଇ କାନ୍ଧରେ ପକାଇ ଗୀତ ଗାଇ ଗାଇ ଅଗଣାରେ ବୁଲାଇଲା ।

"ମୁନ୍ନୀ, ମତ୍ ରୋନା-ଚିଲ୍ଲାନା
ସଜ ଧଜ ଆଏଙ୍ଗେ, ହାତୀ ବାରହ ତେରୀ ଶାଦୀ କୋ
ବନ୍ଧ ହୋକର ଆୟେଗୀ ସୁନହଲୀ ପେଟୀ, ଫିର୍
ଦୌଡ଼ ଆୟେଗୀ ପିତଳ କି ଚାବି ।"

ଜଣା ନାହିଁ ଇକ୍କୋରନର ଗୀତରେ କି ଯାଦୁ ଅଛି ପିଲାଟି କାନ୍ଦିବା ବନ୍ଦ କରିଦେଲା । ପାଙ୍ଗୁର ପତ୍ନୀ ଗୁହାଳରୁ ଡାକି କହିଲା..

"ଇକ୍କୋରନ୍ ଶୁଣ ରହିଯା, ମୁଁ ଏବେ ଯାଉଛି ।"

ସେ କ୍ଷୀର ଦୁହିଁସାରି ଘର ଭିତରକୁ ଆସି ବାସନରେ ଢାଳିଦେଇ ଆସିଲା । ତା'ପରେ ଇକ୍କୋରନର ହାତରୁ ପିଲାକୁ ନେଲା ।

ଇକ୍କୋରନକୁ ଏକ 'ନେୟପ୍ପମ୍' (ଘିଅରେ ତିଆରି ହୋଇଥିବା ଏକ ମିଠା) ବି ମିଳିଲା ।

ତା'ପରେ ସେ ନଦୀ କୂଳ ଆଡ଼କୁ ଗଲା । ସେଠାରେ ପହଞ୍ଚି ଦେଖିଲା ମାଲୁ ଗାଧୋଇବା ପାଇଁ ଛିଡ଼ା ହେଇଛି । ଇକ୍କୋରନ ହସି ଏକ ଅର୍ଥପୂର୍ଣ୍ଣ ଦୃଷ୍ଟିରେ ତା' ଆଡ଼କୁ ଚାହିଁଲା ଏବଂ ମୁଣ୍ଡ ହଲାଇ ସାଙ୍ଗେ ସାଙ୍ଗେ ଗୀତ ଫାନ୍ଦି ଗାଇବାକୁ ଆରମ୍ଭ କଲା ।

"ଗନ୍ଧର୍ବ କୋ ଦେଖକରି, ଆକୃଷ୍ଟ ହୋ ଗୟୀ ଏକ ଲଡ଼କୀ
ପାର କର ଦୀ ଉସନେ ମୁକ୍କମ-ନଦୀ ରାତ କୋ
ମାଲୁମ ନହିଁ ମୁଝେ ୟେ ସବ ଦେବ ନାରାୟଣ ।"

ମାଲୁ ମନ ଭିତରେ ଅଗ୍ନିଜ୍ୱଳା ଜଳି ଉଠିଲା । ଏଇ ମାତାଲ କ'ଣ ମୋର ସବୁ ଗୁପ୍ତ କଥା ଜାଣିଗଲାଣି ?

(୮)

ପଞ୍ଚମୀ ଚାନ୍ଦର ପ୍ରତିବିମ୍ବ ପୁଣି ଦୁଇ ଥର ମୁକ୍କମ ନଦୀରେ ପଡ଼ିଲାଣି। ରବିନ୍ଦ୍ରନ ତାଙ୍କର ଅଜ୍ଞାତବାସକୁ ଶେଷ କରି ସହରକୁ ଫେରିବାକୁ ପ୍ରସ୍ତୁତ ହେଉଥିଲେ।

ସେଇ ଗ୍ରାମବାସୀଙ୍କଠାରୁ ରବିନ୍ଦ୍ରନଙ୍କୁ ଅପ୍ରତ୍ୟାଶିତ ଭାବେ ମାନସିକ ଶାନ୍ତି ଏବଂ ଶାରିରୀକ ସୁଖ ମିଳିଥିଲା। ତା' ବ୍ୟତିତ 'ସେଇ ଅପ୍ରତ୍ୟାଶିତ ପ୍ରେମ ବି।' କିନ୍ତୁ ସହରକୁ ଯିବାକୁ ବାହାରିଲେ ତ ରବିନ୍ଦ୍ରନଙ୍କର ଭାବନା ପୁଣି ବଦଳିଗଲା। ସହରର ମଉଜ, ଗହଳିଚହଳିଯୁକ୍ତ ଭୋଜିଭାତ, ମଜା, ସାଙ୍ଗସାଥିଙ୍କୁ ମନେ ପକାଇଲେ, କିନ୍ତୁ ପୁଣି ଥରେ ଏକ ଉତ୍ସାହ ତାଙ୍କ ମନଭିତରେ ପ୍ରବଳ ହେଲା। ଦୁଇ ମାସ ଯାଏ ସେଇ ସହରକୁ ସେ ମନ ଭିତରୁ ପୋଛି ଦେଇଥିଲେ, ସେମିତି ଭାବେ ସେଇ ଯାଗାକୁ ଛାଡ଼ିବା ବେଳେ ସେ ଏହି ଗାଁକୁ ଭୁଲିବାକୁ ସ୍ଥିର କଲେ। ସମସ୍ତ ଜିନିଷପତ୍ର ବାନ୍ଧି ରଖିଲେ। ପରଦିନ ସେଇ ସବୁ ଜିନିଷକୁ ନଦୀ କୂଳକୁ ନେଇ ଆସିବାକୁ ଜଣେ କୁଲି ଠିକ୍ କଲେ।

ସେଇ ରାତିରେ ମାଲୁ ସେପଟେ ଗଲାରୁ ଜିନିଷପତ୍ର ବନ୍ଧାବନ୍ଧି ହୋଇଥିବାର ଦେଖିଲା। ଆଶ୍ଚର୍ଯ୍ୟ ହୋଇ ସେ ପଚାରିଲା, "ଏହାର ମାନେ କ'ଣ ?"

"ମାଲୁ ମୋତେ ଜଲଦି ଫେରିବାକୁ ପଡ଼ିବ।" ରବିନ୍ଦ୍ରନଙ୍କର ଉତ୍ତର ଗମ୍ଭୀର ଥିଲା।

ମାଲୁ ହୃଦୟରେ ଯେମିତି ବିଜୁଳି ଖେଳିଗଲା। ତା' ଆଖିରେ ଅନ୍ଧକାର ଛାଇଗଲା।

ରବିନ୍ଦ୍ରନଙ୍କୁ ଦିନେ ଯେ ଯିବାକୁ ପଡ଼ିବ, ସେ ଏହି ବିଷୟରେ କେବେ ବି ଭାବିନଥିଲା। ଏହା ଏକ ଅପ୍ରତ୍ୟାଶିତ ବିଦାୟ ଥିଲା।

ସେ ରବିନ୍ଦ୍ରନଙ୍କର ଅତି ପାଖରେ ଛିଡ଼ାହୋଇ ପଚାରିଲା, "ମୋତେ ଛାଡ଼ିକି ଚାଲିଯିବ ?"

"ମାଲୁ, ଆଉ କୌଣସି ଉପାୟ ନାହିଁ, କିନ୍ତୁ ତତେ କେବେ ବି ଭୁଲି ପାରିବିନି। ତୁ ବି ମୋତେ କେବେ ବି ଭୁଲିବୁନି ସେଇ ବିଶ୍ୱାସ ମୋର ଅଛି।"

ସେ ପର୍ସ ଖୋଲି ଦଶ ଟଙ୍କାର ଗୋଟିଏ ନୋଟ ମାଲୁ ହାତରେ ଧରାଇଦେଲେ। ଟଙ୍କାଟା ନେବାରେ ତା'ର ସଙ୍କୋଚ ନଥିଲା। ପଇସା ପାଇଁ ନୁହେଁ, କେବଳ ପ୍ରେମିକର ଗୋଟିଏ ସ୍ମୃତି ରକ୍ଷା ପାଇଁ।

ରବିନ୍ଦ୍ରନ ତାକୁ ଛାତିରେ ଭିଡ଼ି ଧରିଲେ। ତା' ଗାଲରୁ ଅଶ୍ରୁ ବହିଚାଲିଲା। ମାଲୁ ତାଙ୍କ ଡାହାଣ ହାତକୁ ଧରି ଆଙ୍ଗୁଳିରେ ପିନ୍ଧିଥିବା ମୁଦିକୁ ଘୂରାଇ କିଛି କହିବାକୁ ଚାହୁଁଥିଲା। କିନ୍ତୁ କିଛି ଶବ୍ଦ ବାହାରକୁ ଆସିଲାନି। "ତୁ କ'ଣ ମୁଦି ନେବାକୁ ଚାହୁଁଛୁ ? ନେ।" ରବିନ୍ଦ୍ରନ ମୁଦି ବାହାରକରି ତା' ଆଡ଼କୁ ବଢାଇଲେ।

ସେ ମୁଦି ନେବାକୁ ଚାହୁଁନଥିଲା। କିନ୍ତୁ ପ୍ରେମିକଙ୍କର ଉପହାର ସ୍ୱରୂପ ମୁଦିଟିକୁ ନେଲା।

ରବିନ୍ଦ୍ରନ ଶେଷ ଥର ପାଇଁ ତାକୁ ଚୁମ୍ବନ ଦେଲେ। କହିଲେ, "ଏବେ ଆମକୁ ଅଲଗା ହେବାକୁ ପଡ଼ିବ ! "କ୍ଲୋଷିକ୍ଲୋଡ଼ ଯାଇ ସପ୍ତାହେ ପୂର୍ବରୁ ତୋ ପାଇଁ ଶୁଭ ସମାଚାର ଦେବାକୁ ମୁଁ ଯାହାକୁ ହେଲେ ପଠାଇବି।"

ସେ କିଛି ହେଲେ ଉତ୍ତର ଦେଲାନି। ସେ ଚୁପ୍‌ଚାପ୍ ବିଦାୟ ଦେଲା।

ଗୋଟିଏ ଭୂତ ଭଳି ସେ ନଦୀ ପାର ହେଉଥିଲା ତ ଦୂରରୁ ଇକ୍ଲୋରନର ଏକ କରୁଣ ଗୀତ ଶୁଣିଲା।

"ଆସମାନ ପର ଚନ୍ଦ୍ରମା କୋ ଚମକତେ ଦେଖକର
ହେ ଲଡ଼କୀ ତୁ ମତ୍ ମୋହିତ ହୋନା।"

ପରଦିନ ସକାଳୁ ଦଶଟାରେ ରବିନ୍ଦ୍ରନ ତାଙ୍କ ଘର 'ରାଜେନ୍ଦ୍ର ବିଳାସ' ରେ ପହଞ୍ଚିଲେ। ରବିନ୍ଦ୍ରନଙ୍କର ଆସିବା ଖବର ଶୁଣି ତାଙ୍କର ସବୁ ସାଙ୍ଗମାନେ ମହୁମାଛି ଭଳି ତାଙ୍କୁ ଘେରିଗଲେ।

ରବିନ୍ଦ୍ରନଙ୍କର ଅଜ୍ଞାତବାସର ସ୍ଥାନ କେହି ବି ଅନୁମାନ କରିପାରିଲେ ନାହିଁ। ଏଥିପାଇଁ ମର୍ସିଡ଼ିଜ କାର କାହାକୁ ବି ମିଳିଲାନି।

ତା'ପରେ ପନ୍ଦର ଦିନ ଚାଲିଗଲା ପରେ ତାଙ୍କର ଏକ ଅଦ୍ଭୁତ ଖବର ସାଙ୍ଗମାନଙ୍କୁ ଆଶ୍ଚର୍ଯ୍ୟ କରିଦେଲା।

"ଛଅ ମାସ ପାଇଁ ମୁଁ ୟୁରୋପ ଯିବାପାଇଁ ସ୍ଥିର କରିଛି।" ସମସ୍ତଙ୍କ ପାଇଁ ଏହା ଏକ ନୂଆ ଖବର ଥିଲା।

ସମସ୍ତେ ରବିନ୍ଦ୍ରନଙ୍କୁ ବହୁତ ଆଡ଼ମ୍ବରରେ ବିଦାୟ ଦେଲେ। ସେଇ ମାସର ଶେଷରେ ଉଚ୍ଚଶିକ୍ଷା ପାଇଁ ଜର୍ମାନୀ ଯାଉଥିବା ଜଣେ ଧନୀ ସାଙ୍ଗଙ୍କ ସହିତ ରବିନ୍ଦ୍ରନ କଲୋମ୍ବୋରୁ ୟୁରୋପକୁ ଜାହାଜରେ ଯିବାକୁ ଆରମ୍ଭ କଲେ।

(୯)

ମାଲୁ ଦିନ ଗଣି ଗଣି ସମୟ କାଟୁଥିଲା । ପଞ୍ଚମୀର ଚାନ୍ଦ ବଢି ବଢି ପୂର୍ଣ୍ଣମୀର ଚାନ୍ଦରେ ପହଞ୍ଚିଲା ।

ପୁଣି ଧୀରେ ଧୀରେ କମିଆସିଲା । ଯେତିକି ଯେତିକି ଅନ୍ଧକାର ବଢି ବଢି ଚାଲୁଥିଲା, ସେତିକି ସେତିକି ତା' ଅନ୍ତର୍ମନରେ ବି ଅନ୍ଧକାର ବଢି ବଢି ଯାଉଥିଲା ।

ଦୁଃଖର ସହିତ ସେଇ ନଦୀ କୂଳ ଆଡ଼କୁ ଦୃଷ୍ଟି ତା'ର ଲମ୍ୱିଯାଏ । ସେ ଅନୁଭବ କଲା ସେଇ ନିଛାଟିଆ ଅଞ୍ଚଳରୁ କିଛି ଚିତ୍ର ଆଙ୍କିହେଇ ଯାଉଛି । କେବଳ ଜଣେ ବ୍ୟକ୍ତି ତା' ହୃଦୟର ରହସ୍ୟ ବିଷୟରେ କିଛି କଥା ଜାଣିଛି । ସେ ହେଉଛି ଚନ୍ଦନ । ଚନ୍ଦନ ରବିନ୍ଦ୍ରନଙ୍କର ଚାକର । ସେଇ ପିଲା ରବିନ୍ଦ୍ରନ ଏବଂ ମାଲୁର ପ୍ରେମ ବିଷୟରେ କିଛି କିଛି ଜାଣିଥିଲା । କିନ୍ତୁ ମାଲୁର ଜଣେ ପୁରୁଣା ସାଙ୍ଗ ହୋଇଥିବାରୁ ସେ ତାକୁ ସାହସ ଏବଂ ଆଶ୍ୱାସନା ଦେଉଥିଲା । " ମାଲୁ ତୁ ଡରନା, ମାଲିକ ଜଣେ ଭଦ୍ରଲୋକ । ଯିବା ସମୟରେ ମୋତେ ଗୋଟିଏ ରେଶମୀ ଶାର୍ଟ, ଗୋଟିଏ ପ୍ୟାଣ୍ଟ ଏବଂ ଦଶ ଟଙ୍କା ଦେଇଥିଲେ ।"

ଦଶ ଟଙ୍କା କଥା ଶୁଣିବାରୁ ମାଲୁ ହଠାତ୍ ସଜାଗ ହୋଇଉଠିଲା । ତା' ନିର୍ମଳ ମନରେ ଏକ ଭାବନା ଜାଗ୍ରତ ହେଲା । "ମୋତେ ଦଶ ଟଙ୍କା ଦେଇଛନ୍ତି, ଚନ୍ଦୁକୁ ବି ଦଶ ଟଙ୍କା ଦେଇଛନ୍ତି । କାହିଁକି ସେ ମୋତେ ଆଉ ଚନ୍ଦୁକୁ ଏକା ଭଳି ଭାବିଲେ ! କେବେ ବି ନୁହେଁ...ସେ ନିଜକୁ ଆଶ୍ୱସ୍ତ କଲା "ମୋତେ ଗୋଟିଏ ମୁଦି ବି ଦେଇଛନ୍ତି ।"

ସେ ସେଇ ମୁଦିକୁ ଛାତିରେ ଲଗାଇଲା। କାହାକୁ ନ ଦେଖାଇ ସୁରକ୍ଷିତ ଭାବେ ରଖିଲା, ସେଇ ମୁଦି ତା'ର ଜୀବନ ପିଞ୍ଜରାରେ ମୋତି ଭଳି ଥିଲା।

ରବିନ୍ଦ୍ରନ ଚାଲିଯାଇଛନ୍ତି। ତା'ପରେ ମାସଟିଏ ବିତିଗଲା। ପଞ୍ଚମୀର ଚାନ୍ଦ ତଥା ରାତ୍ରିର ନକ୍ଷତ୍ର ସେଇ ପାହାଡ ଉପରେ ଏକ ପ୍ରଶ୍ନଚିହ୍ନ ଭଳି ଚମକି ଉଠିଲେ।

ରବିନ୍ଦ୍ରନଙ୍କ ବିଷୟରେ ମାଲୁକୁ କିଛି ବି ଖବର ମିଳେନି। ହଠାତ୍ ଏକ ଭୟଙ୍କର କଥା ତା' ହୃଦୟକୁ ଚହଲାଇ ଦେଲା। ତା' ଗର୍ଭରେ ମାତୃତ୍ୱର କିଛି ଲକ୍ଷଣ ଦେଖାଗଲା।

ଜଣେ ଅବିବାହିତ ମା'! ତା' ମୃତ୍ୟୁର ଶେଷ ସ୍ଥାନ କେବଳ ବେକରେ ଫାସ, ପୋଖରୀ କିମ୍ବା ନଦୀ।

ଜଳୁଥିବା ହୃଦୟରେ ଏତେ ଦିନ ପର୍ଯ୍ୟନ୍ତ ବିଛୁଡ଼ି ଯାଇଥିବା ପ୍ରେମିକଙ୍କ ପ୍ରତୀକ୍ଷାରେ ରହିଲା। ଏବେ ଥରେ ତାଙ୍କୁ ଖୋଜିବାକୁ ସହର ଯିବାକୁ ସେ ସ୍ଥିର କଲା।

ସେ କାହାଠାରୁ ଶକୁନ୍ତଳା ଉପାଖ୍ୟାନ ଶୁଣିଥିଲା। ମୋ ପ୍ରେମିକ କ'ଣ ମୋତେ ଚିହ୍ନି ପାରିବେ ? ମୋତେ ସ୍ୱୀକାର କରିବେ ? ଅନେକ ପ୍ରକାର ଆଶଙ୍କା ତାକୁ ଅଟକାଇଦେଲା। ତାଙ୍କ ବିନା ତାଙ୍କ ଘର ମୁଁ କେମିତି ଖୋଜି ପାଇବି ?

ଏହା ବ୍ୟତୀତ ସହର ବିଷୟରେ ଚନ୍ତନ ଠାରୁ ଶୁଣିଥିବା ବିଭିନ୍ନ କଥା ସେ ମନେ ପକାଇଲା। ଚନ୍ତନ କେବେ କେବେ ରବର ପେଟିମାନ ନେଇ ନାଆରେ ଚଢ଼ି କୋଷିକ୍କୋଡ ଯାଏ। ଚନ୍ତନ କହିଥିବା କଥା ଗୋଟିଏ ଥର ଶୁଣିଲେ ଗାଁର ସ୍ତ୍ରୀଲୋକମାନେ ସହର ବିଷୟରେ ସବୁ ଅନୁମାନ କରିନିଅନ୍ତି।

ଚନ୍ତନ ସୋରିଷକୁ ପାହାଡ଼ ବନେଇ ଦେଉଥିବା ଏକ ଚତୁର ବାହାପିଆ ପିଲା। ଥରେ ମାଲୁ ଚନ୍ତନ ନାଆରେ ଖଜୁରୀ ଦେଖିଲା। ତାକୁ ପଚାରିଲା, ଯାକୁ କୋଉଠୁ ଆଣିଲୁ ?

ସେ ଉତ୍ତର ଦେଲା, "ସାତ ସମୁଦ୍ର ପାର ହେଇ କଳା ସମୁଦ୍ରର ସେପାରିକୁ ଗଲେ କେବଳ ଜଙ୍ଗଲରେ ଭରା ଗୋଟିଏ ଦେଶ। ସେଠାରେ ରହୁଥିବା ଲୋକ ମଣିଷକୁ ଖାଉଥିବା ବର୍ବର। ତାଙ୍କଠାରୁ ଜାହାଜରେ କୋଷିକ୍କୋଡ଼କୁ ଆଣୁଥିବା ଏକ ଜିନିଷ ହେଉଛି ଖଜୁରୀ। ହାୟ ମୋ ମାଲୁ ! ତାଙ୍କୁ ଦେଖିଲେ ଭୟଙ୍କର

ଲାଗିବ। ତାଙ୍କ ଚେହେରା ଏତେ କଳା ଯେ ଯେମିତି ଜଳି ଯାଇଥିବା କାଠ। ତାଙ୍କ ଗାଲରେ ବଡ଼ ଥଳୀ ଭଳି ଦାଢ଼ି ଓହଳିଛି। ତାଙ୍କ ଶରୀରର ଉଚ୍ଚତା ... ଶୋଇଗଲେ ନାଆର ଦୁଇ ପଟକୁ ଛୁଇଁବ। ତାଙ୍କ ମଧ୍ୟରୁ ଜଣେ କ'ଣ କଲା ଶୁଣ, ଆମ ଅଞ୍ଚଳର ଜଣେ ଝିଅକୁ ଧରିଲା, ତା'ପରେ ତାକୁ ନାଆରେ ପକାଇ ନେଇ ଚାଲିଗଲା। ଏବେ ତାକୁ ପାଇବା ଅସମ୍ଭବ। ତାଙ୍କ ଦେଶରେ ଝିଅଙ୍କର ଅଭାବ।"

ଏହି କାହାଣୀକୁ ଶୁଣି ମାଲୁ ଡରିଗଲା। ତା' ମୁହଁ କାନ୍ଦୁରା ଦେଖାଗଲା। ସେ ଚନ୍ଦନକୁ ପଚାରିଲା, "ଚନ୍ଦନ, ସେଇ ଝିଅର ବୟସ କେତେ ?"

"ତୋ ବୟସ ଯେତିକି। ବିଲକୁଲ ତୋ ଭଳି। ମୁଁ ନିଜ ଆଖିରେ ଦେଖିଛି, ସେ ଛଟପଟ୍ ହେଇ କାନ୍ଦୁଥିଲା।"

ମାଲୁ ପଚାରିଲା "ତଥାପି ତାକୁ ବଞ୍ଚାଇବା ପାଇଁ କେହି ଆସିଲେନି ?"

"ହାୟ ! ବଞ୍ଚାଇବାକୁ କିଏ ଯିବ ? କିଏ ତାଙ୍କ ପାଖକୁ ଯିବ ? ସେମାନେ ମଣିଷକୁ କଞ୍ଚା ଖାଇଯିବେ। ଏପଟକୁ ଖଜୁରୀ ଆସିବ। ସେପଟେ ଝିଅମାନଙ୍କୁ ଧରି ନେଇଯିବେ।"

ସେଦିନ ମାଲୁକୁ ଟିକେ ବି ନିଦ ଲାଗିଲାନି।

ଆଉ ଏକ ପ୍ରସଙ୍ଗରେ ଚନ୍ଦନ ଅନ୍ୟ ଏକ କାହାଣୀ ଶୁଣାଇଲା। ତା' ଶବ୍ଦରେ ତାହା ଏହି ପ୍ରକାର, "ତତେ ଜଣାଅଛି ଆଜି ମୁଁ କାହିଁକି ଡ଼େରିରେ ଆସିଲି ? ଗୋଟିଏ ବିଚିତ୍ର ଜାତିର ସ୍ତ୍ରୀଲୋକମାନେ ଆସି ଆଜି ପୁରା କୋଷିକ୍କୋଡର ବଜାରରେ ଲୁଟପାଟ କରିଛନ୍ତି। ସିନ୍ଦୁକ, ସୁନା ଏବଂ କପଡ଼ା ସବୁ ଲୁଟି ନେଇଯାଇଛନ୍ତି। ପୋଲିସ ଚୁପ୍‌ଚାପ୍ ଦେଖୁଥିଲା। କ'ଣ ଆଉ କରାଯିବ ! ଶୁଣିଛି ତାଙ୍କ ଜାତିରେ ସ୍ତ୍ରୀଲୋକମାନେ ହିଁ ମର୍ଦ୍ଦ।"

କାବୁଲବାଲାଙ୍କ ବିଷୟରେ ଚନ୍ଦନ ଯୋଉ କାହାଣୀ ଶୁଣାଇଲା, ମାଲୁକୁ ଏ କଥା ପୁରା ବିଶ୍ୱାସ ହୋଇଗଲା।

ଏହି ଭୟଙ୍କର ଚିତ୍ର ସବୁ ସହର ଯିବାକୁ ତାକୁ ଅଟକାଇଦେଲା।

ତା'ପରେ ବର୍ଷା ଋତୁ ଆସିଲା। ସେଇ ବର୍ଷ ବର୍ଷା ଦିନ ଅନ୍ୟ ବର୍ଷ ବର୍ଷା ଦିନ ଅପେକ୍ଷା ବେଶୀ ଭୟଙ୍କର ଥିଲା। ନିରନ୍ତର ଅନ୍ଧକାରରେ ଢାଙ୍କି ହୋଇଥିବା ଦୁର୍ଦ୍ଦିନ। କାନକୁ ବଧିର କରିବା ଭଳି ମେଘ ଗର୍ଜନ, ମୁଷଳଧାରର ବର୍ଷା। ସବୁ କାମ ବନ୍ଦ ହୋଇଗଲା। ଘରୁ ବାହାରକୁ ବାହାରିବା ମୁସ୍କିଲ ହୋଇଗଲା। ରାସ୍ତା

ଘାଟ ପାଣିରେ ବୁଡ଼ିଗଲା ଏବଂ ଯିବା ଆସିବା ବନ୍ଦ ହୋଇଗଲା। ତୋଫାନରେ ଗଛ ସବୁ ଉପୁଡ଼ିଯାଇ ଟଳି ପଡ଼ିଲା। ଛୋଟ ଛୋଟ ଘର ସବୁ ଧରାଶାୟୀ ହୋଇଗଲା। ନଦୀରେ ନାଆ ଯିବା ଆସିବା ବନ୍ଦ ହୋଇଗଲା। ସମସ୍ତେ ଦାରିଦ୍ର୍ୟ ଏବଂ ଅକାଳର ଚିହ୍ନ ଦେଖିବାକୁ ଲାଗିଲେ।

ସାରା ଅଞ୍ଚଳ ସମୁଦ୍ର ଭଳି ହୋଇଗଲା। ମଝିରେ ମଝିରେ ପାହାଡ଼ ଏବଂ ବନ୍ଧ ଜାହାଜ ଭଳି ଉପରେ ଉପରେ ଦେଖାଯାଉଥିଲା। ଇରବଂଷନ୍ନିସ୍ପୁଷାର ଦୁଇ କୂଳକୁ ଖାଇ ପାଣି ବହିଗଲା। ନଦୀର ଜଳଧାର ଗୋଳିଆ ହୋଇଗଲା। କୂଳ ଖାଇଯିବା ଶବ୍ଦ ଅନେକ ଦୂରକୁ ଶୁଣା ଯାଉଥିଲା। ଦୁଇ କୂଳକୁ ବାଉଁଶ ବୁଦା, ତାଳ, ଖଜୁରୀ, ଶାଳ ଇତ୍ୟାଦି ବୃକ୍ଷଗୁଡ଼ିକ ସେଇ ଲାଲ ଜଳ ପ୍ରବାହ ସହିତ ଏକ ଆକର୍ଷଣୀୟ ବାଡ ସଦୃଶ ଦୃଶମାନ ହେଉଥିଲା।

ସେଇ ରାତି ତା' ପାଇଁ ଏକ କଠୋର ରାତି ଥିଲା। ଭାବନାର ଚିତାରେ ସେ ଯେମିତି ଜଳି ଉଠୁଥିଲା।

"ନାଇଁ, ଏବେ ମୋର ବଞ୍ଚି ରହିବା କିଛି ଆବଶ୍ୟକ ନାହିଁ। ତା' ପେଟରେ ପାଞ୍ଚ ମାସର ଗର୍ଭ ହୋଇଗଲାଣି। ଏବେ ଗର୍ଭ ଲୁଚେଇ ରଖିବା ଅସମ୍ଭବ। ହାୟ! ମାମୁଁ ଙ୍କୁ ଯେତେବେଳେ ଏହି ବିଷୟରେ ଜଣାପଡ଼ିବ ! ଯଦି ଗାଁ ଲୋକଙ୍କୁ ଏହି ବିଷୟରେ ଜଣାପଡ଼ିଯିବ... !"

ସେଇ ଫଟା ମସିଣା ଉପରେ ଲୋଟିଯାଇ ସେ କଡ଼ ଲେଉଟାଉଥିଲା। ବନ୍ଦ ଝରକା ଛିଦ୍ରରେ ବିଜୁଳିର ଚମକ ତା'ର ଆଖିକୁ ଝଲସାଇ ଦେଉଥିଲା। ପୁଣି ଥରେ ମାଟିକୁ ଥରାଇ ଶବ୍ଦ ସହିତ ମେଘ ଗର୍ଜନ କଲା।

ତା'ର ଚିନ୍ତା ଜାରୀ ରହିଲା। "ହାୟ! ମୁଁ ଯେମିତି ସେମିତି ନିଜ ଜୀବନ ବଞ୍ଚାଉଥିଲି। ସେ କାହିଁକି ଇଆଡ଼େ ଆସିଲେ ? ସେ କାହିଁକି ମୋତେ ଜାଣିଲେ। ସେ କାହିଁକି ମୋତେ ପ୍ରେମ କଲେ ? ମୁଁ ନିଜକୁ ଭୁଲି ତାଙ୍କ ଫାସରେ କାହିଁକି ପଡ଼ିଲି ? ଯାହା ବି ହେଉ, ମୁଁ ଏହି ଅଞ୍ଚଳର ଅନ୍ୟ ଯେ କୌଣସି ଝିଅ ମାନଙ୍କଠାରୁ ଅଧିକ ସୁଖ ସୁବିଧା ପାଇଛି। ସେଥିଯୋଗୁ ମୁଁ ଆଜି ନିଆଁରେ ଜଳୁଛି।"

ସେ ତା' ସ୍ୱର୍ଗୀୟ ବାପା ମାଆ ଏବଂ ପ୍ରିୟ ଭାଇକୁ ମନେ ପକାଇଲା। ଏମିତି ଭାବେ ଅସୁବିଧାରେ ସନ୍ତୁଳି ହେବାକୁ ମୋତେ ଏକୁଟିଆ ଛାଡ଼ି ସେମାନେ କାହିଁକି ଆଗରୁ ଚାଲିଗଲେ... ? ମୁଁ କ୍ଷେତ ଆଉ ଜଙ୍ଗଲରେ ଗାଈକୁ ଚରାଉଥିଲି,

ପରିବା ବଗିଚା ଆଉ କାକୁଡ଼ି କ୍ଷେତରେ ପହରା ଦେଉଥିଲି, ଘାସ କାଟୁଥିଲି, ଘାସ ବାନ୍ଧୁଥିଲି, ଅଗଣାରେ ଧାନ ପାଛୁଡୁଥିଲି, ପୋଖରୀକୁ ଯାଇ ପାଣିରେ ଡେଉଁଥିଲି। ଏମିତି ଭାବେ ସାଙ୍ଗସାଥିମାନଙ୍କ ସହିତ ବିତାଇଥିବା ପିଲାଦିନର ହଜାରେ ସ୍ମୃତି ତା'ର ଜଳୁଥିବା ହୃଦୟରେ ଆସି ପହଁଚିଲା। ତା' ପରେ ବାପା ମାଆ ଆଉ ଭାଇର ଦେହାନ୍ତର ଦୃଶ୍ୟ...ଅନ୍ତ୍ୟେଷ୍ଟି କ୍ରିୟା ପରେ ଗାଧୋଇବା, ତା'ପରେ ମାମୁଁ ତାଙ୍କ ସାଙ୍ଗରେ ନେଇଆସିବା, ମାମୁଁ ଘରେ ସୁଖୀ ଜୀବନ...ମାମୁଁଙ୍କ ସ୍ନେହପୂର୍ଣ୍ଣ ବ୍ୟବହାର...ମୁକ୍କମ ବଜାରର ଦୃଶ୍ୟ...ସେଇ ଅବିସ୍ମରଣୀୟ ସନ୍ଧ୍ୟାରେ ରବିନ୍ଦ୍ରନଙ୍କ ଆଗମନ ଏବଂ ପ୍ରଥମ ସାକ୍ଷାତ, ତାଙ୍କର ପ୍ରଣୟ ନିବେଦନ, ବଜାରର ମଜାଦାର ଘଟଣା...ତାଙ୍କର ପ୍ରଥମ ଉପହାର... ନିର୍ମଳ ଜହ୍ନ ରାତିରେ ନଦୀ କୂଳରେ ତାଙ୍କର ପ୍ରଥମ ପ୍ରେମର ମିଳନ...ତା' ପରଠାରୁ ସ୍ୱର୍ଗୀୟ ରାତି..., ଅନୁଭୂତ ଅନୁପମ ସୁଖ.. ତାଙ୍କର ଆଲିଙ୍ଗନ, ହୃଦୟକୁ ସ୍ତମ୍ଭିଭୂତ କରୁଥିବା ଚୁମ୍ବନ...ମୋ ସାଙ୍ଗରେ ହୋଇଥିବା ମଦନ ଲୀଳା...। ଚରମ ବିନ୍ଦୁ ପର୍ଯ୍ୟନ୍ତ ଏକ ଶୋଷର ଅନୁଭବ। ଶେଷ ଚୁମ୍ବନ। ଶେଷରେ ପ୍ରେମିକର ବିଦାୟ, ବିରହବସ୍ଥାର ପ୍ରଥମ ଦୀର୍ଘ ରାତି, ଗର୍ଭଆଶଙ୍କାକୁ ପୁଷ୍ଟ କରୁଥିବା ସେଇ ଭୟଙ୍କର ରାତି...ଗୋଟିଏ ସିନେମାର ନିରବ ଦୃଶ୍ୟ ଭଳି ଦଶ ମିନିଟ ଯାଏ ଏମିତି ଭାବେ ଅନେକ ଦୃଶ୍ୟ ବାରମ୍ବାର ତା' ମନର ପର୍ଦ୍ଦାରେ ଘୂରିବୁଲିଲା।

ସେ ଆକାଶ ଆଡ଼କୁ ତା' ଦୃଷ୍ଟି ବୁଲାଇ ଆଣିଲା। କଳା କଳା ବାଦଲ ଜଙ୍ଗଲୀ ହାତୀଦଳ ଭଳି ଦଳ ଦଳ ହୋଇ ଆକାଶକୁ ଆଚ୍ଛାଦିତ କରୁଥିଲେ। ପାହାଡ ସହିତ ବାଡ଼େଇହୋଇ ଶହ ଶହ ପ୍ରତିଧ୍ୱନି ସହିତ ଫେରି ଆସୁଥିବା ମେଘର ଗର୍ଜନ ସବୁ ଦିଗରେ ନିନାଦିତ ହେଲା। ଅନ୍ଧାର ସହିତ ଟପ୍‌ଟପ୍ ବର୍ଷା ହେବାକୁ ଲାଗିଲା ତଥା ଗଛ ମାନଙ୍କରୁ ପକ୍ଷୀମାନଙ୍କର ନୀଡ଼ ଖସି ପଡୁଥିଲା। ଦୁଇଟି ପକ୍ଷୀ ମାଲୁର ଅଗଣାର ଗୁହାଳରେ ଶରଣ ନେଲେ।

ମାଲୁର ହୃଦୟରେ ବି କିଛି ଏମିତି ପ୍ରକାର ହଲଚଲ ହେଉଥିଲା। ତା' ଚିନ୍ତା ନିରନ୍ତନ ଭାବେ ତାକୁ ଆକ୍ରମଣ କରୁଥିଲା ଏବଂ ନିରାଶାର ତୋଫାନ ଓ ଭୟଙ୍କର ମେଘ ଗର୍ଜନ ଭିତରେ ତା' ହୃଦୟ ଧୀରେ ଧୀରେ ଅନ୍ଧକାର ଆଡ଼କୁ ଚାଲିଗଲା।

(୧୦)

ସକାଳ ପ୍ରାୟ ଛଅଟା ବାଜିଥିଲା । ବର୍ଷା ତିନି ଦିନ ହେଲା ନିରନ୍ତର ଭାବେ ଚାଲିଥିଲା । ଦୁଇ କୂଳକୁ ଖାଇ ଇରୁବଂଷିନ୍ନିସ୍ପୁଝାର ପାଣି ଏତେ ଜୋରରେ ଉପରକୁ ଆସି ଯାଇଥିଲା ଯେ ଆଖପାଖ ଅଞ୍ଚଳ ବୁଡ଼ିଯିବାର ଭୟ ଦେଖାଗଲା । ଗଛ ବୃକ୍ଷ ଉପୁଡ଼ିଯାଇ ପାଣିରେ ବହିଯିବାକୁ ଲାଗିଲା । ନଦୀରେ ଅଥଳ ପାଣି ହୋଇଯାଇଥିଲା ତଥା ପାଣିର ପ୍ରବାହ ଏତେ ଗଭୀର ଏବଂ ତୀବ୍ର ଥିଲା ଯେ ହାତୀକୁ ବି ଭସେଇନେବ ।

ନଦୀ କୂଳରୁ ଅଧ ଫର୍ଲଙ୍ଗ ଦୂରରେ ଏକ ଛୋଟ ପାହାଡ ଏବଂ ତା' ଉପରେ ଜୀର୍ଣ୍ଣ ଶୀର୍ଣ୍ଣ ଦେବୀ ମନ୍ଦିର ଦେଖାଯାଉଥିଲା । ଗତ ରାତିରେ ମଦ ପିଇ ବେହୋସ ହୋଇ ସେଇ ମନ୍ଦିରର ବାରଣ୍ଡାରେ ଶୋଇଥିବା ଇକ୍କୋରନ ଚିତ୍କାର ଶୁଣି ଉଠି ବସିଲା ଏବଂ ତା' ଚାରିପଟକୁ ଚାହିଁବାକୁ ଲାଗିଲା ।

'ହାଏ ହାଏ' ଏହି ଚିତ୍କାର ଦୟନୀୟ ଥିଲା ଏବଂ କ୍ରମଶଃ ଦୁର୍ବଳ ହେଇଯାଉଥିବା ସେଇ ଚିତ୍କାର ତା'କାନରେ ପ୍ରତିଧ୍ୱନିତ ହେଲା । ତାକୁ ଜଣାପଡ଼ିଲା ସେଇ ଚିତ୍କାର ନଦୀର ଆର ପଟରୁ ଶୁଣାଯାଉଛି । ସେ ସେପଟକୁ ଧ୍ୟାନରସହ ଚାହିଁଲା ।

ନଦୀର ସେପଟ ଆଡୁ ଝୁଙ୍କି ଯାଇଥିବା ଏକ ବାଉଁଶ ଅଗରେ ଜଣେ ମଣିଷ ଲଟକିଛି ଏବଂ ସେଇ ମଣିଷ ପାଣିର ସ୍ରୋତ ତଥା ପବନର ତେଜରେ ଝୁଲିରହିଛି । ବାଉଁଶ ସହ ସେଇ ମଣିଷ ପାଣିରେ ବୁଡୁଛି ଉଠୁଛି । ସେଇ ସମୟରେ ଚିତ୍କାର ଶୁଣାଯାଉଛି । ବାରମ୍ବାର ଏହି ଘଟଣା ଘଟୁଛି...ଜୀବନ ଆଉ ମୃତ୍ୟୁ ମଣିଷ ଏବଂ ନଦୀ ମଧ୍ୟରେ ଏହି ସଂଘର୍ଷ ରୋମାଞ୍ଚକର ଥିଲା ।

ସେଇ ଲୋକକୁ ବଞ୍ଚାଇବା ପାଇଁ ଇକ୍ଲୋରନକୁ ନଦୀର ସେପଟକୁ ଯିବାକୁ ପଡ଼ିବ। ସେ ଗୋଟିଏ ନାଆ ଦେଖିଲା। ସେଇ ନାଆ ଗ୍ରୀଷ୍ମ ଦିନରେ ପିଲାମାନଙ୍କୁ ଖେଳାଇବା ନାଆ। ତାକୁ ବାହିବାପାଇଁ ଇକ୍ଲୋରନ ଏକ ନଡ଼ିଆ ବାହୁଙ୍ଗାକୁ ଆଣିଲା। ତା' ପରେ ମିନିଟଟିଏ ଡେରି ନକରି ସେ ସେଇ ବିପଦ ସହିତ ଲଢ଼ିବାକୁ ସ୍ଥିର କଲା। ସେ ସେଇ ସ୍ଥାନରୁ ପ୍ରାୟ ଏକ ଫର୍ଲଙ୍ଗ ପର୍ଯ୍ୟନ୍ତ ନାଆକୁ ଉପରକୁ ଟାଣିଆଣିଲା। ସେ ନାଆରେ ଚଢି ଜୋରରେ ବାହିବାକୁ ଲାଗିଲା। ସେଇ ଛୋଟ ନାଆ ହଲି ଝୁଲି ସର୍କସ ଭଳି ଖେଳୁଥାଏ। ତଥାପି ସେ ସ୍ରୋତ ଅନୁସାରେ ନାଆକୁ ନିୟନ୍ତ୍ରିତ କରି କୌଣସି ନା କୌଣିସି ଢଙ୍ଗରେ ତାକୁ ବାଉଁଶ ବୁଦା ପାଖରେ ପହଞ୍ଚାଇ ଦେଲା। ଆହୁରି କିଛି ପାଖକୁ ପହଞ୍ଚିବା ପରେ ତାକୁ ଲାଗିଲା ଯେ ସେ ଆଉ ନାଆ ଏକ ଭୟଙ୍କର ଭଉଁରୀରେ ପଡି ବୁଡ଼ିଯିବ। ସେଥିପାଇଁ ସେଇ କୂଳ ପାଖରେ ସେ ନାଆକୁ ଅଟକାଇଦେଲା।

ଯେଉଁ ଦୃଶ୍ୟ ସେ ନଦୀର ଅନ୍ୟ କୂଳରୁ ଦେଖିଥିଲା, ସେ ବାଉଁଶର ତଳେ ଥିବା ସେଇ ଭୟଙ୍କର ଭଉଁରୀର ଠିକ୍ ଉପର ଭାଗରେ...ତା'ପରେ ଇକ୍ଲୋରନକୁ ଜଣାପଡ଼ିଗଲା ଯେ ଉପରେ ଜଣେ ମହିଳା ଲଟକିଛି। ପବନର ତେଜରେ ସେ ପାଣିରେ ବୁଡୁଛି ଆଉ ଉଠୁଛି। ଉପର ତଳକୁ ହେଉଥିବା ବାଉଁଶ ହିଁ ଏବେ ତା'ର ଏକମାତ୍ର ଭରସା। ନଦୀରେ ଜାଣିଶୁଣି ବୁଡ଼ିଯିବା ପାଇଁ ସେ କେତେବେଳେ କେତେବେଳେ ହାତକୁ ଛାଡ଼ିଦେଉଛି। କିନ୍ତୁ ତା'ର ଲମ୍ବା କେଶ ବାଉଁଶ ଭିତରେ ଲାଗିଯାଇଛି। ସେଥିପାଇଁ ସେ ବାଉଁଶ ସହିତ ଲାଖିଯାଇଛି।

ଇକ୍ଲୋରନ ଦେଖିଲା, ତା' ଜୀବନ ସେଇ ବାଉଁଶରେ ଲଟକିଛି। ବାଉଁଶ ଏବଂ ପାଣିର ଜୋର ସ୍ରୋତ ମଝିରେ ଟଣା ଟଣି ହେଉଥିଲା ତ ସେ ଜୀବନ ବିକଳରେ ବାଉଁଶକୁ ଧରି ଉପରକୁ ଆସିବାକୁ ଚେଷ୍ଟା କରୁଥିଲା। କିନ୍ତୁ ତା'ର ଶକ୍ତି କ୍ରମଶଃ ଦୁର୍ବଳ ହେଇଯାଉଥିଲା। ପାଣି ପିଇ ପିଇ ତା' ପେଟ ଫୁଲି ଯାଇଥିଲା।

ଇକ୍ଲୋରନ କୂଳରୁ ସେଇ ବାଉଁଶ ପାଖକୁ ଆସିଲା। ଅତି ଶିଘ୍ର ତାକୁ ବଞ୍ଚାଇବା ପାଇଁ ଗୋଟିଏ ଉପାୟ ଖୋଜିଲା। ପ୍ରଥମ ବାଉଁଶ ଠାରୁ ପ୍ରାୟ ପଇଁତିରିଶ ଫୁଟ ତଳ ହେଇ ଆଉ ଏକ ବାଉଁଶ ନଦୀ କୂଳରେ ଅଛି। କ୍ଷଣକରେ ସେ ଦୌଡ଼ିଯାଇ ତା' ଉପରେ ଚଢ଼ିଗଲା। ଗୋଟିଏ ହାତରେ ପାଣି ଆଡ଼କୁ ନଇଁ ପଡ଼ିଥିବା ବାଉଁଶର ଅଗ୍ର ଭାଗକୁ ଧରିଲା। ଅନ୍ୟ ହାତଟିକୁ ଲମ୍ବାଇ ପ୍ରଥମ ବାଉଁଶର ଅଗ୍ରଭାଗ

ଏବଂ ମହିଳା ଜଣକ ବୁଡ଼ି ଉପରକୁ ଉଠିବା ଦୃଶ୍ୟକୁ ଅପେକ୍ଷା କଲା। ଗଭୀର ପାଣିରୁ ମହିଳାର ମୁଣ୍ଡକୁ ଉପରକୁ ଉଠୁଥିବା ଦେଖିବା ମାତ୍ରେ ସେ ତା' କେଶକୁ ଧରିଲା ଏବଂ ଛୁରୀରେ ସେଇ ଚୁଟିକୁ କାଟିଦେଲା। ସେ ବାଉଁଶକୁ ଛାଡ଼ିବାକୁ କହିଲା। ସେ ହାତମୁଠା ଛାଡ଼ିଦେଲା। ଇକ୍କୋରନ ପାଣିରେ ପଶି ତାକୁ ଟାଣିଆଣିଲା। ତା'ପରେ ଗୋଟିଏ ହାତରେ ତାକୁ ଉଠେଇ ତା' ପାଖ ବାଉଁଶ ଉପରେ ରଖିଲା।

ବିପଦର ସମୟ ତଥାପି ଟଳି ନଥିଲା। ସେଇ ମହିଳାକୁ ନେଇ ସେଇ ବାଉଁଶର ଶାଖା ହୋଇ ଓହ୍ଲାଇବାକୁ ଭାବୁଥିଲା। ଏତିକି କେବଳ ନୁହେଁ...ଦୁହିଁଙ୍କ ଓଜନରେ ସେଇ ବାଉଁଶର ଅଗ୍ରଭାଗ ଧୀରେ ଧୀରେ ପାଣି ଆଡ଼କୁ ଝୁଙ୍କି ଚାଲିଥିଲା।

ଇକ୍କୋରନ ଏହି ବିପଦ ବିଷୟରେ ପ୍ରଥମରୁ ଅନୁମାନ କରିନଥିଲା। ଏମିତି ପରିସ୍ଥିତି ଆସିଲା ଯେ ଦୁହେଁ ପାଣିରେ ପଡ଼ିଯିବେ। ଏବେ ଇକ୍କୋରନ ସାମନାରେ ଆଉ କୌଣସି ଉପାୟ ନଥିଲା। ଶେଷରେ ଇକ୍କୋରନ ସ୍ଥିର କଲା ଯେ ପାଣି ମୋତେ ତା' ଅଧିନରେ କରିବା ପୂର୍ବରୁ ମୁଁ ପାଣିକୁ ମୋ ଅଧିନରେ କାହିଁକି ନ ଆଣିବି ! 'ସାହସ ବାନ୍ଧି ମୋତେ ଜାବୁଡ଼ି ଧର' ତାକୁ ଏହା କହି ସେ ଧୀରେ ପାଣିକୁ ଓହ୍ଲାଇଲା।

ତାକୁ ଧରି ସବୁ ଶକ୍ତି ପ୍ରୟୋଗ କରି ସ୍ରୋତକୁ ପାର କରି କୂଳ ଆଡ଼କୁ ପହଁରିବାକୁ ଲାଗିଲା। କିଛି ସମୟ ପରେ ତାକୁ ଲାଗିଲା ଯେ ତା' ହାତ ଢିଲା ହେଇଯାଉଛି। ତାକୁ ଦେଖିବା ପରେ ସେ ଜାଣିଲା, ସେ ବେହୋସ ହେଇ ପାଣିରେ ବୁଡ଼ିବାକୁ ଯାଉଛି। ଇକ୍କୋରନ ଅତିଶିଘ୍ର ଗୋଟିଏ ହାତରେ ତାକୁ ଦୃଢତାର ସହ ଧରି ଅନ୍ୟ ହାତଟିରେ ପାଣିକୁ ବାହିବାକୁ ଆରମ୍ଭ କଲା। ପାଣିର ସ୍ରୋତରେ ସଂଗ୍ରାମ କରି ଦଶ ମିନିଟର ସଙ୍କଟକୁ ପାରକରି ଶେଷରେ ନଦୀ କୂଳରେ ପହଞ୍ଚିଗଲା।

ଇକ୍କୋରନ ତାକୁ ନଦୀ କୂଳରେ ଚିତ୍ କରି ଘାସ ଉପରେ ଶୁଆଇ ଦେଲା। ତା'ର ଟାଇଟ ଲୁଗା ଓହ୍ଲେଇ ଦେଇ ଯାହା ବି ସେ ଜାଣିଥିଲା, ସେତିକି ସେ ତା'ର ପ୍ରାଥମିକ ଚିକିତ୍ସା କଲା।

ପନ୍ଦର ମିନିଟ ପରେ ତା'ର ହୋସ ଆସିଲା। ସେ ଆଖି ଖୋଲି ଚାରିଆଡ଼କୁ ଚାହିଁଲା। ସାମନାରେ ଛିଡ଼ା ହୋଇଥିବା ଇକ୍କୋରନକୁ ଦେଖି ଧୀର ସ୍ୱରରେ କହିଲା, "ମୁଁ ମରିଗଲିନି କାହିଁକି ?"

ଇକ୍କୋରନ କହିଲା, " ଝିଅ, ତୁ ମରିବାକୁ ଯାଉଥିଲୁ !"

ସେ ଉଠି ବସିଲା ।

ଇକ୍କୋରନ ତା'ପରେ ପଚାରିଲା, "ସେ କଥା ଛାଡ଼େ । ନଦୀକୁ ଡେଇଁ ତୁ ମରିବାକୁ ଯାଉଥିଲୁ, ଏହାର କାରଣ କ'ଣ ?"

ସେ କଇଁ କଇଁ ହେଇ କାନ୍ଦି ଉଠିଲା । କିଛି ବି ଉତ୍ତର ଦେଲାନାହିଁ । ଇକ୍କୋରନ ଆଉଥରେ ଜୋର ଦେଇ ପଚାରିଲା, "ଯାହା ହେଇଗଲା ହେଇଗଲା । କିଏ ବି ଏହି ଘଟଣା ଦେଖିନାହାନ୍ତି । ତୋ କଥା ମୁଁ ଆଉ କାହାକୁ କହିବିନି । ଏବେ କହ ନା ?"

" ମୋର ବଞ୍ଚି ରହିବା କୌଣସି ଆବଶ୍ୟକତା ନାହିଁ ।"

"ତାହାର କାରଣ କ'ଣ ?"

"ଅସମ୍ମାନ..." ସେ ଏକ ଅପରାଧିନୀ ଭଳି ମୁଣ୍ଡ ତଳକୁ କରି ଛିଡ଼ା ହୋଇଗଲା ।

"ତା'ହେଲେ ତତେ..."

ଚୁପ୍‌ହେଇ ସେ ନିଜର ଭୁଲ ମାନିନେଲା ।

"ମୁଁ ସବୁ କିଛି କହିବି । ଆଜି ସନ୍ଧ୍ୟାରେ ଦେବୀ ମନ୍ଦିରକୁ ଆସ । ସେ ଜଲଦି ତାଙ୍କ ଘର ଆଡ଼କୁ ଚାଲିଗଲା । ଇକ୍କୋରନ ସେଇ ଛୋଟ ନାଆର ପାଣିକୁ ନିଷ୍କାସନ କରି ତା' ଉପରେ ବସି ଅନ୍ୟ କୂଳକୁ ଚାଲିଗଲା ।

କଥା ଅନୁସାରେ ସେଇଦିନ ସନ୍ଧ୍ୟାରେ ଜୀର୍ଣ୍ଣ ଶୀର୍ଣ୍ଣ ଦେବୀ ମନ୍ଦିରରେ ତା' ସହିତ ସାକ୍ଷାତ ହେଲା ।

ଦେବୀଙ୍କ ସାମନାରେ ଛିଡ଼ାହେଇ ମାଲୁ ପୁରା କାହାଣୀ କୌଣସି ବିନା ସଙ୍କୋଚରେ ଇକ୍କୋରନକୁ ଶୁଣାଇଲା । ଇକ୍କୋରନ ତା' କଥାକୁ ଧ୍ୟାନର ସହ ଶୁଣିଲା । କଥାର ଗୋଟିଏ ଗୋଟିଏ ମୋଡ଼ରେ ବାରମ୍ବାର ତା' ମୁଁହରେ ଆଶ୍ଚର୍ଯ୍ୟ, ଦୟା, ହସ ଏବଂ କ୍ରୋଧର ଭାବ ଆସୁଥାଏ ।

ମାଲୁର ସମସ୍ତ କଥା ଶେଷ ହେବାପରେ ଇକ୍କୋରନ କହିଲା, "ମୁଁ ସେଦିନ ତତେ ଗୀତ ଶୁଣାଇଥିଲି ନା...ସେଇ କୋଟ ସୁଟ ବାଲାଙ୍କ ଉପରେ ବିଶ୍ୱାସ କରନା । ତୁ ତ ମୋ କଥା ମାନିଲୁ ନାହିଁ । ଏଇ ସବୁ ତାହାର ଫଳ । ତୁ ମାଟି ଆଉ ଗୋବରକୁ ଚିହ୍ନିପାରୁନଥିବା ଏକ ବୋକି ଝିଅ, ଆଉ ସେ

ଫେସନବାଲା ? ଏକ ନମ୍ବର ଧୋକାବାଜ। ତା'ର ରେଶମୀ କମିଜ, ଦାମୀ ସିଗାରେଟର ଧୂଆଁ ଏବଂ ସୁଗନ୍ଧରେ ତୁ ବଶୀଭୂତ ହେଇଗଲୁ। ଏବେ ଦୀପ ଜଳାଇ ଖୋଜିଲେ ବି ତାଙ୍କୁ ଦେଖିବା ସମ୍ଭବ ନୁହେଁ। ତୋ ସାମନାକୁ ଆସିଗଲେ ବି ସେ ରାଣ ପକାଇ କହିବେ...ତତେ ଏହି ପୃଥିବୀରେ କେବେ ବି ପୂର୍ବରୁ ଦେଖିନି। ତୁ ତା'ହେଲେ କ'ଣ କରିବୁ ?"

ମାଲୁ ଚୁପ୍ ହେଇ ଛିଡ଼ା ହେଇଥିଲା। ଶେଷରେ ସେ କହିଲା... "ଏବେ ବି ମୁଁ ମରିବାକୁ ଚାହୁଁଛି, କିନ୍ତୁ ମୁଁ ଗର୍ଭବତୀ ଅଛି, ତେଣୁ ସେଇ ଅବୋଧ ଶିଶୁକୁ ମାରିବାକୁ ଚାହୁଁନି। ତା'ର ବଞ୍ଚିବା ଦରକାର। ସେଥିପାଇଁ ମୁଁ ମରି ପାରୁନି। ସେ ମତେ ମା' ବୋଲି ଡାକିବ, ଅତିକମରେ ସେଇ ଡାକକୁ ଶୁଣିବା ପାଇଁ ମୋତେ ବଞ୍ଚିବାକୁ ପଡ଼ିବ। କିନ୍ତୁ ମୋ କୂଳ କୁଟୁମ୍ବଙ୍କ ଇଜ୍ଜତକୁ କଳଙ୍କିତ କରିବାପାଇଁ ମୁଁ ଏଠି ରହିବିନି। କୋଉ ଅଜଣା ସ୍ଥାନକୁ ଯାଇ ଭିକ ମାଗି ଜୀବନ ଜିଇଁବି। ଏହା ହିଁ ମୋ ଭାଗ୍ୟରେ ଲେଖାଅଛି।"

ସେ କଇଁ କଇଁ ହେଇ କାନ୍ଦିବାକୁ ଲାଗିଲା। ତା'ର ଆହୁରି ପାଖକୁ ଯାଇ ଦବିଲା ସ୍ୱରରେ ଇକ୍ବୋରନ ପଚାରିଲା...

"ମାଲୁ, ମୋତେ ବିବାହ କରିବାପାଇଁ ତୋର କିଛି ଆପତ୍ତି ଅଛି ?"

ମାଲୁ ମୁଣ୍ଡ ଉଠେଇ ତା' ଆଡ଼କୁ ଆଶ୍ଚର୍ଯ୍ୟରେ ଚାହିଁ କହିଲା, "କ'ଣ ?"

ଇକ୍ବୋରନ ପ୍ରଶ୍ନକୁ ଦୋହରାଇଲା।

"କାହିଁକି ? ମୁଁ ତୁମକୁ ବି କ'ଣ ବଦନାମ କରିବି ? ନାଇଁ..ନାଇଁ.. ମୁଁ ଆଉ ମୋର ବଦନାମ ଯଥେଷ୍ଟ।"

"କୋଉ ବଦନାମ ? ଏହା ତ କେବଳ ତତେ ଆଉ ମୋତେ ଜଣା ନା ? ସେସବୁ ମୁଁ ସମ୍ଭାଳିବି। ମୁଁ କେବଳ ଏତିକି ପଚାରୁଛି ଯେ ତୁ ଏଥିରେ ସହମତ ଅଛୁ ନା ନାହିଁ ? ତୁ ଥରେ ମୃତ୍ୟୁମୁଖରୁ ବଞ୍ଚିଗଲୁ। ତୋର ସବୁ ପାପ ପୂର୍ବଜନ୍ମ ହୋଇଗଲା।"

ସେ ଦୀର୍ଘ ନିଶ୍ୱାସଟିଏ ନେଇ କହିଲା, "ନାଇଁ ସେଇ ପାପ ତୁମର ସମର୍ପଣ ହେଇନଯାଉ !"

"କୌଣସି ମହାପାପରୁ ହିଁ ମୋର ଜନ୍ମ ହୋଇଥିଲା...କହ, ତୁ କ'ଣ ସହମତ ଅଛୁ !"

ସେ କିଛି ବି ଉତ୍ତର ଦେଲାନି।

ଇକ୍କୋରନ ତା'ପରେ କହିଲା, "ଠିକ୍ ଅଛି ମୋର ବିଶ୍ୱାସ ଅଛି ତୋର ସହମତ ଅଛି। ତୋର ଏହି ରହସ୍ୟକୁ ଏହି ଦେବୀ ମନ୍ଦିର, ତୁ ଆଉ ମୁଁ ଜାଣିଛନ୍ତି। ଏତିକି ଯଥେଷ୍ଟ! ବାହାହୋଇ ମୁଁ ତତେ ମୋ ଗାଁକୁ ନେଇଯିବି। ଅନେକ ବର୍ଷ ପରେ ଆମେ ଏହି ଗାଁକୁ ଫେରିବା।"

ସେ ତା' ହାତକୁ ଧରିଲା। ମାଲୁ ମୁହଁ ଲୁଚାଇ ଚାପି ଚାପି କାନ୍ଦୁଥିଲା।

ଗୋଟିଏ ମାସ ଭିତରେ ଇକ୍କୋରନ ମାଲୁକୁ ବିବାହ କଲା। ଏହି ବିବାହ ଲୋକଙ୍କ ମନରେ ବହୁତ ଆଶ୍ଚର୍ଯ୍ୟ ଭାବ ଆସିଲା। 'ଦୁନିଆରେ ମୋର ଜଣେ ହିଁ ସାଥି ତାହା ପୁଣି ମଦ...' ଏମିତି କହୁଥିବା ଏବଂ ରାତି ରାତି ଘୂରି ବୁଲୁଥିବା ଇକ୍କୋରନର ବିବାହ ଖବର ଶୁଣି କିଛି ଲୋକଙ୍କର ଟିକେ ବି ବିଶ୍ୱାସ ହେଲାନାହିଁ।

କିନ୍ତୁ ବିବାହ ପରେ ଇକ୍କୋରନ ସମ୍ପୂର୍ଣ୍ଣ ବଦଳିଗଲା। ଘର ପରିବାର ହେବା ଭାବନା ଆସିବାପରେ ସେ ମଦ ପିଇବା ଅଭ୍ୟାସ ଛାଡ଼ିଦେଲା ଏବଂ ସେ ନିଜ ଜୀବନକୁ ଏକ ନୂଆ ରୂପ ଦେଲା।

(ଦ୍ୱିତୀୟ ଭାଗ)

ଏହି ସମସ୍ତ ଘଟଣା ସବୁ ବିତିଯାଇଥିବାର ପ୍ରାୟ ବାର ବର୍ଷ ହୋଇଯାଇଥିଲା। ମୁକ୍କମର କ୍ଷେତରେ ବାଇଶ ପ୍ରକାର ଫସଲ ବି କଟାଯାଇଛି ତଥା ଇରୁବଂଷନ୍ନିଫୁଂଷାରେ ସମୟେ ସମୟେ ନଦୀ ବଢ଼ି ବି ଆସିଛି।

ସଭ୍ୟତା ସହରକୁ ବି ଆଶ୍ଚର୍ଯ୍ୟଜନକ ଭାବେ ବଦଳାଇ ଦେଇଥିଲା। କେତେ ପୁରୁଣା ଧନୀ ଲୋକ ବି ଏବେ ତଳିତଳାନ୍ତ ହୋଇ ଯାଇଛନ୍ତି ଏବଂ ପୁରୁଣା କମ୍ପାନୀ ସବୁ ବି ଏବେ ଭାଙ୍ଗିଯାଇଛି। କେତେକ ନୂଆ ଧନୀ ହୋଇ ଯାଇଛନ୍ତି ତଥା ନୂଆ ଢଙ୍ଗରେ କମ୍ପାନୀମାନ ବି ବସିଛି।

କୋଝିକ୍କୋଡ ସହରର ମଝିରେ 'ରାଜେନ୍ଦ୍ର ବିଳାସ' ଆଜି ବି ଏକ ରାଜମନ୍ଦିର ଭଳି ଦେଖାଯାଉଛି। ତା'ର ମାଲିକ ପୂର୍ବରୁ ଜଣେ ଲକ୍ଷପତି ଥିଲେ। ଆଜି ସେ ଜଣେ କୋଟିପତି।

ରବିନ୍ଦ୍ରନ୍ 'ରାଜେନ୍ଦ୍ର ବିଳାସ' ର ଦୁଇ ମହଲାର ଗୋଟିଏ ରୁମରେ ଚିନ୍ତାମଗ୍ନ ହେଇ ବସିଛନ୍ତି। ତାଙ୍କର ଅଧା ଚୁଟି ଚନ୍ଦା ହୋଇଗଲାଣି। ବାମପଟ କାନ ଉପରେ ପୁରା ଏବଂ ମୁଣ୍ଡର ପଛରେ ଏପଟ ସେପଟ ପୁରା ଧଳା ହୋଇଗଲାଣି। ଆଖି ତଳ ଭାଗରେ ଚିନ୍ତାର କଳା ଚିହ୍ନ ଦେଖାଯାଉଛି। କିନ୍ତୁ ମୁହଁର ତେଜ ଏବଂ ଆଖିର ଚମକ ଫିକା ପଡ଼ିନି। ସେଇ ଅକାଳ ବାର୍ଦ୍ଧକ୍ୟର ପ୍ରଥମ ଲକ୍ଷଣରେ ବି ଏକ ଆକର୍ଷଣୀୟ ଚେହେରା ଝଟକୁଥିଲା।

କ୍ଷୁର ହୋଇ ମୁହଁକୁ ମୁଲାୟମ କରି, ସୁନ୍ଦର ଢଙ୍ଗରେ କେଶକୁ କୁଣ୍ଡେଇ,

ଗୋଟିଏ ରେଶମୀ ବଙ୍ଗାଳି କମିଜ ପିନ୍ଧି, ବଡ଼ ଚୁରଟ ପିଉଥିବା ସମୟରେ ସେ ସାମନା ଦ୍ୱାରରୁ ବାହାର ରାସ୍ତା ଆଡ଼କୁ ଦୃଷ୍ଟି ପକାଉଥିଲେ । କିନ୍ତୁ ଚିନ୍ତାର ଭାବନାରେ ତାଙ୍କ ଆଖିରେ ପର୍ଦ୍ଦା ପଡ଼ିଯାଇଛି ଏବଂ ସେ କିଛି ବି ସ୍ପଷ୍ଟ ଦେଖିପାରୁ ନଥିଲେ । ତାଙ୍କ ଆଖିରେ ଅତୀତର ଅଧ୍ୟାୟ ପ୍ରତିବିମ୍ବିତ ହେଉଥିବା ଆଇନା ହୋଇଯାଇଥିଲା ।

ମୁଁ ଆଜି ସର୍ବସାଧାରଣରେ ଧନର କୁବେର । ଜୀବନରେ ମୋତେ ଦୁଃଖର ଅନୁଭବ ନହେଲେ ମୋର ଦୁଃଖ କ'ଣ କେମିତି ଜାଣିବି ? ମୁଁ ସୁଖକୁ ଖୋଜୁନଥିଲି, ସୁଖ ମୋତେ ଖୋଜି ଆସିଲା । କିନ୍ତୁ ମୁଁ କେବଳ ଗୋଟିଏ ସୁଖରୁ ବଞ୍ଚିତ ହୋଇଛି, ତାହା ହେଉଛି ମୁଁ ନିଃସନ୍ତାନ, ଏହା ମୋର ବାର୍ଦ୍ଧକ୍ୟର ବହୁତ ବଡ଼ ଦୁଃଖ । ଏହା ମୋତେ ସର୍ବଦା ଖାଇଯାଉଛି । ମୋତେ ନିଜର ଗୋଟିଏ ସନ୍ତାନକୁ ଦେଖିବାର ସୌଭାଗ୍ୟ ପ୍ରାପ୍ତ ହେଲାନାହିଁ ।

ଲାଭର ଲୋଭରେ ମୁଁ ଥରୁଟିଏ ପ୍ରେମର ବଳିଦାନ ଦେଇଥିଲି । ପ୍ରଥମ ପତ୍ନୀକୁ ବିବାହର ଆଠ ବର୍ଷ ପରେ ଛାଡ଼ପତ୍ର ଦେବା ଘଟଣା ତାଙ୍କର ମନେପଡ଼ିଗଲା । ହାୟ ! ସୁନନ୍ଦା କେତେ ସୁନ୍ଦର ଆଉ ସୁଶୀଳା ଥିଲା ! ନିଜ ଦାମ୍ପତ୍ୟ ଜୀବନର ପ୍ରତ୍ୟେକ ପ୍ରେମମୟ ଦିନଗୁଡ଼ିକୁ ସେ ସ୍ମରଣ କଲେ । ତା'ପରେ ପଦ୍ମିନୀକୁ ବିବାହ କରିବାର ତିନି ବର୍ଷ ହୋଇଗଲା । ସିଏ ବି ହସ ଖୁସି ହୋଇ ଅନ୍ୟକୁ ଆକୃଷ୍ଟ କରୁଥିବା ସତ୍‌ଚରିତ୍ର ସୁନ୍ଦରୀ । କିନ୍ତୁ ଲାଗେ ମୋର ଅଭିଳାଷାକୁ ସଫଳ କରିବାପାଇଁ ସିଏ ବି ସକ୍ଷମ ନୁହେଁ । ମୁଁ କାହିଁକି ସେମାନଙ୍କୁ ଦୋଷ ଦେବି ? ହୋଇପାରେ ମୁଁ ହିଁ ଏଥିପାଇଁ ଦାୟୀ । ପିତା ହେବାର ସୌଭାଗ୍ୟ ଯଦି ମୋ ଜନ୍ମକୁଣ୍ଡଳିରେ ନାହିଁ ତା'ହେଲେ ମୁଁ ସେଇ ନିର୍ଦ୍ଦୋଷ ତରୁଣୀମାନଙ୍କୁ କାହିଁକି ଦୋଷ ଦେବି ?

ବାହାର ଗଳିରୁ ଏକ କୋଳାହଳର ଶବ୍ଦ ଶୁଣାଗଲା । ତାଙ୍କ ଦୃଷ୍ଟି ସେପଟେ ଚାଲିଗଲା । ଗଳିର କୋଣରେ ତେନ୍ତୁଳି ଗଛ ତଳେ ଭିକାରିମାନଙ୍କର ଗୋଟିଏ ଦଳ ରୋଷେଇ କରୁଥିଲେ । ତାଙ୍କ ମଧ୍ୟରୁ ଏକ ପାଞ୍ଚ ବର୍ଷର ପିଲାର ହାତରୁ ଦଶ ବର୍ଷର ବଡ଼ ଭାଇ ଗୋଟିଏ ଶୁଖୁଆର ଟୁକୁଡ଼ା ଛଡ଼େଇନେଲା ତା'ପରେ ସେଠାରୁ ଧାଇଁ ଚାଲିଗଲା । ସେଥିପାଇଁ ସାନ ଭାଇ କାନ୍ଦୁଥିଲା । ସେତେବେଳେ ଜଣେ ପୂର୍ଣ୍ଣ ଗର୍ଭିଣୀ ଭିକାରୁଣୀ ସେଠାକୁ ଆସିଲା । ସେ କେବଳ ଅଣ୍ଟାରୁ ବେକ ପର୍ଯ୍ୟନ୍ତ ଲୁଗା ପିନ୍ଧିଥିଲା । ତା' ହାତରେ ଗୋଟିଏ ବାଡ଼ି ଥିଲା । ସେ ଶୁଖୁଆ

ଛଡ଼େଇଥିବା ପିଲାର ହାତକୁ ଧରିଲା ତା'ପରେ ଅଭିଶାପ ଦେଇ କହିଲା... "ଆରେ ଶୀତଳଦେବୀ ତତେ ମାରି ଖାଆନ୍ତୁ।" ଏମିତି ଗର୍ଜନ କରି ସେ ସେଇ ପିଲାର ମୁଣ୍ଡରେ ପ୍ରହାର କଲା। ସେଇ ପିଲାଟିର ମୁଣ୍ଡରୁ ରକ୍ତ ବହିବାକୁ ଲାଗିଲା। ଅଧା ଖାଇଥିବା ଶୁଖୁଆକୁ ଥୁକିଦେଇ ସେଇ ଲଙ୍ଗଳା ପିଲାଟା ଅସହ୍ୟ ଯନ୍ତ୍ରଣାରେ ଛଟପଟ ହେଇ କୁଆଡ଼େ ଧାଇଁ ଚାଲିଗଲା।

ରବିନ୍ଦ୍ରନଙ୍କ ଆଖି ଛଳଛଳ ହୋଇଗଲା। "ହାୟ! ଆବର୍ଜନାରେ ଫୁଲ ଫଳ ତ ଉତ୍ପନ୍ନ ହୋଇଥାଏ। କିନ୍ତୁ ସୁନ୍ଦର ଉଦ୍ୟାନରେ ଫୁଲର ଗନ୍ଧ ବାସନା ନାହିଁ।"

ସେତେବେଳେ କିଏ ତାଙ୍କ ପଛରୁ ତାଙ୍କୁ ଛୁଇଁଲା। ସେ ବୁଲି ଚାହିଁଲେ, ଦେଖିଲେ ପଦ୍ମିନୀ ହସି ହସି ପଛରେ ଛିଡ଼ାହୋଇଥିଲେ।

ରବିନ୍ଦ୍ରନ୍ ତାଙ୍କ ମୁହଁର ଭାବକୁ ଲୁଚାଇବାକୁ ଚେଷ୍ଟାକଲେ। ତଥାପି ପତ୍ନୀ ବୁଝିଗଲେ ଯେ ସ୍ୱାମୀ ତାଙ୍କର କୌଣସି କଥା ପାଇଁ ଚିନ୍ତାମଗ୍ନ।

ହସିଦେଇ ପଦ୍ମିନୀ ପଚାରିଲେ, "କ'ଣ ଭାବୁଛ ?"

ରବିନ୍ଦ୍ରନ କରୁଣ ଦୃଷ୍ଟିରେ ପଦ୍ମିନୀଙ୍କ ଆଡ଼କୁ ଚାହିଁଲେ। ସେଇ ଦୃଷ୍ଟିରେ ତାଙ୍କ ଅନ୍ତରାତ୍ମାର ଏକ ଦୟନୀୟ ଆହ୍ୱାନ ନିହିତ ଥିଲା। "ହାୟ ପଦ୍ମିନୀ ତୁମ କୋଳରେ ଯଦି ଗୋଟିଏ ଛୁଆ ଖେଳନ୍ତା ତା'ହେଲେ ମୁଁ ନିଜେ ନିଜକୁ କେତେ ଭାଗ୍ୟବାନ ମନେକରନ୍ତି !"

ବହୁମୂଲ୍ୟ ବସ୍ତ୍ର ତଥା ରତ୍ନରେ ଜଡ଼ିତ ଅଳଙ୍କାର ପିନ୍ଧି ପଦ୍ମିନୀଙ୍କର ସୌନ୍ଦର୍ଯ୍ୟ ଚମକୁଥିଲା। ରବିନ୍ଦ୍ରନ ପଚାରିଲେ, "ପ୍ରିୟେ, କୁଆଡ଼େ ଯାଉଛ ?"

ଟିକେ ରାଗିଯାଇ ସେ କହିଲେ, "ଏତେ ଜଲଦି କ'ଣ ଭୁଲିଗଲ ? ତୁମେ କହିନଥିଲ ନା ଆମେ 'ସମୁଦ୍ର କୂଳ' କୁ ବୁଲି ଯିବା ?"

ରବିନ୍ଦ୍ରନ ତାଙ୍କ ନେକଲେସ ଠିକ୍ କରି, ବ୍ଲାଉଜକୁ ଛୁଇଁ କହିଲେ, "ପ୍ରିୟେ, ମୋ ମନରେ ଶାନ୍ତି ନାହିଁ। ଚନ୍ଦ୍ରଶେଖରନ୍ ସାଙ୍ଗରେ ଚାଲିଯାଅନା !"

"ମନର ଶାନ୍ତି ନାହିଁ ତ 'ସମୁଦ୍ର କୂଳ'କୁ ଗଲେ ଶାନ୍ତି ମିଳିବ" କହି ସେ ରବିନ୍ଦ୍ରନଙ୍କୁ ଇସାରା କଲେ।

"ମୁଁ ଆଜି ଏକୁଟିଆ ବସି କିଛି ପଢିବାକୁ ଚାହୁଁଛି, ପଦ୍ମିନୀ ତୁମେ ନିଜେ ଚାଲିଯାଅ।"

ସେ ପଦ୍ମିନୀଙ୍କୁ ଆଲିଙ୍ଗନ କରି ତାଙ୍କ ଡାହାଣ ଗାଲରେ ଚୁମ୍ବନ ଦେଲେ। ଏହି ଚୁମ୍ବନରେ ପ୍ରେମିକର ଚୁମ୍ବନ ଅପେକ୍ଷା ଏକ ଅବୋଧ ଶିଶୁର ଚୁମ୍ବନର ସରଳ ଭାବ ନିହିତ ଥିଲା।

ପଦ୍ମିନୀ ନିରାଶ ହୋଇ ରୁମରୁ ବାହାରକୁ ଆସିଲେ। ରବିନ୍ଦ୍ରନ ପୁଣି ଚିନ୍ତାମଗ୍ନ ହୋଇଗଲେ।

"ହାୟ ! ଏହି ସମସ୍ତ ସମ୍ପତ୍ତିକୁ ଭୋଗିବା ପାଇଁ ଯଦି କେହି ରହିଲେନି, ମୁଁ ମରିଗଲା ପରେ କ'ଣ ହେବ ! ଏହି ଜୀବନରୂପୀ ପୁଷ୍ପ ନ ରହିଲେ ମୋର ଏହି କୁବେରତ୍ୱରେ କ'ଣ ଫାଇଦା ? ହେ ଇଶ୍ୱର ! ମୁଁ ମୋର ସମସ୍ତ ସମ୍ପତ୍ତି ତ୍ୟାଗ କରିଦେବି ଯଦି ମୋତେ ତାହା ବଦଳରେ ଆପଣ ଗୋଟିଏ ସନ୍ତାନ ଦେବେ।"

ସେଇ ରାତିରେ ବି ରବିନ୍ଦ୍ରନଙ୍କୁ ନିଦ ଆସିଲାନି। ଅଧ ରାତିରେ ଉଠିବସିଲେ। ଭାବିହେଲେ, ଭାବିହେଲେ। ରାତି ଦୁଇଟା ବାଜିଗଲା। ତା'ପରେ ସେ ଡ୍ରେସ୍ ବଦଳାଇ ବାହାରକୁ ଆସିଲେ। ସେ ଦେଖିଲେ ଗଳି ରାସ୍ତା ସମ୍ପୂର୍ଣ୍ଣ ନିସ୍ତବ୍ଧ। ଦୋକାନର ବାରଣ୍ଡା ତଥା ରାସ୍ତାରେ ଅନାଥ ପିଲାମାନେ ଏବଂ ଭିକାରିମାନେ ଶୋଇଛନ୍ତି। ସେଇ ସବୁ ଦୃଶ୍ୟକୁ ଦେଖି, ଗଳି ପାରହୋଇ ଆଗକୁ ଲକ୍ଷହୀନ ଭାବେ ବଢିବାକୁ ଲାଗିଲେ। ଏକ ବଡ଼ ଦୋକାନର ବାରଣ୍ଡାରେ ଜଣେ ରୁଗ୍ଣ ଭିକାରୁଣୀ ଏବଂ ତା'ର ଛଅଟି ପିଲା ଶୋଇଛନ୍ତି। ରାସ୍ତାର ଖୁଣ୍ଟରୁ ବିଜୁଳି ଆଲୋକରେ ବାରଣ୍ଡା ଆଲୋକିତ ଥିଲା।

ବାରଣ୍ଡାରେ ଛିନ୍ନଛତ୍ର ହୋଇ ରଖାଯାଇଥିବା କାଠ ଖଣ୍ଡ ଭଳି ଛଅଟି ପିଲା ଶୋଇପଡ଼ିଥିଲେ। ସେଇ ଦୃଶ୍ୟ ରବିନ୍ଦ୍ରନଙ୍କର ଅନ୍ତରାତ୍ମାରେ ସହାନୁଭୂତି ଜନ୍ମିଲା... "ହେ ଇଶ୍ୱର ! ଗୋଟିଏ ଛୁଆକୁ ବି ପାଳିବା ପୋଷିବା ପାଇଁ ଅନେକ କଷ୍ଟ ଉଠାଉଥିବା ବେଳେ ଏହି ବିଚାରି ଗରିବକୁ ଅଗଣିତ ସନ୍ତାନଙ୍କୁ ଦେଇ ତୁମେ ଯାଙ୍କ ଜୀବନକୁ ନର୍କ ତୁଲ୍ୟ କରିଦେଇଛ। ମୋତେ ଗୋଟିଏ ପିଲା...ଯାହା ଉପରେ ନିଜର ବୋଲି ଅଧିକାର ସାବ୍ୟସ୍ତ କରିପାରିବି ଗୋଟିଏ ସନ୍ତାନର ବି ମୁହଁ ଦେଖିପାରୁନି। ଛଅ ବର୍ଷ ହେଲା ପ୍ରାର୍ଥନା କରୁଛି। ମୋର ଅଭିଳାଷା ଶୁଷ୍କ ହେଇ ରହିଗଲା। ଏମିତି ଜଣାପଡୁଛି ଯେ ଏବେ ସନ୍ତାନର ଆନନ୍ଦ ଆଉ ମୋ ଭାଗ୍ୟରେ ନାହିଁ।"

ଶୋଇଥିବା ପିଲାଙ୍କ ମଧ୍ୟରୁ ଜଣେ ହଠାତ୍ ଚେଇଁ ଉଠିବସିଲା। କିନ୍ତୁ ସେ କାନ୍ଦିଲାନି। କିଛି ସମୟ ପର୍ଯ୍ୟନ୍ତ ଢୋଳେଇ ଢୋଳେଇ ସେମିତି ବସିରହିଲା। ସେ ସେଇ ବାରଣ୍ଡାରେ ପଡ଼ିଥିବା ଗୋଟିଏ ବାସନ ଏବଂ ଛୋଟ ବାଡ଼ି ନେଇ ଖେଳିବାକୁ ଲାଗିଲା।

ସେଇ ଦୃଶ୍ୟର ଆନନ୍ଦ ଉଠାଉଥିବା ସମୟରେ ରବିନ୍ଦ୍ରନ ଅନେକ ସମୟ ଯାଏ ରାସ୍ତାରେ ଛିଡ଼ା ହୋଇ ରହିଲେ। ରବିନ୍ଦ୍ରନଙ୍କୁ ଦେଖିବାମାତ୍ରେ ପିଲାଟି ହସିବାକୁ ଲାଗିଲା। ତା'ପରେ ସେଇ ବାଡ଼ିଟିକୁ ରବିନ୍ଦ୍ରନଙ୍କ ଆଡ଼କୁ ବଢ଼େଇ ମୁଣ୍ଡ ହଲାଇ ଡାକିଲା, ଯେମିତି ତାଙ୍କ ସାଙ୍ଗରେ ଖେଳିବା ପାଇଁ ଆହ୍ୱାନ କରୁଛି।

ରବିନ୍ଦ୍ରନଙ୍କର ହୃଦୟ ପ୍ଲାବିତ ହେଲା। ସେ ଚାରିଆଡ଼କୁ ଚାହିଁଲେ। ରାସ୍ତାରେ କୌଣସି ଲୋକ ନଜରରେ ପଡ଼ିଲେନି।

ରବିନ୍ଦ୍ରନ ସାହସ କରି ସେଇ ଦୋକାନର ବାରଣ୍ଡା ଆଡ଼କୁ ବଢ଼ିଲେ। ତଥାପି ସେ ଟିକେ ଦ୍ୱନ୍ଦରେ ପଡିଲେ ଯେମିତି କୌଣସି ଜିନିଷକୁ ଚୋରି କରିବାପାଇଁ ସେ ଯାଉଛନ୍ତି। ମିନିଟିଏ ଦୁଇ ମିନିଟ ଅନିଶ୍ଚିତତା ମଧ୍ୟରେ ଛିଡ଼ାହୋଇ ରହିଲେ। ତା' ପରେ ଚାରିଆଡ଼େ ବାରମ୍ବାର ଦୃଷ୍ଟି ପକାଇଲେ। ତା' ପରେ ସେ ଧୀରେ ଧୀରେ ପିଲାଟି ପାଖକୁ ଗଲେ।

ସେଇ ତା'ର ରୁଗ୍ଣ ମା' ବେଙ୍ଗ ଭଳି ଟର୍ ଟର୍ ଶବ୍ଦରେ ଘୁଙ୍ଗୁଡି ମାରି ଶୋଇଥିଲା। ପିଲାଙ୍କ ମଧ୍ୟରୁ ଦୁଇଟି କୁକୁର ଛୁଆ ଭଳି ମା'ର ସ୍ତନ ଚୁଚୁମୁ ଥିଲେ। ଆଉ ତିନିଟା ସେମିତି ଚିତ୍ ହୋଇ ପଡ଼ିଥିଲେ।

ରବିନ୍ଦ୍ରନ ସେଇ ପିଲାଟିକୁ ଉଠାଇ ଛାତିରେ ଜାକି ଧରିଲେ। ତା' ମୁହଁ ଏବଂ ଛାତିରେ ବାରମ୍ବାର ଚୁମ୍ବନ ଦେଲେ। ସେଇ ପିଲାଟି ବାଡ଼ିରେ ରବିନ୍ଦ୍ରନଙ୍କ ପିଠିରେ ଧୀରେ ବାଡ଼େଇ ହସିଲା। ହଠାତ୍ ତା' ହାତରୁ ବାସନ ଇଟା ଉପରେ ପଡ଼ିଗଲା ଏବଂ ଜୋରରେ ଶବ୍ଦ ହେଲା।

ସେଇ ଶବ୍ଦରେ ତା' ରୁଗଣ ମା' ଚେଇଁ ଉଠିଲା, ତା'ପରେ ମୁଣ୍ଡ ଉଠେଇ ଚାହିଁଲା। ଏହା ଦେଖି ରବିନ୍ଦ୍ରନ ପିଲାଟିକୁ ତଳେ ଛାଡ଼ିଦେଇ ଘାବରେଇ ଯାଇ ରାସ୍ତା ଆଡ଼କୁ ଧାଇଁ ଚାଲିଗଲେ।

କୌଣସି ପ୍ରକାରେ ସେ ଘରେ ଆସି ପହଞ୍ଚିଲେ ଏବଂ ଶୋଇବା ଘରେ

ଯାଇ ଲୋଟିପଡ଼ିଲେ। ତଥାପି ନିଦ ଆସିଲାନି। ସେ ଝରକା ଖୋଲି ବାହାର ଆଡ଼କୁ ଚାହିଁ ଛିଡ଼ାହେଲେ। କିଛି ସମୟପରେ ପୁଣି ବିଛଣା ଉପରକୁ ଆସି ଲୋଟିପଡ଼ିଲେ।

ସକାଳୁ କୁକୁଡ଼ା ଡାକ ଦେବାପରେ ତାଙ୍କୁ ହାଲୁକା ନିଦ ଲାଗିଗଲା। ସ୍ୱପ୍ନରେ ସେ ଦେଖିଲେ...ସଂସାରର ସମସ୍ତ ପିଲା ଗୋଟିଏ ଦଳ ହୋଇ ଆନନ୍ଦରେ ବିଭୋର ହୋଇ ତାଙ୍କ ଝରକା ପାଖକୁ ଆସି ଛିଡ଼ା ହୋଇଛନ୍ତି। ରବିନ୍ଦ୍ରନ ବିଛଣାରୁ ଡ଼େଇଁ ଉଠିପଡ଼ିଲେ ଏବଂ ତଳ ବଗିଚା ଆଡ଼କୁ ଦୌଡ଼ିଆସି, ପ୍ରତ୍ୟେକ ପିଲାକୁ କୋଳକୁ ନେବାକୁ ହାତ ବଢ଼ାଇଲେ। କିନ୍ତୁ ରବିନ୍ଦ୍ରନଙ୍କୁ ଦେଖିବାମାତ୍ରେ ସମସ୍ତ ପିଲା ବୁଲିପଡ଼ି ସେଠାରୁ ଧାଇଁବାକୁ ଲାଗିଲେ। ତା'ପରେ କିଛି ଦୂରରେ ଛିଡ଼ା ହୋଇଥିବା ତାଙ୍କ ବାପା ମାଆ ପାଖରେ ପହଞ୍ଚି ପାଟି କରି ହସିବାକୁ ଲାଗିଲେ। ଏମିତିଭାବେ ସବୁ ପିଲା ଧାଇଁ କୁଆଡ଼େ ଅଦୃଶ୍ୟ ହୋଇଗଲେ। କେବଳ ଗୋଟିଏ ପିଲା ସେଠାରେ ରହିଗଲା। ଦୁଇ ହାତକୁ ବଢ଼ାଇ ରବିନ୍ଦ୍ରନ ତା' ପାଖକୁ ଆସିଲେ। ସେ ଧାଇଁ ଚାଲିଗଲାନି। ସେ ରବିନ୍ଦ୍ରନଙ୍କ କୋଳକୁ ଆସି ତାଙ୍କୁ କୁଣ୍ଢେଇ ଧରିଲା, ବାପା..ବାପା..ଡାକିବାକୁ ଲାଗିଲା। ଯେମିତି ସଂସାରସାରାର ସୁଖ ତାଙ୍କ ହାତ ମୁଠାକୁ ଚାଲିଆସିଲା... ଏମିତି ଗର୍ବ ଆଉ ଉତ୍ସାହରେ ରବିନ୍ଦ୍ରନ ସେଇ ବାଳକକୁ ଆଲିଙ୍ଗନ କଲେ ଏବଂ ଉଲ୍ଲସିତ ହୋଇ ପଚାରିଲେ... "ନଟଖଟ୍, ମୁନ୍ନା ତୁ ଏତେ ଦିନ ଯାଏ କୋଉଠି ଥିଲୁ...?"

"ତୁମର କ'ଣ ଏ ପର୍ଯ୍ୟନ୍ତ ନିଦ ଭାଙ୍ଗିନି?" ପଦ୍ମିନୀଙ୍କର ସ୍ପର୍ଶ ଏବଂ ସେଇ ପ୍ରଶ୍ନରେ ରବିନ୍ଦ୍ରନଙ୍କର ନିଦ ଭାଙ୍ଗିଗଲା।

ସେଇ ବାଳକର ସ୍ପର୍ଶ ଏବଂ ସ୍ନେହରେ ଉତ୍ପନ୍ନ ପୁଲକ ଏବେ ବି ତାଙ୍କ ମନରୁ ଫିକା ପଡ଼ିନଥିଲା।... "ବାପା..." ତା'ର ଏହି ଡାକ ଏବେ ବି ତାଙ୍କ କାନରେ ନିନାଦିତ ହେଉଥିଲା।

ରବିନ୍ଦ୍ରନ ଅସହାୟଭାବେ ମୁହଁ କରି ପଦ୍ମିନୀଙ୍କ ମୁହଁ ଆଡ଼କୁ ଚାହିଁଲେ। ହାଲୁକା ସୂର୍ଯ୍ୟକିରଣ ଝରକା ବାଟେ ଆସି ବିଛଣାରେ ପଡ଼ିଥିଲା।

"ତା'ହେଲେ ଏଇ ସବୁ ତା'ର ସ୍ୱପ୍ନ ଥିଲା!" ରବିନ୍ଦ୍ରନ ଦୁଃଖ ଭରା ସ୍ୱରରେ କହିଲେ।

"କ'ଣ ଅଳସୁଆ ହୋଇ ବିଛଣା ଉପରେ ପଡ଼ି ରହିଥିବ? ନଅଟା

ବାଜିଲାଣି...କ'ଣ ଉଠିବାକୁ ଇଚ୍ଛା ନାହିଁ। ଜଣେ ୟୁରୋପିୟାନ ବ୍ୟକ୍ତି ତୁମକୁ ଅପେକ୍ଷା କରି ବାହାରେ ବସିଛନ୍ତି।"

ରବିନ୍ଦ୍ରନ ଆଖି ମଳି ଉଠି ବସି ପଚାରିଲେ, "ସେଇ ସାହେବ କିଏ ?"

ପଦ୍ମିନୀ ଏକ ଭିଜିଟିଙ୍ଗ କାର୍ଡ ତାଙ୍କ ହାତକୁ ବଢ଼ାଇ ଦେଲେ... "ଏମ୍.ଡି. ନର୍ଟନ, ରବର ଇଷ୍ଟେଟ ମାଲିକ କୋଷିକୋଡ" ତା' ଉପରେ ଲେଖାଥିଲା।

ରବିନ୍ଦ୍ରନ ଉଠି ମୁହଁ ଧୋଇଲେ ଏବଂ ଡ୍ରେସ ବଦଳାଇ ଅତିଥି ରୁମକୁ ଆସିଲେ। ସେ ସାହେବଙ୍କୁ ସ୍ୱାଗତ କଲେ। ଦୁହେଁ କିଛି ସମୟ ଯାଏ ସାଧାରଣ କଥାବାର୍ତ୍ତା ହେଲେ। ତା' ପରେ ମିଷ୍ଟର ବର୍ଟନ ତାଙ୍କ ଆସିବା ଉଦ୍ଦେଶ୍ୟ କହିଲେ।

"ମିଷ୍ଟର ରବିନ୍ଦ୍ରନ, ମୁଁ ଗୋଟିଏ ବିଶେଷ କଥା ପାଇଁ ଆପଣଙ୍କ ପାଖକୁ ଆସିଛି।"

ସାହେବ ମୋଟା ଚୁରୁଟକୁ ପାଟି ଭିତରକୁ ଶୋଷି ତା'ପରେ ଧୂଆଁ ବାହାର କରିବାକୁ ଆରମ୍ଭ କଲେ ଏବଂ ଚଷମାକୁ ଠିକ୍ କରି ରବିନ୍ଦ୍ରନ୍ ପାଖକୁ ଆସି ବସିଗଲେ। ତା' ପରେ ଗମ୍ଭୀର ସ୍ୱରରେ କହିବାକୁ ଆରମ୍ଭ କଲେ, "ମୋର ବୟସ ବାଷଠି ବର୍ଷ ହେଲାଣି। ମୋର ଭାରତ ଆସିବା ପ୍ରାୟ କୋଡ଼ିଏ ବର୍ଷ ହୋଇଗଲାଣି। ମୋର ଶେଷ ଜୀବନ ସ୍ୱଦେଶ 'ବର୍ମିଘମ'ରେ ବିତାଇବାକୁ ସ୍ଥିର କରିଛି। ମୋର ଗୋଟିଏ ପୁଅ ସେଠାରେ ପଢୁଛି। ତା'ର ଦେଖାଚାହାଁ ପାଇଁ ବି ମୋର ସେଠାରେ ଉପସ୍ଥିତି ରହିବା ନିହାତି ଆବଶ୍ୟକ। ଲାଗୁଛି ଭାରତରୁ ସମସ୍ତ ସମ୍ପର୍କ ତୁଟାଇବାକୁ ପଡ଼ିବ। ଏହା ବ୍ୟତୀତ ପରିସ୍ଥିତିରୁ ଏମିତି ଜଣାପଡୁଛି ଯେ ଭାରତରୁ କିଛି ଲାଭର ଆଶା ରଖିବା ଗୋରାମାନଙ୍କ ପାଇଁ କଷ୍ଟକର। ଅତଏବ, ମୁଁ ରବର ଇଷ୍ଟେଟକୁ ବିକିବା ପାଇଁ ସ୍ଥିର କରିସାରିଛି। ଏଠାକାର କୌଣସି ଲୋକ ତାହାର କାର୍ଯ୍ୟଭାର ନେଇ ନିଅନ୍ତି ତ ସେ ବଡ଼ ଲାଭର ଆଶା ରଖିପାରନ୍ତି । ଇଷ୍ଟେଟକୁ କିଣିବା ପାଇଁ ଏକମାତ୍ର ଯୋଗ୍ୟ ବ୍ୟକ୍ତି କେବଳ ଆପଣଙ୍କୁ ହିଁ ଭାବୁଛି। ଆପଣ ମୋର ଇଷ୍ଟେଟକୁ କିଣିନିଅନ୍ତୁ।"

ମିଷ୍ଟର ବର୍ଟନଙ୍କ କଥା ଶୁଣି ରବିନ୍ଦ୍ରନ ଅନେକ ସମୟ ଯାଏ ଚିନ୍ତାଶୀଳ ହୋଇ ବସିରହିଲେ। ତା'ପରେ ଶାନ୍ତ ଏବଂ ଗମ୍ଭୀର ସ୍ୱରରେ କହିଲେ, "ମିଷ୍ଟର ବର୍ଟନ, ଏହା ଏକ ମହତ୍ୱପୂର୍ଣ୍ଣ କଥା। ଧ୍ୟାନପୂର୍ବକ ଚିନ୍ତା କରିବା ପରେ ହିଁ ମୁଁ ଏହାର ଉତ୍ତର ଦେଇପାରିବି। ଏହା କ୍ଷୀର ଦେଉନଥିବା ଗାଈକୁ କିଣିବା କଥା ଭଳି।

ମିଷ୍ଟର ବର୍ଟନ ଏକ କୃତ୍ରିମ ହସ ହସିଲେ... "ମିଷ୍ଟର ରବିନ୍ଦ୍ରନ, କଦାପି ନୁହେଁ। ଗତ ଚାରି ପାଞ୍ଚ ବର୍ଷ ତଳେ ମୁଁ ସିଙ୍ଗାପୁରରୁ ଭଲ କିସମର ଦାମୀ ରବର ଗଛ ଆଣି ଲଗାଇଥିଲି। ସେଥିରୁ ଲାଭ ଉଠାଇବା ପୂର୍ବରୁ ତାକୁ ମୁଁ ଅନ୍ୟ ଲୋକ ହାତରେ ଟେକିଦେଇ ଯାଉଛି। ଏବେ ମୋ ଇଷ୍ଟେଟର ବିସ୍ତାର ଏକ ହଜାର ଏକ ଶହ ଏକର। ସେଥିରେ ପ୍ରାୟ ଏକ ଲକ୍ଷ ଦଶ ହଜାର ରବର ଗଛ ଅଛି। ଗତ ବର୍ଷ ସବୁ ଖର୍ଚ୍ଚ ଯାଇ ମୋତେ ପ୍ରାୟ ଏକ ଲକ୍ଷ ଟଙ୍କା ଲାଭ ହେଇଥିଲା। ଆପଣ ସେଠାକୁ ଗଲେ ମୁଁ ସବୁ ହିସାବ ଦେଖାଇଦେଇ ପାରିବି।"

ରବିନ୍ଦ୍ରନ କହିଲେ... "ତଥାପି ମୁଁ ଏବେ କୌଣସି ଜବାବ ଦେଇପାରିବି ନାହିଁ।"

"କିଛି କଥା ନାଇଁ...ମୁଁ ଆପଣଙ୍କୁ ଦୁଇ ମାସ ସମୟ ଦେଉଛି। ଏହା ମଧ୍ୟରେ ଆପଣ ଭାବି ଚିନ୍ତି କହିବେ। ଏହା ବ୍ୟତୀତ ଆସନ୍ତା ରବିବାରକୁ ମୁଁ ଆପଣଙ୍କୁ ଏବଂ ଆପଣଙ୍କ ପତ୍ନୀଙ୍କୁ ମୋ ମୁକ୍କମ ଇଷ୍ଟେଟ ବଙ୍ଗଳାକୁ ଡିନର ପାଇଁ ଆମନ୍ତ୍ରିତ କରୁଛି।"

ରବିନ୍ଦ୍ରନ ସ୍ୱୀକାର କଲେ। ଯିବା ସମୟରେ ମିଷ୍ଟର ବର୍ଟନ ପଚାରିଲେ... "ରାସ୍ତା ବତାଇବା ପାଇଁ ମୁଁ କାହାକୁ ପଠାଇବି ?"

"ନାଇଁ ଧନ୍ୟବାଦ। ରବିନ୍ଦ୍ରନ ପୂର୍ବ ସ୍ମୃତିକୁ ମନେ ପକାଇ ଏକ ହାଲୁକା ହସ ହସିଦେଇ କହିଲେ... ମୁକ୍କମ ଅଞ୍ଚଳ ମୋ ପାଇଁ କେବେ ବି ଅପରିଚିତ ନୁହେଁ।"

ମିଷ୍ଟର ବର୍ଟନ ଯିବାପରେ ପଦ୍ମିନୀ ରବିନ୍ଦ୍ରନଙ୍କ ପାଖକୁ ଆସି ସାହେବଙ୍କ ଆଗମନର କାରଣ ପଚାରିଲେ।

ରବିନ୍ଦ୍ରନ କହିଲେ, "ବର୍ଟନଙ୍କର ରବର ଇଷ୍ଟେଟ ନାମକ ଏକ ଇଷ୍ଟେଟ ଅଛି, ଯାହାକୁ କିଣିବା କଥା କହିବାକୁ ଆସିଥିଲେ।"

ପଦ୍ମିନୀ ମଜା କରିବା ସ୍ୱରରେ ପଚାରିଲେ, "ରବର ଇଷ୍ଟେଟର କାରବାର ଭାରତୀୟଙ୍କ ପାଇଁ କ'ଣ ସମ୍ଭବ ?"

"ପଦ୍ମିନୀ ତୁମେ କେତେ ବୋକି ? ଆମ କେରଳର ଉର୍ବର ଭୂଖଣ୍ଡକୁ କବ୍ଜା କରି କେତେ କେତେ ବିଦେଶୀମାନେ କୋଟିପତି ହୋଇଗଲେ ! ଆମ ଦେଶର ଧନୀ ଭୀରୁ ହୋଇ କୌଣସି ବି ଅଞ୍ଚଳରେ ପୁଞ୍ଜି ନ ଲଗାଇ ଧନକୁ ଲୁଚାଇ

ରଖନ୍ତି । ଜଙ୍ଗଲ ଏବଂ ପଥରକୁ କାଟି, ଲକ୍ଷ ଲକ୍ଷ ଖର୍ଚ୍ଚ କରି, ଗଛ ବୃକ୍ଷ ଲଗାଇ, ତା'ର ଯତ୍ନ ନେଇ ଫଳ ଅମଳ ପାଇଁ ବର୍ଷ ବର୍ଷ ଧରି ଅପେକ୍ଷା କରିବାର ଧୈର୍ଯ୍ୟ ଏବଂ ସାହସ କେବଳ ବିଦେଶୀ ଲୋକଙ୍କର ଥାଏ । ଯେବେ ସେମାନେ ଜଙ୍ଗଲରେ ଟଙ୍କାର ପାଣି ବୁହାଇ ଦିଅନ୍ତି, ସେତେବେଳେ ଏପଟର ଲୋକେ ପଛରେ ତାଙ୍କୁ ଥଟ୍ଟା କରନ୍ତି । ଆଜି ସେମାନେ ନିଜ ଖର୍ଚ୍ଚ ଠାରୁ ଦଶ ଗୁଣା ରୋଜଗାର କରିଛନ୍ତି । ରବରକୁ ଆଜି ରତ୍ତଳ (ପ୍ରାୟ ଅଧ କିଲୋ) କୁ ହାରାହାରି ଆଠ ଅଣା ଦାମ ଅଛି । ଶୁଣିଲି, ଏବେ ତାଙ୍କର ଗୋଟିଏ ବର୍ଷର ଲାଭ ଏକ ଲକ୍ଷ ଟଙ୍କା । ରବରର ମୂଲ୍ୟ ବୃଦ୍ଧି ହେବାରୁ ରତ୍ତଳର ଦର ପନ୍ଦର ଟଙ୍କା ପର୍ଯ୍ୟନ୍ତ ହୋଇଯାଇଥିଲା । ସେଇ ସମୟରେ ତାଙ୍କୁ କ'ଣ ତିରିଶ ଲକ୍ଷ ଟଙ୍କାର ଲାଭ ମିଳି ନଥିବ ? ଦେଖିଲ, ତାଙ୍କ ଦୂର ଦୃଷ୍ଟିର ପରିଣାମ । କେବଳ କଞ୍ଜୁସି ହୋଇ ଧନ ରୋଜଗାର କରାଯାଏନା । ଅଥବା ତାହା ପ୍ରକୃତ ଉପାୟ ନୁହେଁ । ବେପାର ପାଇଁ ସାହସ ବି ଜରୁରୀ ହୋଇଥାଏ ।"

"ତା'ହେଲେ ତୁମେ ରବର ଇଷ୍ଟେଟ କିଣିବା ପାଇଁ ସ୍ଥିର କଲ !"

"ସ୍ଥିର କରିନି । କିନ୍ତୁ ସମ୍ପୂର୍ଣ୍ଣ ଛାଡ଼ିନି । କିନ୍ତୁ ସେଠାକୁ ଯାଇ ଦେଖିବାକୁ ପଡ଼ିବ । ତା'ପରେ ଯାଇ ଯାହା ଜବାବ ଦେଇପାରିବି । ସାହେବ ଆମ ଦୁହିଁଙ୍କୁ ଆସନ୍ତା ରବିବାର ଦିନ ଡିନର ପାଇଁ ନିମନ୍ତ୍ରଣ କରିଛନ୍ତି । ଯିବ ପଦ୍ମିନୀ !"

(୨)

ମୁକ୍କମ ଗାଁର ନରମ ଖରାରେ ଗାଧୋଉଥିବା ମେ ମାସର ଏକ ସନ୍ଧ୍ୟା। ଗ୍ରାମୀଣ ସ୍ତ୍ରୀଲୋକମାନେ ଲୁଗା ଧୋଇ ପିଲାମାନଙ୍କୁ ଧୁଆଧୋଇ କରିଦେଇ ଏବଂ ନିଜେ ସ୍ନାନ କରି ଫେରିବାକୁ ଲାଗିଲେ। ଅଚଳ ଘାଟରେ କେବଳ କୌପିନ ପିନ୍ଧି ଦୁଇ ତିନି ଜଣ ଲୋକ ସ୍ନାନ କରୁଥିଲେ।

ହଠାତ୍ ଏକ କାରର ହର୍ଣ୍ଣ ଶବ୍ଦ ଗୁଞ୍ଜରି ଉଠିଲା। ସେଇ କାର ଘାଟରୁ କିଛି ଦୂରରେ ରାସ୍ତା କଡ଼ରେ ଅଟକିଗଲା। କାରରୁ ଜଣେ ପୁରୁଷ ଏବଂ ଜଣେ ମହିଳା ବାହାରି ଆସିଲେ।

ଗ୍ରାମୀଣ ଲୋକ ଏବଂ ଲଙ୍ଗଳା ଗ୍ରାମୀଣ ବାଳକମାନେ ଉତ୍ସୁକତାରସହ ସେଇ କାର ଚାରିପଟେ ଘେରିଗଲେ। ସେଇ ମହିଳାଙ୍କ ଗହଣା ଉପରେ ଜଡ଼ିତ ରତ୍ନର ଶୋଭା ସେଠାରେ ଏକତ୍ରିତ ଲୋକଙ୍କ ଆଖିକୁ ଝଲସାଇ ଦେଲା। ପିଲାଗୁଡ଼ା କାରକୁ ଘେରିଯାଇ ତାକୁ ଛୁଇଁ ତଥା ତା'ର ପ୍ରତ୍ୟେକ ଯନ୍ତ୍ର ଭାଗକୁ ତେରେଛା ନଜରରେ ଚାହିଁ ଫୁସଫାସ ହେଉଥିଲେ।

ରବିନ୍ଦ୍ରନ ଡ୍ରାଇଭରକୁ କହିଲେ, "ସୂର୍ଯ୍ୟାସ୍ତ ହେବାପାଇଁ ଆଉ ଦୁଇ ଘଣ୍ଟା ବାକି ଅଛି। ଆମେ ଏହି ନଦୀ କୂଳକୁ ଯାଇ ବୁଲି ଆସୁଛୁ।"

ରବିନ୍ଦ୍ରନ ଏବଂ ପଦ୍ମିନୀ ନଦୀ କୂଳ ହେଇ ପୂର୍ବ ଦିଗ ଆଡ଼କୁ ଗଲେ। ନୂଆ ନୂଆ ଗ୍ରାମ୍ୟ ଦୃଶ୍ୟ ପଦ୍ମିନୀଙ୍କ ହୃଦୟକୁ ବଶୀଭୂତ କରିଦେଲା।

ପ୍ରାୟ ଶୁଖି ଯାଇଥିବା ନଦୀ ବାଲିରେ ଆଚ୍ଛାଦିତ କୂଳ ଧଳା ମଖମଲ ଚାଦର ଭଳି ଦେଖାଯାଉଥିଲା। ନଦୀର ଅନ୍ୟ କୂଳରେ ଘଞ୍ଚ ଗଛ ବୃକ୍ଷ ସବୁଜ

ପର୍ଦ୍ଦା ଭଳି ତଳକୁ ଝୁଙ୍କିଯାଇଛି। ସବୁଜ ଛତା ଭଳି ତାଳଗଛ ଛିଡ଼ାହେଇଛି ଏବଂ ଧନୁ ଆକାରରେ ବାଉଁଶର ବୁଦା। ଏହି ସବୁ ଦୃଶ୍ୟକୁ ସେମାନେ ଏକଲୟରେ ଦେଖିବାକୁ ଲାଗିଲେ।

ଅତୁଳନୀୟ ବନ୍ୟ ସୌନ୍ଦର୍ଯ୍ୟ, ଅନନ୍ୟ ନିସ୍ତବ୍ଧ ପରମ ଶାନ୍ତି, ସମସ୍ତ ସ୍ୱର୍ଶକାତର ଉନ୍ମାଦନାରେ ପଦ୍ମିନୀ ଅଜାଣତରେ ବୁଡ଼ିଗଲେ।

କିନ୍ତୁ ରବିନ୍ଦ୍ରନ ଏହି ସବୁ ଦୃଶ୍ୟକୁ ଦେଖିପାରୁ ନଥିଲେ, ବରଂ ତାଙ୍କ ସାମନାରେ ଅତୀତର ଦୃଶ୍ୟ ବିଦ୍ୟମାନ ଥିଲା।

ବାର ବର୍ଷ ପୂର୍ବରୁ ସେଇ ସ୍ଥାନରେ ସେଇ ନଦୀ କୂଳରେ ଅଭିନୀତ ଏକ ନାଟକର ସେ ମୁଖ୍ୟ ଅଭିନେତା ଥିଲେ। ସେଇ ଦିନର ପ୍ରତ୍ୟେକ ଘଟଣା, ସେଇ ଦିନର ତାଙ୍କର ପ୍ରତ୍ୟେକ କାର୍ଯ୍ୟକଳାପ ତାଙ୍କ ମନରେ ଏକ ମାଦକତା ଭରା ମାଧୁର୍ଯ୍ୟ ସହିତ ଉଛୁଳି ପଡ଼ିଲା। କିନ୍ତୁ ତା' ପରେ ଏକ ଅଜ୍ଞାତ ବ୍ୟଥା...ଏକ ଅକାରଣ ଆତ୍ମନିନ୍ଦା, ଶବ୍ଦରେ ପୂର୍ଣ୍ଣ ଏକ ପଶ୍ଚାତାପ... ଏକ ଗଭୀର ଚିନ୍ତା..ଲଜ୍ୟା.. ଭୟ ଇତ୍ୟାଦି ଇତ୍ୟାଦି ମନର ଭାବନାରେ ସେ ଜୁଝୁଥିଲେ। ଜଣେ ଭୀରୁ ବ୍ୟକ୍ତି ଭଳି ସେ ସେଇ ସ୍ମୃତି ସବୁକୁ ଭୁଲିଯିବାକୁ ଚେଷ୍ଟା କରୁଥିଲେ। କିନ୍ତୁ ସେଇ ପରିସ୍ଥିତିରେ ସେ ଭୁଲି ପାରୁନଥିଲେ। ତାଙ୍କୁ ଲାଗିଲା ଯେ ଗଛର ପ୍ରତ୍ୟେକ ଡାଳ ଏବଂ ତୃଣ ତାଙ୍କୁ ଦେଖି... "ମୁଁ ତୁମକୁ ଜାଣିଛି", ଯେମିତି କହୁଛନ୍ତି। ଧୀରେ ଧୀରେ ସେଇ ସବୁ ଉବୁ ଟୁବୁ ହୋଇ ଆସୁଥିବା ଚିନ୍ତା ଏବଂ ଜଳି ଉଠୁଥିବା ସ୍ମୃତି ମଧ୍ୟରେ ରାତିର ବାଦଲ ଭିତରୁ ଦେଖାଯାଉଥିବା ଚାନ୍ଦ ଭଳି ଜଣେ ଝିଅର ନିଷ୍କଳଙ୍କ ଏବଂ ଅନୁପମ ସୁନ୍ଦର ମୁହଁ ଦେଖାଯାଉଥିଲା। ସେଥିରେ ହସ ଏବଂ କାନ୍ଦର ଭାବ ବାରମ୍ବାର ପ୍ରତିବିମ୍ବିତ ହେବାକୁ ଲାଗିଲା। ନିର୍ମଳ ପ୍ରେମରେ ନିଶ୍ୱାସ ନେଉଥିବା ସେଇ କଳା ବିସ୍ଫୋରିତ ଆଖିରୁ ବହୁଥିବା ଅଶ୍ରୁ ବୁନ୍ଦା, ତାଜା ସୁଗନ୍ଧ ଏବଂ ଯୌବନରେ ଅମୃତ ଝରୁଥିବା ଅଧରରେ ଖେଳୁଥିବା ହସ ଏହି ସବୁକୁ ଦଶ ଗୁଣା ବିସ୍ତାରରେ ଏକ ଚିତ୍ରପଟ ଭଳି, ସେଇ ସବୁଜ ଜଙ୍ଗଲର ପରିପ୍ରେକ୍ଷୀରେ ସେ ଦେଖୁଥିଲେ।

"ତୁମେ କ'ଣ ସତରେ ମୋତେ ଛାଡ଼ିକି ଚାଲିଯିବ? ପୁଣି କେବେ ଆସିବ?" ତାଙ୍କ ମୁଣ୍ଡରେ ଜମି ରହିଥିବା ସେଇ ଶବ୍ଦ ବିଜୁଳି ଭଳି ତୀବ୍ରଗତିରେ ଚିହିଁକି ଉଠିଲା।

"ସେ କେଉଁଠି ଅଛି ? ସେ କେଉଁଠି ଅଛି ? ତା'ର କ'ଣ ହେଲା ?" ଜଣେ ପାପୀର ମାନସିକ ଭାବନା ଭଳି ଏହି ପ୍ରଶ୍ନ ବାରମ୍ବାର ତାଙ୍କ ଭିତରେ ଜାଗି ଉଠିବାକୁ ଲାଗିଲା ।

'କିୟୁ..କିୟୁ..କିୟୁ' କରି ଗୋଟିଏ ଚଢ଼େଇ ପୂର୍ବ ଦିଗ ଆଡ଼କୁ ଉଡ଼ିଗଲା । ଅତି ପାଖରୁ ଗୋଟିଏ ବଳଦ ବେକର ଘଣ୍ଟି ଶୁଣାଗଲା ।

ପଦ୍ମିନୀ ସେଇ ବାଉଁଶ ବୁଦା ଆଡ଼କୁ ଚାହିଁଲେ । ମୋତିର କଣିକା ବିଛୁଡ଼ି ହେଇ ପଡ଼ିଥିବା ଭଳି ଦେଖାଯାଉଥିଲା । ଶୁଆ ଦଳଟିଏ ସେଇ ଆଡ଼କୁ ଉଡ଼ିଯାଉଛନ୍ତି । "ସେମାନେ ଦେଖିବାକୁ କେତେ ସୁନ୍ଦର ? ଜଙ୍ଗଲର ସେଇ କୋଣରେ ପ୍ରକୃତି କେତେ ସୁନ୍ଦର ? ଏପଟେ ଦେଖ, ଜଣେ ମୁସଲମାନ ବାଳିକା ଛେଳିମାନଙ୍କୁ ଚରେଇ ଫେରୁଛି । ସେଇ ନାଆରେ ଲଦା ଯାଇଥିବା ଜିନିଷ କ'ଣ ରବର ପେଟି ?" ଏହି ପ୍ରକାର କେତେ କଥା କହି ପଦ୍ମିନୀ ଆଗକୁ ବଢି ଚାଲିଥିଲେ । କିନ୍ତୁ ଚିନ୍ତାମଗ୍ନ ରବିନ୍ଦ୍ରନ ତାଙ୍କ ସନ୍ଦେହ ଏବଂ ପ୍ରଶ୍ନର ଉତ୍ତର କେବଳ 'ହଁ' କହି ଟାଳି ଦେଉଥାନ୍ତି, କୌଣସି ସଠିକ ଉତ୍ତର ଦେଉନଥାନ୍ତି ।

ରବିନ୍ଦ୍ରନ ଭାବି ଚାଲିଥିଲେ.. ତା'ର ଜୀବନ ଶୈଳୀ କେମିତି ଚାଲିଥିବ ? ହୁଏତ ବିବାହ କରିଥିବ କିମ୍ବା ଅବିବାହିତ ରହି ଜୀବନ ବିତାଉଥିବ ? ହାୟ ! ଜଣେ ନିର୍ଦ୍ଦୋଷ ବାଳିକା ପାଇଁ ତାହା ଏକ ଅସାଧାରଣ ସ୍ଥିତି କିମ୍ବା କୌଣସି ଭଦ୍ର ସୌନ୍ଦର୍ଯ୍ୟର ଆରାଧକ ତାକୁ ଧରି ଚାଲିଯାଇଥିବ ? ମୋତେ ଦେଖିପାରିଲେ ସେ ଚିହ୍ନି ପାରିବ ତ ? କେମିତି ପ୍ରକାରେ ସେ ମୋତେ ସ୍ୱାଗତ କରିବ ? ପଦ୍ମିନୀଙ୍କୁ ସେ କେମିତି ବ୍ୟବହାର କରିବ ? ହାୟ ! ସେଦିନ ମୁଁ କେତେ ଘୋର ଅନ୍ୟାୟ କରିଥିଲି ? ସେ ଏକ ଆନନ୍ଦିତ ମଧୁ ଚନ୍ଦ୍ର ଥିଲା । ତା' ପାଇଁ ମୁଁ କୋଉ ପ୍ରକାର ଉପକାର କଲି ? ତା'ପରେ ମୁଁ ତା' ବିଷୟରେ ଖୋଜ ଖବର ବି କଲିନି । ଯୌବନର ପ୍ରଥମ ଉନ୍ମାଦରେ ମୁଁ ଭୁଲ ଭାବନାରେ ଥିଲି ଯେ ମୋ ଜୀବନ ସର୍ବଦା ସୁଖମୟ ରହିବ । ବୋକାମି..ବିଭିନ୍ନ ପ୍ରକାର ଫୁଲରେ ଭରା ଉଦ୍ୟାନକୁ ମୁଁ ଏକ ଦୁଷ୍ଟ ବାଳକ ଦୌଡ଼ି ଆସିଲି । ସେଇ ଫୁଲକୁ ପ୍ରାପ୍ତ କରିବା ମୋହରେ ମଜାରେ କେତେ ଫୁଲମାନଙ୍କୁ ମୁଁ ପାଦ ତଳେ ଦଳି ଦେଇଛି । ମୁଁ କେବଳ ସୁଖକୁ ଅନୁସରଣ କରୁଥିବା ଜଣେ ପୋଖତ ଶିକାରୀ ଥିଲି । ଆଜି ମୁଁ ଜଣେ ଦାର୍ଶନିକ ରୂପରେ ବଦଳିଯାଇଛି । କିନ୍ତୁ ସଂସାରକୁ ବୁଝିବାରେ ମୁଁ ମଧ୍ୟବୟସ୍କ ହୋଇଗଲି । ଯାହା

କରିସାରିଛି ତାକୁ ନୂଆ ରୂପରେ କରିବା ଏବେ ସମ୍ଭବ ନୁହେଁ। ଅନୁତାପ କରିବାର କୌଣସି ଆବଶ୍ୟକତା ନାହିଁ। ସେ ବାହା ସାହା ହୋଇ ସ୍ୱାମୀ ଏବଂ ପିଲା ଛୁଆଙ୍କ ସାଙ୍ଗରେ ଆନନ୍ଦରେ ଜୀବନ ବିତାଉଥିବ। ଏହି ଖବର ଶୁଣିବାର ସୌଭାଗ୍ୟ ମିଳିଯାଉ।

"ଏପଟେ ଦେଖ, ଇଏ କୋଉ ଜୀବ? ନାଇଁ ନାଇଁ ଇଏ ତ ଗୋଟିଏ ଚଢ଼େଇ ଭଳି ଲାଗୁଛି। କେତେ ବିକୃତ ରୂପ ! ଏକ ନକଲି ଜଟାୟୁ ବି ଅଛି। ଭୀଷଣ ଶବ୍ଦ କରି ସେ ଏଇ ତାଳ ଗଛ ଉପରେ ଆସି ପଡ଼ିଲା।" ସ୍ୱାମୀଙ୍କୁ ଏହା କହି ପଦ୍ମିନୀ ତାଳ ଗଛ ଉପରକୁ ଚାହିଁଲେ।

ରବିନ୍ଦ୍ରନ ବି ସେଇ ଆଡ଼କୁ ଦୃଷ୍ଟି ବୁଲାଇଆଣି କହିଲେ, "ହଁ, ସେଇଟା ତ ଗୋଟିଏ ପପୀହା। ପାଣି ପିଇବା ପାଇଁ ବର୍ଷା ବୁନ୍ଦାକୁ ପ୍ରତୀକ୍ଷା କରି କାନ୍ଦୁଥିବା ଏକ ଚଢ଼େଇର ନାଁ କ'ଣ ପଦ୍ମିନୀ ତୁମେ ଶୁଣିଛ? ଇଏ ସେଇ ଚଢ଼େଇ।"

"ତା' ବେକରେ କ'ଣ ଗୋଟିଏ କଣା ଅଛି?"

ତା' ବେକରେ ଗୋଟିଏ କଣା ଏବଂ ତା' ମୁଣ୍ଡରେ ଏକ ବଡ଼ ଫିମ୍ପା ଅଛି।

ପଦ୍ମିନୀଙ୍କୁ ହସ ଲାଗିଲା। ପପୀହାର ମୁଣ୍ଡ ଉପରେ ଓଲଟା ଫିମ୍ପା ଥିବା କଥା ଶୁଣି ପୁଣି ରବିନ୍ଦ୍ରନ ମାଲୁ କହିଥିବା କାହାଣୀ ପଦ୍ମିନୀଙ୍କୁ ଶୁଣାଇଲେ। ଏହା ଶୁଣି ପଦ୍ମିନୀ ଜୋରରେ ହସିଉଠିଲେ।

ରବିନ୍ଦ୍ରନ ଆଗକୁ ଆଗକୁ ଚାଲୁଥିଲେ, କାହାଣୀ ଶେଷ ହେବା ପୂର୍ବରୁ ସେ ଏକ ଛୋଟ ଗାତରେ ଗଳିପଡିଲେ।

ସେଇ ଦୃଶ୍ୟକୁ ଦେଖି ପାଖରେ ଥିବା ଗୋଟିଏ ବୁଦା ପଛରେ ବସିଥିବା ଦଳଟିଏ ପିଲା ଉଚ୍ଚ ସ୍ୱରରେ ହସିବାକୁ ଲାଗିଲେ। ସେଇ ଦଳର ମୁଖିଆ ଜଣେ ବାଳକ। ଆଗକୁ ବଢି ଗମ୍ଭୀର ସ୍ୱରରେ କହିଲା, "ସାହେବ! ଏହି ଯାଗାକୁ ଆମେ ଏମିତି ଖରାପ କରିବାକୁ ଦେବୁନି।"

ପାଣି..ପାଣି କହି ରବିନ୍ଦ୍ରନ ପଦ୍ମିନୀଙ୍କ ଆଡ଼କୁ ହାତ ବଢ଼ାଇଲେ। ପଦ୍ମିନୀଙ୍କୁ ବହୁତ ଜୋରରେ ହସ ଲାଗିଲା ଏବଂ ତାଙ୍କର ଅଧେ ବଳ କମିଗଲା। କୌଣସି ନା କୌଣସି ପ୍ରକାରେ ସେ ସ୍ୱାମୀଙ୍କୁ ଗାତରୁ ବାହାରକଲେ। ତା' ପରେ ରବିନ୍ଦ୍ରନ ମଧ୍ୟ ପଦ୍ମିନୀଙ୍କ ସହିତ ହସିବାକୁ ଲାଗିଲେ।

ବାର ବର୍ଷ ପୂର୍ବେ ଏମିତି ଭାବେ ମାଲୁ ସହିତ ଚାନ୍ଦିନୀ ରାତିରେ

ବୁଲୁଥିବା ବେଳେ ସେ ଗୋଟିଏ ଗାତରେ ଗଳି ପଡ଼ିଥିଲେ। ସେଇ ଘଟଣା ରବିନ୍ଦ୍ରନଙ୍କର ମନେପଡ଼ିଗଲା। ଏମିତି ଭାବେ ଅତୀତର ଅନେକ ମଜାଦାର ସ୍ମୃତି ସବୁକୁ ସେଇ ପରିଚିତ ରାସ୍ତାରେ ଯାଉଥିବା ବେଳେ ଜାଗିଉଠିଲା। ସାଗୁଆନ ବୃକ୍ଷର ସେଇ ଜଙ୍ଗଲ, ବାଉଁଶ ବୁଦା ସମୁହ, ସେଇ ଘାଟ, ତା' ନିକଟରେ ସେଇ ଜୀର୍ଣ୍ଣ ଶୀର୍ଣ୍ଣ ଦେବୀ ମନ୍ଦିର, ଖମ୍ବ ଭଳି ସିଧା ଲମ୍ବା ଲମ୍ବା ଗଛ...ଏହି ସବୁ ଆଜି ବି ସେଠାରେ ସେମିତି ରହିଛି। ବାର ବର୍ଷ ବିତିଗଲା ପରେ ବି ଇରବଂଷନ୍ନିସ୍ଥୁଷା ସେମିତି ବହିଯାଉଛି। ତା' କୂଳରେ ଦୁଷ୍ଟ ପିଲାମାନେ ଗାତ ଖୋଳି ସେଥିରେ ଲୋକେ ଗଳିପଡ଼ିବାର ରୋଚକ ଦୃଶ୍ୟକୁ ଦେଖିବାକୁ ଅପେକ୍ଷା କରି ବସିଥାନ୍ତି। କେବଳ ମଣିଷର ସ୍ୱଭାବ ବଦଳିଛି। ସେଇ ଅଞ୍ଚଳର ପ୍ରକୃତିକ ସୌନ୍ଦର୍ଯ୍ୟ ସେମିତି ଅପରିବର୍ତ୍ତିତ ରହିଛି।

ଦୋହଲୁଥିବା ସବୁଜ ଧାନ କ୍ଷେତରେ ପଶ୍ଚିମ ଦିଗର ପାହାଡ଼ ଉପରେ ବୁଡିବାକୁ ଯାଉଥିବା ସୂର୍ଯ୍ୟଙ୍କର ସୁନେଲି କିରଣ କିଛି ସମୟ ପାଇଁ ଅଟକି ଯାଉଥିବା ଭଳି ଲାଗୁଥିଲା।

ରବିନ୍ଦ୍ରନ ପକେଟରୁ ଗୋଟିଏ ସିଗାରେଟ କାଢି ଲଗାଇଲେ ଏବଂ ଧୀରେ ଧୀରେ ଧୂଆଁ ଛାଡ଼ିବାକୁ ଲାଗିଲେ।

ସେ ମନେ ମନେ ଭାବିଲେ, "ତାକୁ ଥରଟିଏ ଦେଖିବାକୁ ମୋ ମନ ହାଇଁପାଇଁ ହେଉଛି...କୋଉଠି ଖୋଜିବି ?"

କିଛି ଦୂରରେ ନଦୀ କୂଳରେ ଟିକେ ଉଚ୍ଚରେ ଫୁଟିଥିବା ଗୋଟିଏ ଫୁଲକୁ ଛିଣ୍ଡାଇବା ପାଇଁ ପଦ୍ମିନୀ ସେଇ ଆଡ଼କୁ ଗଲେ।

ରବିନ୍ଦ୍ରନ ତାଙ୍କ ବାଟ ଚାହିଁ, ଅତୀତର ରୋମାଞ୍ଚକର ସ୍ମୃତି ସବୁରେ ତଲ୍ଲୀନ ହୋଇ ସେଇଠି ହିଁ ଛିଡ଼ାହୋଇ ରହିଲେ।

(୩)

ଯୌବନର ନୂତନ ନିଶାର ସରୋବରରେ ବୁଡ଼ିରହିଥିବା ଜଣେ ଯୁବକ, ଏକ ଗୁପ୍ତ ସ୍ଥାନକୁ ଆସି ଜଣେ ଯୁବତୀକୁ ପ୍ରେମର ଏକ ମର୍ମସ୍ପର୍ଶୀ ବା ପ୍ରଶଂସାତ୍ମକ ମଜା କଥା କୁହନ୍ତି। ବା ମଜାରେ ହିଁ ତାକୁ ଥରେ ଚିମୁଟି ଦିଅନ୍ତି, ତା'ଠାରୁ ବି ଗୋଟିଏ ପାଦ ଆଗକୁ ବଢି ତାକୁ ଚୁମ୍ବନ ଦିଅନ୍ତି ବା ଆଲିଙ୍ଗନ କରନ୍ତି ବା ଅନୁରାଗର ଅନ୍ତିମ ସୋପାନରେ ସମ୍ଭୋଗରେ ଡୁବିଯାଇଥାନ୍ତି। ସେଇ ଯୁବକର ଅନେକ ଯୁବତୀଙ୍କ ସହିତ ସମ୍ପର୍କ ଥିବ। କିନ୍ତୁ ସେଇ ସତୀ ସାଧ୍ୱୀ ଯୁବତୀର ଅବସ୍ଥା ? ସେଇ ସଦ୍ୟ ପ୍ରସ୍ଫୁଟିତ ଫୁଲ ପ୍ରେମର ବିଜୁଳି ତାର ଉପରେ ପ୍ରଥମ ଥର ଯାଇ ପିଟି ହୋଇ ଯାଇଥିବ। ସେଇ ଯୁବମଧୁପ ଘଟଣାଚକ୍ରରେ ସେଇ ମୁଗ୍ଧ ଫୁଲକୁ ଭୁଲିଯାଆନ୍ତି । ସମୟର ଚକ୍ରରେ ପୁଣି ସେ ଘୂରି ଘୂରି ଆସି ପହଞ୍ଚନ୍ତି ।

ଜୀବନର ବାସ୍ତବିକତାରେ ସେ ଡୁବିଯାଉଛି...ସେ ସମ୍ପୂର୍ଣ୍ଣ ଭାବେ ବଦଳିଯାଇଛି...ଗୋଟିଏ ମନ୍ଦିରରେ, ଏକ ରେଲୱେ ଷ୍ଟେସନରେ, ଏକ ଅନ୍ୟ ପ୍ରାନ୍ତର ହୋଟେଲରେ ମୁହଁ ଲୁଚାଇ ଜଣେ ମହିଳା ତାଙ୍କୁ ଚାହିଁ ରହିଛି। ବର୍ତ୍ତମାନ ସେ ଚାରି ପାଞ୍ଚୋଟି ପିଲାର ମାଆ ବା ବିଧବା ବା ବୃଦ୍ଧ, କନ୍ୟା ବା କର୍ମଚାରୀ ବା ରୋଗୀ ବା ଜଣେ ଭିକାରୁଣୀ ହୋଇଥିବ ଭାବୁଥିବେ। ସେଇ ଲୋକ ତାକୁ ଚିହ୍ନି ପାରିବେନି ଯେ ସେଇ ମହିଳାଠାରେ ସେଇ ପୁରୁଣା ପୁଷ୍ପ ନିହିତ ଅଛି। କିନ୍ତୁ ସେଇ ମହିଳାର ଆଖି 'ସେଇ ଲୋକକୁ' ଚିହ୍ନି ସାରିଛି। ପଥରରେ ବାଡ଼େଇ ହୋଇ ପ୍ରତିଧ୍ୱନିତ ହେଉଥିବା ଗର୍ଜନ ଭଳି କିଛି ଶବ୍ଦ ତା' ହୃଦୟର ଧମନୀକୁ ଝଙ୍କୃତ କରୁଛି। କଳ୍ପନାରେ ପୁଣି ସେ ବିତି ଯାଇଥିବା ଦିନଗୁଡ଼ିକର ଯୁବତୀ ପାଲଟି

ଯାଉଛି। ଘଟଣା ବହୁଳ ଅନ୍ତରାଳକୁ ପାର ହୋଇ ତା'ର ସ୍ମୃତିସବୁ କୌଣସି ଗଭୀର ଖାଲରେ ପଡ଼ୁଛି। ଏକ ଆନ୍ତରିକ ରୋମାଞ୍ଚର କ୍ଳାନ୍ତିରେ ସେ ମନକୁ ମନ ହିଁ ହସି ନିଜେ କହିହେଲା... "ହେ ମୋ ପ୍ରେମ ଉଦ୍ୟାନରେ ପ୍ରଥମ ଥର ପାଦ ରଖି ଆକ୍ରମଣ କରିଥିବା ଯୁବକ, ମୁଁ ପୁଣି ଥରେ ତୁମକୁ ଖୋଜି ପାଇଲି। ତୁମ କପଟକୁ ମୁଁ କେବେ ବି ଭୁଲି ପାରିବିନି। କିନ୍ତୁ ତୁମେ ମୋତେ ଚିହ୍ନି ପାରୁନ, ମୋର ବି ଇଚ୍ଛା ଏହା ଯେ ତୁମେ ମୋତେ ଚିହ୍ନି ନପାର। ଆମେ ଏମିତି ଦୁହେଁ ଦୁହିଁଙ୍କ ଠାରୁ ବିଚ୍ଛିନ୍ନ ହୋଇ ରହିବା..."

ଯଦିଓ ସମୟ ମୁହଁର ମାଂସପେଶୀରେ କେତେ ପରିବର୍ତ୍ତନ କରିଦେଇଛି ତଥାପି ପ୍ରଥମଥର ତାକୁ ଚୁମ୍ବନ ଦେଇଥିବା ଯୁବକକୁ ଗୋଟିଏ ନଜରରେ ଚିହ୍ନି ପାରୁଥିବା ମହିଳାଙ୍କୁ ଜନ୍ମଗତ କ୍ଷମତା ଥାଏ।

ଫୁଲ ତୋଳିବା ପାଇଁ ଯାଇଥିବା ପତ୍ନୀଙ୍କ ପ୍ରତୀକ୍ଷାରେ, ସେଇ ନଦୀ କୂଳରେ ଛିଡ଼ାହୋଇ ରବିନ୍ଦ୍ରନଙ୍କୁ ପାଖରେ ଥିବା ଏକ ଝୁମ୍ପୁଡ଼ିର ଝରକାରୁ ଦୁଇଟି ଆଖି ଏକଲୟରେ ଚାହିଁରହିଛି।

ରବିନ୍ଦ୍ରନ ଭାବିବାକୁ ଲାଗିଲେ, "ହାୟ ! ଜୀବନ କେତେ ସୁନ୍ଦର ଗୁଢାର୍ଥ କବିତା ! ନିଜର ପରିଣାମ ଗୁପ୍ତ ଏବଂ ଅଜ୍ଞତା ତାକୁ ଅଧିକ ପୂଜ୍ୟ ଏବଂ ମାଦକତା କରିଦେଇଥାଏ। ଯେବେ ମୁଁ ମୋର ଜୀବନ କାବ୍ୟ ଗ୍ରନ୍ଥର ପୁରୁଣା ପୃଷ୍ଠାକୁ ଓଲଟ ପାଲଟ କରି ଦେଖୁଛି ତ ସେଇ ଅସ୍ପଷ୍ଟ ପଂକ୍ତିକୁ ଜଣେ କବିର ମନୋଭାବରେ ପୁନଃ ମିଳାଇବା ପରେ ସେମିତି ପଢ଼ିପାରୁଛି।

"ଦୋହଲୁଥିବା ବନ ଲତାମାନଙ୍କ ମଧ୍ୟରେ
ଅଦ୍‌ଭୂତ ପୁଲକ ହୃଦୟରୁ ମୁଁ ଏପଟେ
ଉତ୍ସୁକ ହୋଇ ତା'ର ଅଳସ ଗମନକୁ ଚାହିଁ
ପ୍ରତି ଦିନ ଆସୁଛି ଏହି ନଦୀର କୂଳକୁ...
ବିଚ୍ଛୁଡ଼ି ପଡ଼ିଥିବା ଥଣ୍ଡା ଶରତ ରାତିର ଚାନ୍ଦିନୀ
ସଫା ସୁତୁରା ବାଲିର ତଟକୁ ଆସି ସେ
କରିବ ଅମୃତ ବର୍ଷା ମୃଦୁ୍ୟ ହସରେ
ତରଳିଯିବ ସେତେବେଳେ ମୋର ଅନ୍ତର୍ମନ।"

ପାଖାପାଖି କାହାର କଥାବାର୍ତ୍ତା ଶୁଣି ରବିନ୍ଦ୍ରନ ସେପଟେ ବୁଲି ଚାହିଁଲେ।

ପଦ୍ମିନୀ ଫୁଲ ତୋଳି ଆସୁଛନ୍ତି। ତାଙ୍କ ସାଙ୍ଗରେ ଜଣେ ବାଳକ ବି ଆସୁଛି। ତା' ସହିତ କଥା ହୋଇ ହସି ହସି ସେମାନେ ପାଖକୁ ଆସିଲେ। ପିଲାଟିର ହାତରେ ମେଞ୍ଚେ ଫୁଲ ଥିଲା।

ପଦ୍ମିନୀ ସେଇ ପିଲାଟିର ହାତକୁ ଧରି ରବିନ୍ଦ୍ରନ ପାଖକୁ ଆସି ପଚାରିଲେ, "ତୁମେ କ'ଣ ୟାକୁ ଜାଣିଛ ?"

ରବିନ୍ଦ୍ରନ ତା' ମୁହଁକୁ ଆଶ୍ଚର୍ଯ୍ୟରେ ଚାହିଁ କହିଲେ, "ନାଇଁ ତ।"

ପଦ୍ମିନୀ କହିଲେ, "ଇଏ ତ ତୁମେ।" ଜୋରରେ ହସି କହିଲେ... "କେତେ ସାଦୃଶ୍ୟ ଅଛି। ପ୍ରଥମ ଥର ଦେଖିଲି ତ ମୁଁ ଆଶ୍ଚର୍ଯ୍ୟଚକିତ ହୋଇଗଲି। ତୁମକୁ ବାର ବର୍ଷ ହୋଇଥିବା ବେଳର ଫଟୋ ମୋତେ ଦେଖାଇଥିଲ ନା ? ମୋର ସନ୍ଦେହ ଏତେ ବଢ଼ିଗଲା ଯେ ମୋତେ ଲାଗିଲା ଯେ ସେଇ ଚିତ୍ର ହିଁ ପ୍ରାଣବନ୍ତ ହୋଇଯାଇଛି। ଦେଖ...ସେଇ ଆଖି, ସେଇ ନାକ, ସେଇ ମୁହଁର ଭାବ, ସେଇ ଚାଲିଚଳନ...କ'ଣ ଏତିକି ସମାନତା କୋଉଠି ମିଳିବ ? ମୁଁ ଫୁଲ ତୋଳିବାକୁ ଚେଷ୍ଟା କରୁଥିଲି ଇଏ ଆସି ମୋତେ ସାହାଯ୍ୟ କଲା। ସେ ଉଚ୍ଚ ପାଚେରୀ ଉପରେ ଚଢି କେତେ ଫୁଲ ତୋଳି ମୋତେ ଦେଇଛି। ଏହି ପିଲାଟି ବହୁତ ହୁସିଆର ପିଲା।" ରବିନ୍ଦ୍ରନ ସେଇ ପିଲାଟିର ଥୋଡ଼ିକୁ ଧରି ଟିକେ ଉପରକୁ କରି ବାତ୍ସଲ୍ୟ ମମତାଭରା ସ୍ୱରରେ ପଚାରିଲେ, "ତୋ ନାଁ କ'ଣ ?"

ସେ ମୁଣ୍ଡକୁ ଉପରକୁ କରି ଗମ୍ଭୀର ସ୍ୱରରେ କହିଲା... "ରାଘବନ, କିନ୍ତୁ ବଡ଼ମାନେ ଇଙ୍କ୍ଲୋରନର ପୁଅ ବୋଲି ବି ଡାକନ୍ତି।"

"ମାଆର ନାଁ କ'ଣ ?"

"ମାଲୁ।"

ସେ ଏକଲୟରେ ଚାହିଁଥିବା ରବିନ୍ଦ୍ରନ୍‌ଙ୍କ ଆଡ଼କୁ ଇସାରା କରି କହିଲା... "ସାହେବ, ସିଗାରେଟର ପାଉଁଶ ପଡ଼ି ଆପଣଙ୍କର ରେଶମୀ ଶାର୍ଟ ଜଳିଗଲାଣି।"

ରବିନ୍ଦ୍ରନ ଏକଦମ ଚମକି ପଡ଼ିଲେ ଯେମିତି ଗୋଟିଏ ସ୍ୱପ୍ନରୁ ଚେଇଁ ଉଠିଲେ। ଶାର୍ଟର ତଳଭାଗକୁ ଝାଡ଼ି ସେ ନିଆଁକୁ ଲିଭାଇଲେ। ଗୋଟିଏ ଟଙ୍କା ଆକାରର ଶାର୍ଟ ଜଳିଯାଇଛି।

ପଦ୍ମିନୀ ରବିନ୍ଦ୍ରନଙ୍କୁ ସସ୍ନେହେ ରାଗି କହିଲେ, "ଏତେ ଖାମଖିଆଲି କ'ଣ, ସିଗାରେଟର ଗୁଲା ପଡ଼ି ଶାର୍ଟଟା ଏତେ ଜଳିଗଲାଣି ଅଥଚ ତୁମେ ଜାଣି ପାରିଲନି ?"

ପଦ୍ମିନୀ ପିଲାଟିକୁ ସ୍ନେହରେ ପଚାରିଲେ, "ରାଘବନ ତୁମର ବୟସ କେତେ ?"

"ବାର", ସେ ଫୁଲଗୁଡ଼ିକୁ ତାଙ୍କ ହାତକୁ ବଢ଼େଇ ଦେଇ କହିଲା, "ଏଇ ନିଅନ୍ତୁ, ମୋତେ ଯିବାକୁ ପଡ଼ିବ, ବାପା ଏବେ ବଗିଚାରୁ ଆସିବେ।"

ପଦ୍ମିନୀ ଫୁଲକୁ ନେଇ ସ୍ୱାମୀଙ୍କୁ କହିଲେ, "ତାକୁ କିଛି ଦେବି।"

ରବିନ୍ଦ୍ରନ ଧୀରେ ପକେଟରେ ହାତ ପୁରାଇଲେ। ସେ ପାଞ୍ଚ ଟଙ୍କାର ନୋଟଟିଏ ବାହାରକରି ପିଲାଟି ଆଡ଼କୁ ବଢାଇଲେ।

ପିଲାଟି ଟଙ୍କା ନେବାକୁ ଟିକେ କୁଣ୍ଠାବୋଧ କରୁଥିଲା। ରବିନ୍ଦ୍ରନ ଜବରଦସ୍ତ ତା' ହାତରେ ଟଙ୍କାଟାକୁ ଗୁଞ୍ଜିଦେଲେ।

ପଦ୍ମିନୀ ଆଶ୍ଚର୍ଯ୍ୟରେ ସ୍ୱାମୀଙ୍କ ମୁହଁ ଆଡ଼କୁ ଚାହିଁଲେ, ତା'ପରେ ଇଂରାଜୀରେ କହିଲେ, "ଇଏ କ'ଣ ! ପାଞ୍ଚ ଟଙ୍କାର ଗୋଟିଏ ନୋଟ ?...ତୁମର କ'ଣ ହୋସ ନାହିଁ ?"

ରବିନ୍ଦ୍ରନ କିଛି ଉତ୍ତର ଦେଲେନି, ସେଇ ସମୟ ଭିତରେ ରାଘବନ ଦୌଡ଼ି କୁଆଡ଼େ ଅଦୃଶ୍ୟ ହୋଇଗଲା। ରବିନ୍ଦ୍ରନ ଶୂନ୍ୟ ଆଡ଼କୁ ଚାହିଁ ସେଇଠି ସେମିତି ଛିଡ଼ାହେଇ ରହିଲେ, ଯେମିତି ତାଙ୍କ ଜୀବିତ ଶରୀର ଶବ ହୋଇଗଲା। ପଦ୍ମିନୀ ତାଙ୍କୁ ଧରି ହଲାଇଲେ ଏବଂ ପଚାରିଲେ, "ତୁମର କ'ଣ ହେଇଗଲା ? ଆସ ! ଦିନ ଢଳିବାକୁ ବସିଲାଣି। ଆମକୁ ଫେରିବାକୁ ପଡ଼ିବ ନା ?"

"ହୁଁ" ରବିନ୍ଦ୍ରନ ଏକ ସ୍ୱପ୍ନିଳ ମଣିଷ ଢଙ୍ଗରେ ଆଗକୁ ବଢ଼ିଲେ।

ଅଧ ଫର୍ଲଙ୍ଗ ଦୂର ପହଞ୍ଚିବା ପୂର୍ବରୁ ସେ ସେଇ ବାଳକକୁ ଧଇଁସଇଁ ହୋଇ ଦୌଡ଼ିକି ଆସୁଥିବାର ଦେଖିଲେ। ପିଲାଟି ରବିନ୍ଦ୍ରନ ପାଖକୁ ଆସି କହିଲା, "ମା' ମୋତେ ବହୁତ ରାଗିଲା ଆଉ ଏହାକୁ ତୁମକୁ ଫେରାଇ ଦେବାକୁ କହିଲା।"

କାଗଜର ଏକ ଛୋଟ ପୁଡ଼ିଆ ରବିନ୍ଦ୍ରନ ହାତରେ ଦେଇ ସେ କାନ୍ଦିବାକୁ ଲାଗିଲା।

ପଦ୍ମିନୀ କିଛି ଦୂରରେ ଫୁଲରେ ଭରା କନିଅର ଗଛକୁ ଉତ୍ସୁକତାର ସହ

ଚାହୁଁଥିଲେ। ସେ ବୁଲି ଚାହିଁବାରୁ ସ୍ୱାମୀଙ୍କ ପାଖରେ ସେଇ ପିଲାଟିକୁ ଦେଖି କିଛି ସନ୍ଦେହ କରି ତାଙ୍କ ପାଖକୁ ଫେରିଆସିଲେ।

ରବିନ୍ଦ୍ରନ ସେଇ ପୁଡ଼ିଆକୁ ଖୋଲି ଦେଖିଲେ। ସେଥିରେ ସେ ଦେଇଥିବା ପାଞ୍ଚ ଟଙ୍କା ବ୍ୟତୀତ ଆଉ ଦୁଇଟି ଜିନିଷ ଥିଲା। ଦଶ ଟଙ୍କାର ଏକ ପୁରୁଣା ନୋଟ ଏବଂ ସୁନାର ଏକ ମୁଦି। ତାଙ୍କ ହୃଦୟରେ ଖଡ଼ଗ ପ୍ରହାର ଭଳି ଏକ ପୂର୍ବ ସ୍ମୃତି ଜାଗିଉଠିଲା। ଏକ ଅପ୍ରତ୍ୟାଶିତ ଭାବାବେଗ ରବିନ୍ଦ୍ରନଙ୍କୁ ଭୋ ଭୋ କରି କନ୍ଦାଇଦେଲା। ପିଲାଟିକୁ ଛାତିରେ କୁଣ୍ଢେଇ ଧରି କହିଲେ, "ଆରେ ମୋ ପୁଅ, ମୁନ୍ନା, ଏତେ ଦିନଯାଏ ତୁ କୋଉଠି ଲୁଚିକି ଥିଲୁ ?"

ସ୍ୱାମୀଙ୍କର ଆଶ୍ଚର୍ଯ୍ୟଜନକ ବ୍ୟବହାର ଦେଖି ପଦ୍ମିନୀ ରାଗିଯାଇ ପଚାରିଲେ, "ତୁମେ କାହିଁକି ପାଗଳ ଭଳି ବ୍ୟବହାର କରୁଛ ?"

ଏତିକିବେଳେ ଜଣେ ମଧ୍ୟବୟସ୍କା ଗ୍ରାମୀଣ ମହିଳା ତାଙ୍କ ପାଖରେ ଆସି ପହଞ୍ଚିଲା। ତାଙ୍କୁ ଦେଖିବାମାତ୍ରେ ରବିନ୍ଦ୍ରନ ଚମକିପଡିଲେ। ସେ ପିଲାଟିର ହାତକୁ ଧରି ରବିନ୍ଦ୍ରନଙ୍କୁ କହିଲା... "ଛାଡ଼ିଦିଅ ମୋ ପୁଅର ହାତକୁ।"

ରବିନ୍ଦ୍ରନ ତା' ମୁହଁ ଆଡ଼କୁ ଦୟନୀୟ ଭାବେ ଚାହିଁଲେ... "ମା...ଲୁ...ତୁ କ'ଣ ମୋତେ କ୍ଷମା କରିବୁନି ! ଇଏ ମୋ ପୁଅ ନା ?"

ସେଇ ଶବ୍ଦ ଶୁଣି ପଦ୍ମିନୀଙ୍କର ଆତ୍ମା ଜଳିଉଠିଲା..ସେ କୃଷ୍ଣ..କୃଷ୍ଣ..କହି କାର ଡ୍ରାଇଭରକୁ ଜୋରରେ ଡାକିଲେ। "କୃଷ୍ଣ ଧାଇଁଆସ, ୟାଙ୍କୁ ଏଠୁ ଧରି ନେଇଚାଲ।"

" ଇଏ ତୁମ ପୁଅ ?" ସେଇ ମହିଳା ଜଣକ ବ୍ୟଙ୍ଗ କରି ହସି ରବିନ୍ଦ୍ରନଙ୍କୁ ପଚାରିଲା " ତୁମେ କିଏ ? ଏ ପର୍ଯ୍ୟନ୍ତ ତୁମେ କୋଉଠି ଥିଲ ?"

ସେ ପିଲାଟିର ହାତକୁ ଧରି ଟାଣିଲା। ରବିନ୍ଦ୍ରନ ପିଲାଟିକୁ ଆଦୌ ଛାଡ଼ିଲେନି। "ମୁଁ ଛାଡ଼ିବିନି। ଇଏ ମୋ ପୁଅ।"

ସେ କହିଲା, "ଦେଖିଲେ ଲାଗୁଛି ତୁମେ ଜଣେ ଭଦ୍ରଲୋକ। ତା'ହେଲେ ତୁମେ କାହିଁକି ପାଗଳ ଭଳି ବ୍ୟବହାର କରୁଛ ? ଭଦ୍ରତାର ସହ ପିଲାର ହାତ ଛାଡ଼ିଦିଅ।"

କୋଳାହଳ ଶୁଣି କିଛି ଗ୍ରାମବାସୀ ସେଠାରେ ପହଞ୍ଚିଗଲେ। ସହରରୁ ଆସିଥିବା ଧନୀ ଲୋକର ଏମିତି ବ୍ୟବହାରକୁ ଦେଖି ସେମାନେ ଜୋରରେ

ହସିବାକୁ ଲାଗିଲେ । ତାଙ୍କ ମଧ୍ୟରୁ କେତେ ଜଣ ଆଗକୁ ଆସି କହିଲେ, " ସେ ଇକ୍ବୋରନର ପୁଅ, ତୁମର ନୁହେଁ । ରବିନ୍ଦ୍ରନ ସେମାନଙ୍କୁ ମାରି ଭଗେଇ ଦେବାକୁ ହାତ ଉଠେଇ ଜୋରରେ କହିଲେ, "ହଟିଯାଅ, ମୁଁ ମୋ ପୁଅକୁ ମୋ ସାଙ୍ଗରେ ନେଇଯିବି ।"

ଖାକି ରଙ୍ଗର ଗୋଟିଏ ପ୍ୟାଣ୍ଟ ଏବଂ ଫଟା ଜାଲ ଭଳି ବାନିୟାନ ପିନ୍ଧି ତଥା ଗୋଟିଏ ତଉଲିଆ ଅଣ୍ଟାରେ ଭିଡ଼ି ଜଣେ ହୃଷ୍ଟପୃଷ୍ଟ ଗ୍ରାମୀଣ ଲୋକ ଭିଡ଼କୁ ଆଡ଼େଇ ସାମନାକୁ ଆସିଲା । ସେ ବଳପୂର୍ବକ ପୁଅକୁ ଜାବୁଡ଼ି ଧରି ଜୋରରେ କହିଲା, "ମୋ ପୁଅକୁ ଛାଡ଼ିଦିଅ ।"

ରବିନ୍ଦ୍ରନ ଥକ୍କି ଯାଇଥିଲେ । କହିଲେ, "ମୋ ପାଖରେ ତିନି କୋଟି ଟଙ୍କାର ସମ୍ପତ୍ତି । ଅଧେ ସମ୍ପତ୍ତି ତୁମକୁ ଦେଇଦେବି । ପୁଅକୁ ମୋତେ ଦେଇଦିଅ ।"

"ଓହୋ...ଆସିଲେ କୋଉଠୁ କୋଟିପତି ! ପୁଅକୁ ମାଲୁ ହାତରେ ଧରେଇ ଦେଇ ଇକ୍ବୋରନ କହିଲା, "ପୁଅକୁ ନେଇ ଯଲଦି ଘରକୁ ଚାଲିଯା । ଇଏ ତ ପାଗଳଟା ! ମାଲୁ...ସେ ପାଗଳ !"

ଡ୍ରାଇଭର କୃଷ୍ଣନ ଏବଂ ପଦ୍ମିନୀ କୌଣସି ପ୍ରକାରେ ତାଙ୍କୁ ନେଇ କାରରେ ବସାଇଲେ ।

ହଠାତ୍ ରବିନ୍ଦ୍ରନ ଅସୁସ୍ଥ ହୋଇପଡ଼ିଲେ ଏବଂ ଡିନର ପାଇଁ ନଯାଇ ଘରକୁ ଫେରିଆସିଲେ । ମିଷ୍ଟର ବର୍ଟନ ନିରାଶ ହେଲେ । ସେ ତାଙ୍କ ସାଙ୍ଗରେ ସହର ପର୍ଯ୍ୟନ୍ତ ଆସିଲେ । କିନ୍ତୁ ରବିନ୍ଦ୍ରନ ସେଦିନ ମିଷ୍ଟର ବର୍ଟନକୁ ଫେରିବାକୁ ଦେଲେନାହିଁ । କହିଲେ, "ମିଷ୍ଟର ବର୍ଟନ, ଆପଣଙ୍କୁ ମୋର ଗୋଟିଏ ଅନୁରୋଧ ଆପଣ ଆଜି ଯାଆନ୍ତୁନି । ଆପଣଙ୍କ ସହିତ ମୋର ଏକ ଜରୁରୀ କଥା ଅଛି । ରବିନ୍ଦ୍ରନଙ୍କର ଏହି ଅନୁରୋଧ ଶୁଣି ବର୍ଟନ ସେଇ ଦିନ 'ରାଜେନ୍ଦ୍ର ବିଳାସ'ରେ ରହିବାକୁ ସ୍ୱୀକାର କଲେ ।

(୪)

ସେଇ ଦିନ ରାତିରେ ରବିନ୍ଦ୍ରନ ନିଜର ସମ୍ପୂର୍ଣ୍ଣ ଜୀବନ କାହାଣୀ ମିଷ୍ଟର ବର୍ଟନଙ୍କୁ ବିସ୍ତାର ଭାବେ ଶୁଣାଇଲେ... "ବାର ବର୍ଷ ପୂର୍ବେ ମୁଁ ମୁନ୍ନମକୁ ଅଜ୍ଞାତବାସ ପାଇଁ ଯାଇଥିଲି। ମୋର ଯୌବନର ଚପଳତାରେ କ୍ଷଣିକ ପ୍ରେମରେ ବୁଡିଗଲି। ତା' ପରେ ମୁଁ ସବୁକଥା ଭୁଲିଗଲି।" ଏହି ସମସ୍ତ ଘଟଣାକୁ ଏକ କାହାଣୀ ଭଳି ମିଷ୍ଟର ବର୍ଟନଙ୍କୁ ଶୁଣାଇଲେ। "ମିଷ୍ଟର ବର୍ଟନ, ମୁଁ ଏହି କଥା ନିଃସଙ୍କୋଚରେ କହିପାରିବି ଯେ ସେଇ ବାଳକ ମୋ ପୁଅ। ଯଦି ଏମିତି ହେଇପାରିବନି ତା'ର ପାଳନ ପୋଷଣ ପାଇଁ ତାକୁ ଧର୍ମ ପୁଅ କରିବାକୁ ଚାହୁଁଛି। ମୋ ସମ୍ପତ୍ତିର ଅଧା ଭାଗ କିମ୍ବା ସମ୍ପୂର୍ଣ୍ଣ ତାକୁ ଦେବାକୁ ମୁଁ ପ୍ରସ୍ତୁତ ଅଛି। ଏହି ବିଷୟରେ କଥା ହେବାପାଇଁ ମୁଁ ଆପଣଙ୍କୁ ହିଁ ଉପଯୁକ୍ତ ବ୍ୟକ୍ତି ବୋଲି ଭାବିଲି। ମୁଁ ଶୁଣିଲି ଯେ ସେଇ ପିଲାର ବାପା କହୁଥିବା ଇକ୍କୋରନ ଆପଣଙ୍କ ବଗିଚାରେ ଜଣେ ମିସ୍ତ୍ରୀ। ଯଦି ଆପଣ କହିବେ ତା' ହେଲେ ସେ ନିଶ୍ଚୟ ମାନିବେ।"

ମିଷ୍ଟର ବର୍ଟନ ରବିନ୍ଦ୍ରନଙ୍କୁ ଆଶ୍ୱାସନା ଦେଇ କହିଲେ, "ଏହି ବିଷୟରେ ଏତେ ଚିନ୍ତା କରିବା କୌଣସି ଆବଶ୍ୟକତା ନାହିଁ। ମୁଁ ସବୁ କିଛି ଠିକ୍ କରିଦେବି।"

ପରଦିନ ମିଷ୍ଟର ବର୍ଟନ ଇକ୍କୋରନକୁ ତାଙ୍କ ବଙ୍ଗଳାକୁ ଡକାଇଲେ।

ମିଷ୍ଟର ବର୍ଟନ ଏମିତି ୟୁରୋପୀୟ ମଣିଷ ଯିଏ କିଛି କିଛି ମାଲାୟାଲମ ଭାଷା କହିପାରନ୍ତି। ସେ ଇକ୍କୋରନକୁ ତା'ର ପୂର୍ବ ଇତିହାସ ବିଷୟରେ ପଚାରିଲେ।

ଇକ୍କୋରନ ସବୁ କଥା ଖୋଲି କହିଲା। ବିବାହ କଥା ଉଠିଲା। ତା'ପରେ ସାହେବ ହସି ଅର୍ଥପୂର୍ଣ୍ଣ ଢଙ୍ଗରେ ପଚାରିଲେ, "ମାଲୁକୁ ତୁ ବିବାହ କଲୁ କାହିଁକି ?"

ଟିକେ ବି ଦ୍ୱିଧା ନକରି ଇକ୍କୋରନ ଉତ୍ତର ଦେଲା, ଆଦମୀ ହୋ ତୋ ଚାହିଏ ଔରତ ଏକ୍, ସମୀପ ଉସ୍‌କେ ଶୁଶ୍ରୁଷାର୍ଥ"... ମୋତେ ଜଣେ ସ୍ତ୍ରୀଲୋକ ଦରକାର ପଡ଼ିଲା। ମୁଁ ତାକୁ ବାହା ହେଇଗଲି। ଏହା କୋଉ ଅସାଧାରଣ କଥା ?

ସାହେବ ଦ୍ୱନ୍ଦ୍ୱରେ ପଡ଼ିଲେ, "ଆଚ୍ଛା... ତା'ପରେ ?" କଥାକୁ ଆଗକୁ ବଢ଼ାଇବା ପାଇଁ ସଙ୍କେତ ଦେଲେ।

"ବିବାହ ପରେ ମୁଁ ତାକୁ ସାଙ୍ଗରେ ନେଇ ଆମ ଘରକୁ ଗଲି ଏବଂ ଚାରି ବର୍ଷ ଯାଏ ଆମେ ସେଠାରେ ରହିଲୁ। ଏହି ସମୟରେ ଖବର ଆସିଲା ମାଲୁର ମାମୁଁ, ମାଇଁ ଆଉ ତାଙ୍କ ପୁଅ ବସନ୍ତ ରୋଗରେ ମରିଗଲେ। ତାଙ୍କର ଆଉ କିଏ ବି ନଥିଲେ। ସେଥିପାଇଁ ଆମେ ଏଠାକୁ ଫେରିଆସିଲୁ। ତାଙ୍କ ଘର ଏବଂ ଜମିକୁ ନେଇ ଆମେ ସ୍ଥାୟୀ ରୂପେ ରହିବାକୁ ଲାଗିଲୁ। ତା'ପରେ ନିକଟରେ ଥିବା ସାହେବଙ୍କ ବଗିଚାରେ ରବର କ୍ଷୀର ବାହାର କରିବାକୁ ଜଣେ ଶ୍ରମିକ ଭାବେ କାମ କଲି। ଆଠ ବର୍ଷ ପରେ ଏବେ ମୁଁ ମିସ୍ତ୍ରୀ ହୋଇଗଲି। ଏହା ହିଁ ମୋର କାହାଣୀ।"

ସାହେବ ଅନେକ ସମୟଯାଏ ଭାବନାଗ୍ରସ୍ତ ହୋଇ ବସି ରହିଲେ। ତା'ପରେ ପଚାରିଲେ, "ତୁ କ'ଣ ମାଲୁକୁ ବହୁତ ଭଲ ପାଉଛୁ ?"

"ସେ ବହୁତ ଭଲ ସ୍ତ୍ରୀଲୋକ।"

"ଆଉ ପୁଅ ?"

"ମୋ ଜୀବନ ସେ... ରାଘବନ୍।"

"ଗୋଟିଏ ଖୁସି ଖବର ଶୁଣାଇବା ପାଇଁ ମୁଁ ତତେ ଏଠାକୁ ଡାକିଛି। ତୁ କୋଷିକ୍କୋଡର ବଡ଼ ଧନୀ ରବିନ୍ଦ୍ରନ୍‌ଙ୍କ ନାଁ ଶୁଣିଥିବୁ। ତାଙ୍କର କୌଣସି ପିଲାଛୁଆ ନାହିଁ। ଆଜି ସେ ଏଠାକୁ ଆସିଥିଲେ ତ ତୋ ପୁଅକୁ ଦେଖିଲେ। ଜଣା ନାହିଁ... ତୋ ପୁଅ ପ୍ରତି ତାଙ୍କର ବହୁତ ଆକର୍ଷଣ ହେଇଗଲା। ତୋର ସୌଭାଗ୍ୟ ଇକ୍କୋରନ, ସେ ମୋତେ ଜଣାଇଲେ ସେ ତୋ ପୁଅକୁ ଧର୍ମପୁତ୍ର କରିବାକୁ ଚାହୁଁଛନ୍ତି ଏବଂ ସେଥିପାଇଁ ତତେ ବହୁତ ଧନ ଉପହାରରେ ଦେବେ... କ'ଣ କହୁଛୁ ଇକ୍କୋରନ୍ ?"

ଇକ୍କୋରନ ମୁଣ୍ଡ ତଳକୁ କରି ସେମିତି ଛିଡ଼ାହେଲା, କିଛି ଉତ୍ତର ଦେଲାନି।

"ଇକ୍କୋରନ ମିସ୍ତ୍ରୀ, ଏହା କ'ଣ ବଡ଼ ସୌଭାଗ୍ୟର କଥା ନୁହେଁ ?" ସାହେବ ହସି ଇକ୍କୋରନର କାନ୍ଧକୁ ଥାପୁଡ଼ାଇଲେ। କିନ୍ତୁ ଇକ୍କୋରନର ଚେହେରାରେ ଟିକେ ବି ଆନନ୍ଦ ଦେଖାଗଲାନି। ସେ କିଛି ଘୃଣା ଏବଂ ଦୃଢପ୍ରତିଜ୍ଞାର ମିଶ୍ରିତ

ସ୍ୱରରେ ଉତ୍ତର ଦେଲା... "ଯଦି ଏହି କଥା କହିବା ପାଇଁ ସାହେବ ମୋତେ ଡାକିଛନ୍ତି ତାହେଲେ ମୁଁ ସେଥିପାଇଁ ଦୁଃଖିତ। ମୋର ସ୍ୱର୍ଣ୍ଣ ତୁଲ୍ୟ ପୁତ୍ରକୁ ଦେଇ ଯୋଉ ଧନ ମିଳିବ ସେଥିରେ ଆନନ୍ଦ କରିବାକୁ ଚାହୁଁନି। ସେଇ ଧନ ମୋ ପୁଅର ସ୍ନେହ ତୁଲ୍ୟ କେବେ ବି ହେବନି। ଈଶ୍ୱରଙ୍କ କୃପାରୁ ଆମେ ତିନିହେଁ ଭଲରେ ଅଛୁ। ଏଥିରେ ଆମେ ନିଜର ଜୀବନ ଭଲରେ କଟେଇ ପାରିବୁ।"

ସାହେବ ସ୍ତବ୍ଧ ହୋଇଗଲେ। ଜଣେ ଦରିଦ୍ର ଗ୍ରାମୀଣ ଏତେ ଧନ ସମ୍ପତ୍ତିକୁ ଏମିତି କ'ଣ ପ୍ରତ୍ୟାଖ୍ୟାନ କରିପାରେ ? ମିଷ୍ଟର ବର୍ଟନ ଇକ୍କୋରନର ମୁହଁକୁ ଧ୍ୟାନର ସହ ଚାହିଁଲେ। ସେଥିରେ କିଛି ବି ଭାବର ପରିବର୍ତ୍ତନ ଦେଖାଗଲାନାହିଁ।

କିଛି ସମୟ ସେ ଚୁପ ରହିଲେ। ତା'ପରେ ଏକ ଶାନ୍ତ ଗମ୍ଭୀର ସ୍ୱରରେ ସେ କହିଲେ, "ମୁଁ କେବେ ବି ଭାବିନଥିଲି ଯେ ଇକ୍କୋରନ ତୁ ଏମିତି ପ୍ରକାର ଉତ୍ତର ଦେବୁ। ତୁ ଏହି କଥାକୁ ଭୁଲ ଢଙ୍ଗରେ ଭାବିଲୁ ଯେ ମୁଁ ତୁମ ପୁଅକୁ ଧନ ନେଇ ବିକ୍ରି କରିବାକୁ କହୁଛି।" ସାହେବ ଅନ୍ୟ ଦିଗକୁ କଥା ବଦଳାଇଲେ, "କୋଷିକ୍କୋଡର ଜଣେ କୋଟିପତିର ସନ୍ତାନ ନାହିଁ। ତୋ ପୁଅକୁ ଦେଖି ତା' ପ୍ରତି ତାଙ୍କର ଆକର୍ଷଣ ହେଲା। ତୁମର ହିନ୍ଦୁ ଧର୍ମରେ ବିଶ୍ୱାସ ଥିବା ପୂର୍ବ ଜନ୍ମର ସମ୍ପର୍କର ଏକ ଆକର୍ଷଣ।"

ସାହେବ ତାଙ୍କ ଉପମା ପ୍ରୟୋଗରେ ନିଜକୁ ସାବାସ୍ ଦେଇ ଟିକେ ହସିଦେଇ କହିଲେ, "ତୋ ପୁଅକୁ ଯଦି ତାଙ୍କ ପାଖକୁ ପଠେଇବୁ ସେ ଏକ ରାଜକୁମାର ଭଳି ତାକୁ ପାଳନ ପୋଷଣ କରିବେ। ହୁଏତ ଇଂଲଣ୍ଡକୁ ପଠାଇ ଶିକ୍ଷାଦୀକ୍ଷା ଦେବେ। ତୋ ପୁଅ ଯଦି ଏହି ସଂକୀର୍ଣ୍ଣ ଗାଁରେ ରହିବ, ତା'ହେଲେ କେହି ବି ତାକୁ ପଚାରିବେନି। ସେ କେବଳ ଜଣେ କୃଷକ କିମ୍ବା ମୂଲିଆ ହେଇ ରହିବ। ତେଣୁ ମୁଁ ଉପଦେଶ ଦେଉଛି ଯେ ତୁ ତୋ ପୁଅକୁ ତାଙ୍କ ପାଖକୁ ପଠେଇଦେ। ଏକ ହଜାର କି ଦୁଇ ହଜାର ନୁହେଁ, ଚାହିଁବ ତ ଦଶ ହଜାର ପର୍ଯ୍ୟନ୍ତ ମୁଁ ତାଙ୍କଠାରୁ ଆଣିକି ଦେବି। ଇକ୍କୋରନ ମିସ୍ତ୍ରୀ କ'ଣ ତା' ପୁଅକୁ ଜଣେ ଧନୀ ଅଫିସର କିମ୍ବା ମାଲିକ ରୂପରେ ଦେଖିବାକୁ ଚାହୁଁନି ?"

ଇକ୍କୋରନ ଚୁପ୍ ହୋଇ ତଳକୁ ଚାହିଁ ଛିଡା ହୋଇ ରହିଲା... "ମିସ୍ତ୍ରୀ, ଭଲ ମନ୍ଦ ବିଚାର ନକରି କିଛି ବି ସ୍ଥିର କରନା। ବହୁତ ଭାବ, ଏହା ଏକ ସୌଭାଗ୍ୟ ଆସିଛି ନା ?"

ଇକ୍କୋରନ ଟିକେ କରୁଣ ସ୍ୱରରେ କହିଲା... "ସାହେବ, ମୁଁ ମୋ ପତ୍ନୀ ଆଉ ପୁତ୍ର ସହିତ ଶାନ୍ତିପୂର୍ବକ ଜୀବନ ବିତାଉଛି । ଏହାଠାରୁ ଆଉ ଅଧିକ କୋଉ ସୌଭାଗ୍ୟ ଅଛି । ଦୟାକରି ସାହେବ ମୋତେ ଆଉ କିଛି କୁହନ୍ତୁନି ।"

ସାହେବ ରାଗିଯିବାର ଛଳନା କଲେ । "ତୁ ବଦମାସ୍ ! ବୋକା ! ପାଗଳ ! ତୁ ବେକାର କଥା ସବୁ କହୁଛୁ..."

"ସାହେବ, ମୁଁ କୌଣସି ବୁଦ୍ଧିହୀନ କଥା କହୁନି । ସବୁ କଥା ବୁଝି ବିଚାରି କହୁଛି । ଏମିତିରେ ଆମେ ଗ୍ରାମୀଣ ଲୋକ ମାଗଣା ଭୋଜନରେ ବଞ୍ଚିବାକୁ ପସନ୍ଦ କରୁନା । ଆମେ ତ ମୁଲିଆ ମଜୁରୀ କରି ଆନନ୍ଦରେ ରହିବା ଲୋକ । ଯେବେଠାରୁ ଜ୍ଞାନ ହେଲାଣି, ସେହି ସମୟରୁ ଶାରିରୀକ ପରିଶ୍ରମ କରି ଜୀବନ ନିର୍ବାହ କରି ଆସିଛି । ମୋତେ ଲାଗୁନି ସେଇ ସୁଖ ଆଉ କୋଉଠୁ ମିଳିବ । ବର୍ତ୍ତମାନ ଆମେ ଆନନ୍ଦରେ, ମଜାରେ ଜୀବନ ବିତୋଉଛୁ । ଭବିଷ୍ୟତରେ ବି ଏମିତି ଭାବେ ରହିବା ଯଥେଷ୍ଟ ହେବ । ଲକ୍ଷ ଲକ୍ଷ କୋଟି କୋଟି ମୂଲ୍ୟର ଟଙ୍କା ମିଳିଲେ ଆମେ କ'ଣ କରିବୁ ?"

ସାହେବ ବଡ଼ ଅଡୁଆରେ ପଡ଼ିଲେ । ଇକ୍କୋରନର ଲୋକ-ତତ୍ତ୍ୱଜ୍ଞାନକୁ ଶୁଣି କିଛି ନୂଆ କଥା କହି ନପାରି ସେ ଟିକେ କଠୋର ଏବଂ ନିରାଶା ହୋଇ ପଚାରିଲେ.. "ଏମିତିରେ ତୁ ମାନିବୁନି, ଏୟା ତ ?"

ସାହେବଙ୍କ କ୍ରୋଧକୁ ଦେଖି ଇକ୍କୋରନର ମୁହଁ ଶେତା ପଡ଼ିଗଲା... "ସାହେବ, ଯାହା କିଛି କହିବାର ଥିଲା, ତାହା ମୁଁ କହିସାରିଛି । ଯଦି ମାଲୁ ମାନିଯିବ ତା'ହେଲେ ପୁଅକୁ ନେଇଯାଇ ପାରିବେ ।"

ମିଷ୍ଟର ବର୍ଟନଙ୍କ ମୁହଁ ଚମକି ଉଠିଲା... "ତା'ହେଲେ ତୋ କଥାରୁ ଜଣାଯାଉଛି ଯେ ପୁଅ ଉପରେ ତା'ର ଅଧିକ ଅଧିକାର ଅଛି !"

ଇକ୍କୋରନ କିଛି ବି ଉତ୍ତର ଦେଲାନି । ସାହେବ ତୁରନ୍ତ ମାଲୁକୁ ଡାକିବା ପାଇଁ ଜଣେ ଲୋକକୁ ପଠାଇଲେ ।

ସାହେବ ମାଲୁକୁ ସବୁ କଥା ବିସ୍ତାର ଭାବେ କହିଲେ । ଶେଷରେ ପଚାରିଲେ, "ତୁମ ଦୁହିଁଙ୍କୁ ସ୍ୱଚ୍ଛଳ ଜୀବନ ବିତାଇବା ପାଇଁ ଆବଶ୍ୟକ ଧନ ସମ୍ପତ୍ତି ଏବଂ ତାହା ବ୍ୟତୀତ ଏକ ଲକ୍ଷ ଟଙ୍କା ଉପହାରରେ ଦେବା ପାଇଁ ବ୍ୟବସ୍ଥା କରିବି । ତୁ ତୋ ପୁଅକୁ ଦେବାପାଇଁ କ'ଣ ପ୍ରସ୍ତୁତ ଅଛୁ ?"

ମାଲୁ ସାହସ କରି ଉତ୍ତର ଦେଲା, "ସାହେବ, ଆମେ ଗ୍ରାମୀଣ ଲୋକ ଦଶଟା ଛୁଆ ଥିଲେ ବି ଗୋଟିଏ ଛୁଆକୁ ମଧ୍ୟ କାହାକୁ ଟେକି ଦେବୁନି। ଆମର କେବଳ ଗୋଟିଏ ପୁଅ। ତାକୁ ବିକ୍ରିକରି ଯୋଉ ସୁଖ ମିଳିବ, ଆମେ ତାକୁ ଭୋଗିବାକୁ ଚାହୁଁନୁ। ଏବେ ଆମର ସୁଖ କିଛି କମ୍ ନାହିଁ। ଚାଷ କରିବା ପାଇଁ ଆମର ଦୁଇ ଖଣ୍ଡ ଜମି ଆଉ ଦୁଇଟି ବଳଦ ଅଛି। ଏତିକି କେବଳ ନୁହେଁ, ପିଲାର ବାପାଙ୍କର ମଜୁରୀ ବି ଅଛି। ଏହାଠୁ ଅଧିକ ଆମେ ଆଉ କିଛି ଚାହୁଁନୁ।"

ସାହେବ ବିରକ୍ତ ହୋଇଗଲେ...

ସେଇ ୟୁରୋପୀୟଙ୍କୁ ଜଣାପଡ଼ିଲା ଯେ ବେଶୀ ଯୁକ୍ତିତର୍କ କରିବାରେ କିଛି ଲାଭ ନାହିଁ। ପରଦିନ ହିଁ ସେ ରବିନ୍ଦ୍ରନଙ୍କୁ ଏମିତି ଭାବେ ଗୋଟିଏ ଚିଠି ଲେଖିଲେ...

ପ୍ରିୟ ମିଷ୍ଟର ରବିନ୍ଦ୍ରନ୍,

ମୁଁ କଥାଟାକୁ ଭଲଭାବେ ବୁଝେଇ ଦେଲି। କିନ୍ତୁ ସେମାନେ ମାନିଲେ ନାହିଁ। 'ଧନ ଆମର ଦରକାର ନାହିଁ' ଏମିତି କହିବା ଲୋକଙ୍କ ସହିତ କ'ଣ ଯୁକ୍ତି କରିହେବ? ଆଉ କୋଉ ପ୍ରଲୋଭନ ଅଛି? ଏହି କଥାରେ ମୁଁ ଆଶ୍ଚର୍ଯ୍ୟଚକିତ ହେଉଛି ଯେ ସଂସାରରେ ଏମିତି ଲୋକ ବି ଅଛନ୍ତି। ଏହା ମନୋଯୋଗ ସହ ପଢ଼ିବା ଭଳି ଏକ ମନୋବୈଜ୍ଞାନିକ ତତ୍ତ୍ୱ। ମୋତେ ଏହି ଘଟଣାରେ ପୂରା ସନ୍ଦେହ ଯେ ଏଥିରେ କିଛି ବଡ଼ ରହସ୍ୟ ବା ଷଡ଼ଯନ୍ତ୍ର ନିହିତ ଅଛି। କିଛି ବି ହେଇଯାଉ ମୁଁ ଆହୁରି ଚେଷ୍ଟା କରିବି। କିନ୍ତୁ ମୁଁ ଆଶାକରୁନି ଏଥିରେ କିଛି ଲାଭ ହେବ। ତେଣୁ ମୁଁ ଦୁଃଖିତ।

ଆପଣଙ୍କର

ଏମ୍. ଡି. ବର୍ଟନ

(୪)

ଗୋଟିଏ ସପ୍ତାହ ବିତିବା ପୂର୍ବରୁ ରବିନ୍ଦ୍ରନଙ୍କର ଗୋଟିଏ ଚିଠି ନେଇ ଜଣେ ଲୋକ ମିଷ୍ଟର ବର୍ଟନଙ୍କ ପାଖକୁ ଆସିଲା। ମିଷ୍ଟର ବର୍ଟନ ଚିଠି ପଢ଼ିଲେ। ତୁରନ୍ତ ଇକ୍କୋରନକୁ ଡାକିଆଣିବା ପାଇଁ ଜଣେ ଲୋକକୁ ପଠାଇଲେ। ଇକ୍କୋରନ ଆସିବାରୁ ବର୍ଟନ କହିଲେ, "ମିଷ୍ଟର ବର୍ଟନ ରୋଗରେ ପଡ଼ିଛନ୍ତି, ତାଙ୍କ ଅବସ୍ଥା ବହୁତ ଖରାପ। ତୋ ପୁଅକୁ ଦେଖିବାକୁ ଚାହୁଁଛନ୍ତି। ଇକ୍କୋରନ, ଅତିକମରେ ଏହି ଦୟନୀୟ ପରିସ୍ଥିତିରେ ତୁ ତାଙ୍କ ପ୍ରତି ଟିକେ ଉଦାର ହୁଅ।"

ଇକ୍କୋରନ କିଛି ବି ଉତ୍ତର ଦେଲାନି। ସାହେବ କହିଲେ, "ଚିଠିରେ ଲେଖାହେଇଛି ଯେ ବାପା ମା' ଉଭୟେ ପିଲାକୁ ଧରି ଆସିବେ। ସେଥିପାଇଁ ମୋ ସହିତ କୌଣସି ଯୁକ୍ତିତର୍କ କରିବନି। କାଲି ତୁମ ତିନି ଜଣଙ୍କ ସାଙ୍ଗରେ ମୁଁ ବି ସହରକୁ ଯିବି। ପ୍ରସ୍ତୁତ ହୋଇଥିବ।"

ପରଦିନ ଇକ୍କୋରନ, ମାଲୁ ମିଷ୍ଟର ବର୍ଟନଙ୍କ ସାଙ୍ଗରେ କୋଝିକ୍କୋଡ଼କୁ ଚାଲିଗଲେ।

ମାଲୁ ପ୍ରଥମଥର ସହର ଦେଖିଲା। ତଥାପି ସହରର ଅଦ୍‌ଭୂତ ଦୃଶ୍ୟକୁ ଦେଖି ମଜା କରି ପାରିଲାନି। ହତ୍ୟାର ମକଦ୍ଦମା ପାଇଁ କୋର୍ଟକୁ ନେଉଥିବା ଜଣେ ଅଭିଯୁକ୍ତ ଭଳି ତା' ମନରେ ଭାବାନ୍ତର ହେଉଥିଲା।

ଯୌବନର ଚଞ୍ଚଳତା, ରହସ୍ୟ ତଥା ଭାଙ୍ଗି ଯାଇଥିବା ଆଶାର ସ୍ମୃତି ତା' ହୃଦୟରେ ପୁଣିଥରେ ଜାଗିଉଠିଲା। ଇକ୍କୋରନର ମୁହଁରେ ମଧ୍ୟ ଏକ ଭୟ ପ୍ରତିଫଳିତ ହେଉଥିଲା। ସେ ଅନୁମାନ କରିପାରୁ ନଥିଲା ଯେ ଆଗାମୀ ଘଟଣାରେ

କ'ଣ କ'ଣ ହେବ ? ତାକୁ ଲାଗିଲା ଏଠାକୁ ଆସିବା ତାଙ୍କର ଭୁଲ ଥିଲା। କେବଳ ରାଘବନ୍ ନୂଆ ନୂଆ ଦୃଶ୍ୟକୁ ଦେଖି ମଜା ନେଉଥିଲା।

କାର ଯାଇ 'ରାଜେନ୍ଦ୍ର ବିଳାସ' ବାହାରେ ଅଟକିଲା। ସାହେବ କାରରୁ ବାହାରିଲେ। ତାଙ୍କ ଇସାରାରେ ରାଘବନ ବି କାରରୁ ତଳକୁ ଡେଇଁଲା। ଜଣେ ପକ୍ଷାଘାତ ରୋଗୀ ଭଳି ଇଳ୍କୋରନ୍ ନିଜେ ଓହ୍ଲାଇ ପାରିଲାନି। ମାଲୁକୁ ଲାଗିଲା ଯେ ଏଠାରେ ସବୁକିଛି ଅନ୍ଧକାର ଛାଇଯାଇଛି। ସେ ଝାଳରେ ବୁଡ଼ିଗଲା। ଶୋଷରେ ତା' ତଣ୍ଟି ଶୁଖିଯାଉଥିଲା। ତଥାପି ସେସବୁକୁ ଖାତିର ନକରି ସେ ତଳକୁ ଓହ୍ଲାଇଲା।

'ରାଜେନ୍ଦ୍ର ବିଳାସ'ର ଚାରିଆଡୁ କେତେ ଆଖି ତାଙ୍କ ଉପରେ ବୁଲିଆସୁଥିଲା। ବିଶେଷଭାବେ ମାଲୁ ସେଠାରେ ସନ୍ଦିଗ୍ଧ ଦୃଷ୍ଟିର କେନ୍ଦ୍ର ହୋଇଗଲା। ସେ ମୁଣ୍ଡ ତଳକୁ କରି ଛିଡ଼ାହେଲା।

ତୁରନ୍ତ ଉପର ମହଲାରୁ ଜଣେ ଲୋକ ଓହ୍ଲାଇ ତଳକୁ ଆସିଲା ଏବଂ ସେଇ ଚାରି ଜଣଙ୍କୁ ଉପରକୁ ନେଇଗଲା।

ସିଡ଼ି ଚଢି ବିରାଟ ବାରଣ୍ଡା ତଥା ଏକ ସଙ୍କୀର୍ଣ୍ଣ କୋଠରିକୁ ପାରହୋଇ ଗୋଟିଏ ବଡ଼ କୋଠରିକୁ ପଶିଲେ।

ଦାମୀ ଜିନିଷରେ ସାଜସଜା ହୋଇଥିବା ସେଇ କୋଠରିରେ ଗୋଟିଏ ଉଚ୍ଚ ପଲଙ୍କରେ ରବିନ୍ଦ୍ରନ୍ ଶୋଇଥିଲେ। କୋଠରିରେ ଆହୁରି ଚାରି ପାଞ୍ଚ ଜଣ ଲୋକ ଥିଲେ। ଦୁଇ ଜଣ ଡାକ୍ତର, ଦୁଇ ଜଣ ଅତିଥି, ପଦ୍ମିନୀ ଏବଂ ତାଙ୍କ ବାପା। ରବିନ୍ଦ୍ରନ ଥକ୍କା ମାନ୍ଦା ହୋଇ ଆଖି ବନ୍ଦକରି ଚୁପଚାପ ପଡ଼ିରହିଥିଲେ।

"ରବିନ୍ଦ୍ରନ୍, ଏପଟେ ଦେଖ, ମୁଁ ପୁଅକୁ ନେଇକି ଆସିଛି।" ମିଷ୍ଟର ବର୍ଟନ ସେଇ କୋଠରିର ନିରବତାକୁ ଭଙ୍ଗ କଲେ। ଅନେକ ସମୟଯାଏ ସେ ସେଠାରେ ଏକାଠି ହୋଇଥିବା ଲୋକମାନଙ୍କୁ ଥରକୁ ଥର ଚାହିଁଲେ। ଶେଷରେ ରାଘବନକୁ ଦେଖିବା ପରେ ତାଙ୍କ ମାଂସପେଶୀ ଉତ୍ତେଜିତ ହୋଇଗଲା। ତାକୁ ଧରିବାପାଇଁ ଯେତେବେଳେ ସେ ବ୍ୟସ୍ତ ହୋଇ ପଡ଼ିଲେ, ସେତେବେଳେ ସାହେବ ରାଘବନକୁ ଧରି ବିଛଣା ପାଖରେ ଛିଡ଼ା କରାଇଦେଲେ।

ରବିନ୍ଦ୍ରନ୍ ରାଘବନକୁ ଧରି କୁଣ୍ଢେଇ ପକାଇଲେ। ଅନେକ ସମୟଯାଏ ତାକୁ ଧରି ସେମିତି ବସିରହିଲେ। ତାଙ୍କ ଗାଲରୁ ଅଶ୍ରୁ ବହିଚାଲିଲା। ସେ କିଛି

କହିବାକୁ ଚେଷ୍ଟା କରୁଥିଲେ। କିନ୍ତୁ ଶବ୍ଦ ସ୍ପଷ୍ଟ ବାହାରିଲାନି। ମୁକ ଭଳି ସେ କିଛି ଇସାରା କଲେ।

ମାଲୁ ତଳକୁ ମୁହଁ ପୋତି ଛିଡ଼ାହେଇ ରହିଥିଲା। ସେଥିପାଇଁ ସେଇ ଦୃଶ୍ୟ ଦେଖିପାରିଲାନି। ଇନ୍ସ୍ପେକ୍ଟରନ ରବିନ୍ଦ୍ରନଙ୍କ ମୁହଁର ଭାବକୁ ଚାହିଁରହିଲା।

ପନ୍ଦର ମିନିଟ ବିତିଗଲା ପରେ ରବିନ୍ଦ୍ରନଙ୍କୁ ପୁଣି କଥା କହିବାକୁ ଶକ୍ତି ମିଳିଗଲା। ସେ ମିଷ୍ଟର ବର୍ଟନକୁ କହିଲେ... 'ମିଷ୍ଟର ବର୍ଟନ, ମୁଁ ମହା ପାପୀ। କିନ୍ତୁ ପନ୍ଦର ମିନିଟର ଏହି ସମୟ ମୁଁ ମୋ ସୌଭାଗ୍ୟର ଶୃଙ୍ଗରେ ଥିଲି। ତା'ପରେ ରାଘବନର ଥୋଡ଼ିକୁ ଧରି ଭାବ ବିଭୋର ହୃଦୟରେ ତା' ମୁହଁକୁ ଚାହିଁ କହିଲେ, "ମୋ ଧନ, ଯଦି ତତେ ମୋ ପୁଅ କହିବାକୁ ଅନୁମତି, ଦାବୀ ଏବଂ ସୌଭାଗ୍ୟ ନାହିଁ ତ ମୋର ଆଉ ବଞ୍ଚିବାର ପ୍ରୟୋଜନ ନାହିଁ। ଏହି ଲୋକମାନେ କହୁଛନ୍ତି ମୁଁ ପାଗଳ। ମୋ ଶରୀରକୁ ଦେଖ! ଯଦି କିଏ କହେ କି ଏହି ଶରୀର ମୋର ନୁହେଁ, ଆଉ ଏହା ଉପରେ ମୋର ଟିକେ ବି ଦାବୀ ନାହିଁ ତା'ହେଲେ ମୁଁ କେମିତି ପାଗଳ ହୋଇନଯିବି ? ଗତ କିଛି ଦିନ ଧରି ମୁଁ ଅସହ୍ୟ ପିଡ଼ା ଭୋଗୁଛି। ଜଳୁଥିବା ନିଆଁ ବି ଏତେ ତୀକ୍ଷ୍ଣ ହେବନି। ମୋର ଧନ, ଇଜ୍ଜତ୍ ସବୁକିଛି ବେକାର ହୋଇଗଲା। ମିଷ୍ଟର ବର୍ଟନ, ହୁଏତ ଏଥିପାଇଁ ଏହା ମୋର ଅନ୍ତିମ ନିବେଦନ। ନହେଲେ ପୁତ୍ର ଦର୍ଶନ ସୁଖ ଭୋଗିବା ପାଇଁ ଆହୁରି ବି କିଛି ବର୍ଷ ମୁଁ ବଞ୍ଚି ରହିବି। ଏଇ ସବୁ ଏବେ ଏଠାରେ ହେବାକୁ ଥିବା ଫଇସଲା-ମାମଲା ଉପରେ ନିର୍ଭର କରୁଛି। ମିଷ୍ଟର ବର୍ଟନ, ଟିକେ ପାଖକୁ ଆସନ୍ତୁ...ହଁ, ଏକଥା ଭୁଲିଯାନ୍ତୁ ଯେ ଏହା ଏକ ରୋଗୀର କୋଠରି। ଆମେ ଏହାକୁ ଏକ ଅଦାଲତ ଭାବେ ଭାବିବା। ମିଷ୍ଟର ବର୍ଟନ ଆପଣ ଜର୍ଜ ହୁଅନ୍ତୁ।

ବାର ବର୍ଷ ପୂର୍ବେ ଗୋଟିଏ ଅପରାଧ ହୋଇଥିଲା...କହିପାରନ୍ତି ଏକ ହତ୍ୟା ହୋଇଥିଲା..ମୁଁ କରିଥିଲି...ଏକ ପବିତ୍ର ଗ୍ରାମୀଣ କନ୍ୟାର ଯୌବନ, ସୌନ୍ଦର୍ଯ୍ୟକୁ ଲୁଟିଥିଲି...ସୁଖକୁ ପ୍ରାପ୍ତ କରିବାର ସ୍ୱାର୍ଥ ଭାବନାରେ ତଥା ଯୌବନର ଉନ୍ମାଦନାରେ ମୁଁ ଏହି ଦୋଷ କରିଥିଲି, ତା'ପରେ ମୁଁ ସବୁକିଛି ଭୁଲିଗଲି। କିନ୍ତୁ ଗତ ବାର ବର୍ଷ ହେଲା ମୁଁ ତା'ର ଦଣ୍ଡ ଭୋଗୁଛି... ମୋତେ ଏଇ କଥା ନିକଟରେ ଜଣାପଡ଼ିଲା। ଏବେ ସେଇ ଦଣ୍ଡ ବେଶୀ ବଢ଼ିଯାଇଛି। ପ୍ରତ୍ୟେକ ମୁହୂର୍ତ୍ତରେ ମୁଁ ଫାସୀର ସ୍ୱାଦ ଚାଖୁଛି। ସେଥିରୁ ମୁକ୍ତି ପାଇବାପାଇଁ ଗୋଟିଏ ମାତ୍ର ରାସ୍ତା

ଦେଖାଯାଉଛି...କ୍ଷମା ମାଗିବା ! ସେବେ ମୋ ଦ୍ୱାରା ଧୋକା ହୋଇଥିବା ପାଇଁ ନିଜ ଅନ୍ତକରଣକୁ ସାକ୍ଷୀ ରଖି ଆପଣ ଫଇସାଲା କରିପାରିବେ...ସେଥିପାଇଁ ସେଦିନ ମୁଁ ଯାହା ପାଇଁ ଦୋଷୀ ହୋଇଥିଲି, ତାଙ୍କୁ ସେଇ ଭୁଲ ପାଇଁ କ୍ଷମା ମାଗୁଛି ।"

ରବିନ୍ଦ୍ରନ ମାଲୁର ମୁହଁ ଆଡ଼କୁ ବଡ଼ ଦୟନୀୟ ଭାବେ ଚାହିଁଲେ । ସେ ତଳକୁ ମୁଣ୍ଡ ପୋତି ଛିଡା ହୋଇଥିଲା, କିଛି କହୁନଥିଲା । ରବିନ୍ଦନ୍ର ଗଦ୍‌ଗଦ୍ ହୋଇ କହିଲେ, " ସେ କ'ଣ ମୋତେ କ୍ଷମା କରିବନି ? ମୁଁ ମୋର ମାନ ସମ୍ମାନ ଏବଂ ସମ୍ପତ୍ତିକୁ ତା'ର ପାଦ ତଳେ ରଖି କ୍ଷମା ମାଗୁଛି ।

ତା'ପରେ କିଛି ସମୟ ନିରବତା ଖେଳିଗଲା ।

"ହାୟ !" ବାଉଁଶ ଫାଟିବା ଭଳି ଶବ୍ଦ କରି କାନ୍ଦି କାନ୍ଦି ରବିନ୍ଦ୍ରନ କହିଲେ, "ସିଏ କ'ଣ ଏହି ଜିଦ୍ଦି କରୁଛି ଯେ ମୋ ଦଣ୍ଡ ନିଷ୍ଠୁର ମୃତ୍ୟୁରେ ଶେଷ ହେଉ ? ହଉ, ଶେଷରେ.. ମୁଁ ଚାହୁଁଛି... 'ଇଏ ତୁମର ପୁଅ, ତୁମେ ନେଇଯାଇପାର... ସେଇ ଅବୋଧ ପିଲାକୁ ... ମୋର ଏହି ନୂଆ ଜୀବନକୁ...ସେ ମୋତେ ଆଉ ଫେରାଇବନି... ?"

ପୁଣି ସେମିତି ନିରବତା... ।

ହଠାତ୍ କଇଁକଇଁ କାନ୍ଦ...ସବୁ ଲୋକଙ୍କ ଦୃଷ୍ଟି ସେଇ ଆଡ଼କୁ ଚାଲିଗଲା । ଇଙ୍କ୍ଲୋରନ୍ ! ସେ କୋହକୁ ସମ୍ଭାଳି ନପାରି ତଉଲିଆରେ ମୁହଁକୁ ଢାଙ୍କି କଇଁ କଇଁ ହେଇ କାନ୍ଦୁଥିଲା । ସେ ଧୀରେ ଧୀରେ ରବିନ୍ଦ୍ରନଙ୍କ ପାଖକୁ ଯାଇ କହିଲା, "ଆପଣ ତାକୁ ନେଇଯାଇ ପାରନ୍ତି । ଇଏ ଆପଣଙ୍କ ପୁଅ ।, ମୁଁ ସାକ୍ଷୀ ଅଛି ।"

ପୂରା ଶବ୍ଦ ତା' ମୁହଁରୁ ବାହାରିବା ପୂର୍ବରୁ ମାଲୁ ଭାରି ଗଳାରେ ଇଙ୍କ୍ଲୋରନକୁ କହିଲା, "ହେ ଭଗବାନ !...ତୁମେ ମୋତେ ଧୋକା ଦେଲ... ମୋତେ ଧୋକା ଦେଲ !"

ତା'ପରେ ସେ ତୁରନ୍ତ ଅର୍ଦ୍ଧଚେତନ ଅବସ୍ଥାରେ କୋଠରିରୁ ବାହାରକୁ ଚାଲିଗଲା । ରବିନ୍ଦ୍ରନ ଆଶ୍ୱସ୍ତ ହୋଇ ଏବଂ ଆନନ୍ଦରେ ଇଙ୍କ୍ଲୋରନର ମୁହଁକୁ ଚାହିଁଲେ । ତା'ପରେ କହିଲେ, "ପ୍ରିୟ ମିତ୍ର, ବାର ବର୍ଷ ପୂର୍ବେ ଜଣେ ଧୋକା ଖାଇଥିବା ଝିଅକୁ ତୁମେ ବଞ୍ଚାଇଥିଲ । ଆଜି ତୁମେ ମୋ ଜୀବନକୁ ବି ବଞ୍ଚାଇଲ । ତୁମ ଭଳି ଲୋକ ସଂସାରରେ ଜନ୍ମ ନିଅନ୍ତେ ଯଦି..."

ମିଷ୍ଟର ବର୍ଟନ ଏବଂ ରବିନ୍ଦ୍ରନ କିଛି ସମୟ କ'ଣ ଗୁପ୍ତ କଥା ହେଲେ ।

ମିଷ୍ଟର ବର୍ଟନ, ଇକ୍ବୋରନ ଏବଂ ମାଲୁ ନିଜ ନିଜ ଘରକୁ ଚାଲିଗଲେ । ମାଲୁ ଏକ କାଠ କଣ୍ଢେଇ ଭଳି କାରରେ ବସିଲା । ଇକ୍ବୋରନ୍ ବି କାରର ପଛ ସିଟ୍‌ରେ ମୁଣ୍ଡରେ ହାତ ଦେଇ ତଳକୁ ଚାହିଁ ପଥର ମୂର୍ତ୍ତି ଭଳି ବସିରହିଲା ।

ମିଷ୍ଟର ବର୍ଟନ କାର ଛୁଟାଇଲେ । କିଛି ଦୂର ଯିବାପରେ ସେ କାରକୁ ଅଟକାଇଲେ, ପଛ ସିଟରେ ବସିଥିବା ଇକ୍ବୋରନ ଆଡ଼କୁ ହାତ ବଢାଇ କହିଲେ, "ତୁମକୁ ମୋର ହାର୍ଦ୍ଦିକ ଶୁଭେଚ୍ଛା । ତୁମ ନାଁରେ ମୋର ରବଟ ଇଷ୍ଟେଟ କିଣାଯିବ...ମିଷ୍ଟର ରବିନ୍ଦ୍ରନଙ୍କର ଏହା ହିଁ ନିର୍ଣ୍ଣୟ । ଏବେ ତୁମେମାନେ ମୋର ବିରାଟ ରବର ଇଷ୍ଟେଟର ମାଲିକ ହୋଇଯିବ ।"

(୬)

ଚାରିଆଡେ ଅନ୍ଧାର ଛାଇଗଲା । କିନ୍ତୁ ମାଲୁକୁ ଜଣା ପଡ଼ିଲାନି । ସେ ଚିନ୍ତାମଗ୍ନ ହୋଇ ବସିରହିଲା । ବାର ବର୍ଷ ପୂର୍ବେ ଏମିତି ଭାବେ ଗୋଟିଏ ସନ୍ଧ୍ୟାରେ ତା'ର ଚିନ୍ତା ବହୁତ ବଢି ଯାଇଥିଲା । କିନ୍ତୁ ସେଇ ସମୟରେ ସେ ସଂସାରର ଚାଲି ଚଳନରେ ଅନଭିଜ୍ଞ ଏକ ସରଳ ବୋକି ଝିଅ ଥିଲା । ତା' ପରେ ବାର ବର୍ଷ ଜୀବନର ଅନୁଭବ, ଯଦିଓ ସେ ଗ୍ରାମୀଣ ପରିବେଶର ତଥାପି ସେ ତା' ମନକୁ ପରିପକ୍ୱ କରିଛି । ବାର ବର୍ଷର ଏହି ଅନ୍ତରାଳରେ ସେ ମୁଖ୍ୟ ରୂପରେ ଗୋଟିଏ କଥା ବୁଝିପାରିଛି...ଜୀବନରେ ପ୍ରଥମ ଥର ସେ ଯେଉଁ ପୁରୁଷକୁ ଭଲ ପାଇଥିଲା, ତାଙ୍କ ପ୍ରତି ଘୃଣା ଆସିଥିଲା, କିନ୍ତୁ ସେଦିନ 'ରାଜେନ୍ଦ୍ର ବିଲାସ'ରେ ଘଟିଥିବା ଘଟଣାକୁ ସେ ଯେତେ ଯେତେ ମନେ ପକାଉଛି, ସେତିକି ସେତିକି ତା'ର ବିସ୍ମୟ ଏବଂ ବିଷାଦ ବଢ଼ିଚାଲିଛି । ରବିନ୍ଦ୍ରନଙ୍କ ଶବ୍ଦ କେତେ ଥର ତା'ର ଦୃଢ ପ୍ରତିଜ୍ଞାକୁ ଅସ୍ତ ବ୍ୟସ୍ତ କରିବାରେ ସହାୟକ ହୋଇଛି । ସେଇ ହୃଦୟସ୍ପର୍ଶୀ କାନ୍ଦକୁ ଶୁଣି ସେ କେତେ ଥର ଦୟା କରି ବିଚଳିତ ନ ହେବାପାଇଁ ଚେଷ୍ଟା କରିଛି । ସେ ତାଙ୍କ ମୁହଁ ଆଡ଼କୁ ଚାହିଁ ବି ନାହିଁ । ସେ ଜାଣିଛି ଯେ ଯଦି ଚାହିଁବ କୌଣସି ପୁରୁଣା ଗାତରେ ଗଳିପଡ଼ିବ । ଗୋଟିଏ ମିନିଟ ଆଉ ଯଦି ଶୁଣିଥାନ୍ତା ତା'ହେଲେ ନିଶ୍ଚୟ ମାନିନେଇଥାନ୍ତା । ତା' ପୂର୍ବରୁ ଇନ୍ସ୍ପେକ୍ଟରନ ତାକୁ ଧୋକା ଦେଲା । କିନ୍ତୁ ସେ ତାଙ୍କୁ ବଞ୍ଚାଇ ଦେଲା । ବାର ବର୍ଷ ପର୍ଯ୍ୟନ୍ତ ଦେବୀ ମନ୍ଦିର ସାମନାରେ ସେମାନେ ଦୁହେଁ ଯେଉଁ କଥାକୁ ଗୁପ୍ତ ରଖିଥିଲେ, ତାହା ସେଦିନ ପ୍ରକାଶ ପାଇଗଲା ।

ବାର ବର୍ଷ ପର୍ଯ୍ୟନ୍ତ ଲୋକଙ୍କୁ ପ୍ରତାରଣା କରି ସେମାନେ ବଞ୍ଚିଥିଲେ । ସେଇ ପୁରୁଣା ରହସ୍ୟ ଏବେ ପ୍ରକାଶ ପାଇଗଲା । ବିପୁଳ ଧନ ସମ୍ପତ୍ତି ଆଚ୍ଛାଦିତ

ହୋଇଥିଲେ ମଧ୍ୟ ଏହାର ଗନ୍ଧକୁ ବନ୍ଦ କରି ହେଲାନି। କେବଳ ଏତିକି ନୁହେଁ, ମୋ ପ୍ରିୟ ପୁଅ ବି ଚାଲିଗଲା। କୁଆଡେ ? ତା' ବାପାଙ୍କ ପାଖକୁ! ତା' ବାପା! ସେ ରୋମାଞ୍ଚିତ ହେଲା ! ସେଇ ପ୍ରେମ ! ବାର ବର୍ଷ ପୂର୍ବର ସେଇ ପ୍ରେମ ! ବାର ବର୍ଷ ପୂର୍ବେ ମାଟି ତଳେ ପୋତି ଦେଇଥିବା ଅଙ୍ଗୁର ରସର ସେଇ ମାଦକ ଓ ମାଧୁର୍ଯ୍ୟକୁ ସେ ପୁନର୍ବାର ତାକୁ କ'ଣ ପ୍ରଲୋଭନ କରୁଛନ୍ତି କି ? କାହିଁକି ତା'ର କବର ପ୍ରାପ୍ତ ସ୍ମୃତିଗୁଡ଼ିକ ଏବେ ବାରମ୍ବାର ଜାଗ୍ରତ ହୋଇ ତାକୁ ଘେରି ରହୁଛି ? ତାକୁ ଧନରାଶି ମିଳିବାର ଅଛି। ସେଥିରେ ସେ କ'ଣ କରିବ ? ଯେତେବେଳେ ଇକ୍କୋରନ ରାଘବନକୁ ତାଙ୍କୁ ସମର୍ପି ଦେଲା, ତାକୁ ଲାଗିଲା ତା' ସହିତ ତାକୁ ବି ସେ ସମର୍ପି ଦେଇଛି। ସେ ତାକୁ କ୍ଷମା ମାଗିଲେ। ସେ ତାଙ୍କୁ ପୂର୍ବରୁ କ୍ଷମା କରିସାରିଛି ! କିନ୍ତୁ ବାର ବର୍ଷ ପୂର୍ବେ ପ୍ରେମର ବଳିଦାନ କ'ଣ ସେ ଦେଇପାରିବେ ? ଅସମ୍ଭବ...ସେ ଉର୍ବଶୀ ଭଳି ତାଙ୍କ ପାଖରେ ଛିଡ଼ା ହୋଇଥିବା ପଦ୍ମିନୀଙ୍କୁ ମନେ ପକାଇଲା।

"ଛି..ମୁଁ ବଡ଼ ଧୋକାବାଜ । ସ୍ରୋତରେ ପଡ଼ି ଗୋଟିଏ ନାଆ ଭଳି ମୋ ମନ ଏପଟେ ସେପଟେ ଚାଲିଯାଉଛି। କିନ୍ତୁ ଗୋଟିଏ କଥା ମୁଁ ନିଷ୍ପତ୍ତି ନେଇସାରିଛି।"

ବାରଣ୍ଡାରେ ପାଦ ଶବ୍ଦ ଶୁଣି ସେ ବୁଲି ଚାହିଁଲା। ଇକ୍କୋରନ ଘର ଭିତରକୁ ଆସୁଥିଲା।

"କ'ଣ ? ଏପର୍ଯ୍ୟନ୍ତ ଦୀପ ଜଳାଇନୁ ?"

ସେ କିଛି ବି ଉତ୍ତର ଦେଲାନି।

ସେ ଇକ୍କୋରନ ସାଙ୍ଗରେ ବିତାଇଥିବା ଦାମ୍ପତ୍ୟ ଜୀବନ କଥା ଭାବୁଥିଲା। ଇକ୍କୋରନ ତା'ର ପ୍ରାଣ, ଅଭିମାନ ଏବଂ ବାର ବର୍ଷର ଜୀବନକୁ ବଞ୍ଚେଇଛି। ଏହି ଦାମ୍ପତ୍ୟ ଜୀବନରେ ସେ କୌଣସିପ୍ରକାର ଅଭିଯୋଗ କରିନି। କିନ୍ତୁ ତାଙ୍କ ସହିତ ବିତାଇଥିବା ଦୁଇ ମାସର ଜୀବନ...ସେଇ ସୁଖ...ନାରୀ ହୃଦୟରେ ଚାହୁଁଥିବା ଅଜ୍ଞାତ ସୁଖ...ଏହି ବାର ବର୍ଷ ଅନ୍ତରାଳରେ ତାକୁ ମିଳିନି। ଇକ୍କୋରନକୁ ଦେଖିଲା ବେଳେ ଏବଂ ତା' ବିଷୟରେ ଭାବିବା ବେଳେ ତା' ମନରେ ଭକ୍ତି ଏବଂ ଶ୍ରଦ୍ଧାର ଭାବ ଅଙ୍କୁରିତ ହେଉଥାଏ। ସେ ତା' ପ୍ରତି ବହୁତ କୃତଜ୍ଞ। କିନ୍ତୁ ରବିନ୍ଦ୍ରନଙ୍କ ବିଷୟରେ ଭାବିବା ସମୟରେ ସେ ଏକଦମ ବଦଳିଯାଏ। 'ମୁଁ ଇକ୍କୋରନକୁ

ଧୋକା ଦେଉଛି।" ଏହି ଭାବନା ତାକୁ ଅସ୍ତବ୍ୟସ୍ତ କରୁଥାଏ।

ବାହାର ଆକାଶରେ କଳା ବାଦଲ ଛାଇଗଲା। ବର୍ଷା ଦିନର ପ୍ରଥମ ବର୍ଷା। ବିଜୁଳି ଚମକୁଥିଲା। ଇକ୍କୋରନ ମାଲୁ ପାଖକୁ ଆସିଲା। ବିଜୁଳି ଆଲୋକରେ ତା' ମୁହଁ ସ୍ପଷ୍ଟ ଦେଖାଗଲା। ତା' ଆଖିରୁ ଅଶ୍ରୁ ବୁନ୍ଦା ଝରିପଡୁଥିଲା। ଇକ୍କୋରନ ମାଲୁର କାନ୍ଧ ଉପରେ ହାତ ରଖି ପଚାରିଲା, "ମାଲୁ କାନ୍ଦୁଛୁ କାହିଁକି ?"

ସେ ଅନେକ ସମୟଯାଏ ଚୁପ ରହିଲା। ତା'ପରେ ଗଦଗଦ ସ୍ୱରରେ ସେ କହିଲା, "ବାର ବର୍ଷ ପୂର୍ବେ ତୁମେ ମୋ ଜୀବନକୁ ବଞ୍ଚେଇଥିଲ। ଆଜି ତୁମେ ଧୋକା ବି ଦେଲ। ଏବେ ମୁଁ କେମିତି ଲୋକଙ୍କ ମୁହଁକୁ ଚାହିଁବି ? ଏତେ ବର୍ଷ ଯାଏ ଲୋକଙ୍କୁ ଧୋକା ଦେବାର ଅପରାଧ ଆଉ ଅପମାନ...ସେମାନେ ଆମର ନିନ୍ଦା କରିବେନି ? ପ୍ରିୟ ପୁଅକୁ ବି ଆମେ ହରାଇଦେଲେ। ତୁମେ ଟଙ୍କା ପାଇଁ ତାକୁ ବିକ୍ରି କରିଦେଲ, ତା' ସହିତ ତୁମେ ମୋତେ ବି ବିକ୍ରିକରି ଦେଇଥାନ୍ତ ନା ?"

ନିର୍ମଳ ହୃଦୟର ଇକ୍କୋରନ ଅନୁତାପରେ ଭୋ ଭୋ ହେଇ କାନ୍ଦି ଉଠିଲା। 'ହାୟ ମାଲୁ' ମୁଁ ଭାବିନଥିଲି ପରିସ୍ଥିତି ଏତେ ଭୟଙ୍କର ହେବ। ତାଙ୍କର ଦୁଃଖ ଦେଖି ମୋ ହୃଦୟ ତରଳିଗଲା...ମୁଁ ସେଥିପାଇଁ କହିଦେଲି...ତା' ପରେ ହିଁ ମୁଁ ତୋ ବିଷୟରେ ଭାବିଲି। ହେ ଇଶ୍ୱର, ମୁଁ ଧନ ଲୋଭରେ ଏମିତି କଲି, ହାୟ ମାଲୁ ଅତିକମରେ ତୁ ଏମିତି କହନା !"

ତା'ପରେ ଦୁହେଁ ଚୁପ୍ ରହିଲେ।

ମୂଷଳଧାରାରେ ବର୍ଷା ହେଉଥିଲା। ମେଘର ଗର୍ଜନ ଏବଂ ଜୋରରେ ପବନ ଯୋଗୁ ପରିସ୍ଥିତି ଭୟଙ୍କର ଥିଲା।

"ହଁ", ସେ କହିଲା, "ରାଘବନକୁ ବିକ୍ରି କରିବା ସମୟରେ ମୋର ବି ବିକ୍ରି ହୋଇଗଲା। କିନ୍ତୁ ମୁଁ ଜାଣିଛି ଏବେ କ'ଣ କରାଯିବ ? ତୁମେ ଧନୀ ହୋଇଗଲ। ଇଷ୍ଟେଟର ମାଲିକ ହେଇ ତୁମେ ମଉଜ ମସ୍ତିରେ ବଞ୍ଚ। ମୋ ସାମ୍ନାରେ କେବଳ ଗୋଟିଏ ରାସ୍ତା।

ଇକ୍କୋରନ ଆଶଙ୍କା ଭରା ଜିଜ୍ଞାସାରେ ତା' ମୁହଁକୁ ଚାହିଁଲା।

ପ୍ରଖର ସ୍ରୋତ ଥିବା ଇରବଂଷନ୍ନିପ୍ପୁଷା ଆଡ଼କୁ ସଙ୍କେତ କରି ସେ କହିଲା, "ସେଇ ନଦୀ।"

ଇକ୍ଲୋରନ ତା' ହାତକୁ ମୁଠେଇ ଧରି ପଚାରିଲା, "ତୁ କ'ଣ ସ୍ଥିର କରିସାରିଛୁ ?"

"ହଁ, ମୁଁ ସ୍ଥିର କରିସାରିଛି ।"

" ଆଚ୍ଛା, ତା'ହେଲେ ମୁଁ ବି ସାଙ୍ଗରେ ଯିବି ।"

(୭)

ମିଷ୍ଟର ବର୍ଟନ, ଇକ୍ସୋରନ ଏବଂ ମାଲୁ ଚାଲିଯିବା ପରେ ରବିନ୍ଦ୍ରନ ପଦ୍ମିନୀଙ୍କୁ ପାଖକୁ ଡାକିଲେ ଏବଂ ରାଘବନକୁ ଧରି କହିଲେ, "ପଦ୍ମିନୀ, ୟାକୁ ପ୍ରଥମେ ମୋତେ ଦେଇଥିବା ଲୋକ କେବଳ ତୁମେ । ଏବେ ଇଏ ଆମର ପୁଅ।"

ପଦ୍ମିନୀଙ୍କ ମୁହଁରେ ଖୁସିର ଝଲକ ନଥିଲା। ତଥାପି ରାଘବନ ପ୍ରତି ତାଙ୍କ ହୃଦୟରେ ଏକ ବାତ୍ସଲ୍ୟ ଭାବ ଉତ୍ପନ୍ନ ହେଲା। ସେଦିନ ନଦୀ କୂଳରେ ପ୍ରଥମ ଥର ତାକୁ ଦେଖିବା ପରେ ତାଙ୍କ ମନରେ ସ୍ନେହ ଏବଂ ଦୟାର ଭାବକୁ ଅପ୍ରତ୍ୟାଶିତ ଘଟଣାରେ ବଦଳି ଯାଇଥିବା ପରିସ୍ଥିତିରେ ସେ ଭୁଲିଯିବାକୁ ଚାହୁଁଥିଲେ, କିନ୍ତୁ ତାହା ହୋଇପାରି ନଥିଲା।

ରାଘବନକୁ ଆଲିଙ୍ଗନ କରି କହିଲେ, "ଦେଖ, ଇଏ ତୋ ମା'।"

ରାଘବନ କିଛି ବି ବୁଝି ପାରୁନଥିଲା, ସେ କେବଳ ରବିନ୍ଦ୍ରନଙ୍କ ମୁହଁକୁ ଚାହୁଁଥିଲା।

"ମୁଁ ତୋ ବାପା। ମୋତେ ତୁ ବାପା ଡାକିବାକୁ ପ୍ରସ୍ତୁତ ଅଛୁ ନା?" ରବିନ୍ଦ୍ରନ ତା' ମଥାରେ ଚୁମ୍ବନ ଦେଇ ପଚାରିଲେ।

ରାଘବନ ଚୁପ ରହିଲା। ସେଦିନ ନଦୀ କୂଳରେ ରବିନ୍ଦ୍ରନ ତାକୁ ଟଙ୍କା ଦେଇଥିଲେ। ସେଇଦିନଠାରୁ ରବିନ୍ଦ୍ରନଙ୍କ ପ୍ରତି ତା' ମନରେ ବହୁତ ସମ୍ମାନ ଏବଂ ଶ୍ରଦ୍ଧା ଭାବ ଉତ୍ପନ୍ନ ହୋଇଥିଲା। ତେଣୁ ସେ ଟିକେ ବି ଘାବରାଇଲାନି। କିନ୍ତୁ ତା'

ବାପା ମା' କୁ ସେଠାରେ ନଦେଖି ସେ ଅବଶ୍ୟ ବ୍ୟସ୍ତ ହେଉଥିଲା ।

"ମୋ ବାପା ମା' କୁଆଡେ ଗଲେ ?" ରାଘବନ ଚାରିଆଡ଼କୁ ଚାହିଁ ପଚାରିଲା ।

"ଏଇଠି, ଆମେ ଦୁହେଁ । ଇଏ ତୋ ମା' ଆଉ ମୁଁ ତୋ ବାପା ।"

"ନାଇଁ..ନାଇଁ, ମୁଁ ମୋ ବାପା ମା'କୁ ଦେଖିବାକୁ ଚାହୁଁଛି ।"

"ତତେ କ'ଣ ଦରକାର ? ସବୁ କିଛି ତତେ ଦେବି । ତଥାପି ତାଙ୍କୁ ଦେଖିବାକୁ ଚାହୁଁଛୁ ?" ରବିନ୍ଦ୍ରନ ତାଙ୍କ ପକେଟରେ ଥିବା ଏକ ରତ୍ନ ଜଡ଼ିତ ସିଗାରେଟ ଡବାକୁ ରାଘବନ ହାତରେ ଧରାଇଦେଲେ ।

ରାଘବନ ଖୁସି ହୋଇଗଲା । ପଚାରିଲା, "ଏଇଟା କ'ଣ ମୋତେ ଦେବ ?"

ରବିନ୍ଦ୍ରନ ହସି ତାକୁ ଛାତିରେ ଲଗାଇଲେ, କହିଲେ, ଏଇଟା ? ଆହୁରି ଯାହା କିଛି ଚାହିଁବୁ ଦେବି । ଏଇଟା ତୋ ପାଇଁ । ରବିନ୍ଦ୍ରନ ମଝି ଆଙ୍ଗୁଳିରୁ ମୁଦି କାଢି ତାକୁ ଦେଇଦେଲେ । ଏହା ବି, ଆଉ ଏହା ବି । ରବିନ୍ଦ୍ରନ ସୁନାର ହାତ ଘଣ୍ଟା, ରତ୍ନର ବଟମ ଏବଂ ଫାଉଣ୍ଟେନ ପେନ ବି ତାକୁ ଦେଇଦେଲେ ।

ରାଘବନ ଆନନ୍ଦରେ ହସିଲା, ତା'ପରେ କହିଲା, "ଖେଳିବାକୁ ମୋ ପାଇଁ ଗୋଟିଏ ବଲ୍ କିଣିଦେବ ?"

ରବିନ୍ଦ୍ରନ ଟିକେ ଗମ୍ଭୀର ହେବାର ବାହାନା କରି କହିଲେ, "ବାପା, ମୋତେ ଗୋଟିଏ ବଲ୍ କିଣିକି ଦିଅ, ଏମିତି କହିବୁ । ତା'ହେଲେ ସୁନାର ଗୋଟିଏ ବଲ୍ କିଣିଆଣି ତତେ ଦେବି ।"

ରବିନ୍ଦ୍ରନ ପୁଲକିତ ହେଲେ । 'ବାପା' କେତେ ମଧୁର ଡାକ ! ମୁଁ ଜଣେ ବାପା ହୋଇଗଲି । ରାଘବନର କଅଁଳ କପାଳରେ ନିରନ୍ତର ଚୁମ୍ବନ ଦେଇ ରବିନ୍ଦ୍ରନ କହିଲେ, "ମୋ ପ୍ରିୟ ପୁଅ, ତୋ ପାଇଁ ଏକ ସୁନାର ବଲ୍ କିଣିବା ପାଇଁ ଏବେ ହିଁ ହୁକୁମ ଦେଉଛି ।"

"ଆଉ ମୋ ମା'କୁ ଗୋଟିଏ ଶାଢ଼ୀ ।" ରାଘବନ ଦବିଲା ସ୍ୱରରେ ଅନୁରୋଧ କଲା ।

ରବିନ୍ଦ୍ରନ ହସି ହସି ଥରିଉଠିଲେ । ସେ ପଦ୍ମିନୀଙ୍କ ମୁହଁକୁ ଚାହିଁଲେ ।

ସେ ଭାବନା ମଧ୍ୟରେ ରହି କଥାକୁ ନ ଶୁଣିବା ଭଳି ଉଦାସ ମୁହଁରେ ବୁଲି ଅନ୍ୟଆଡ଼େ ଚାହୁଁଥିଲେ । କିନ୍ତୁ ମୁହଁର ଭାବରୁ କଷ୍ଟ ସ୍ପଷ୍ଟ ଜଣାପଡୁଥିଲା ।

ରବିନ୍ଦ୍ରନ ଏକ ଦୀର୍ଘ ନିଶ୍ୱାସ ଛାଡ଼ିଲେ। ଏହି ପୁତ୍ର ସୁଖ ପାଇଁ ଘେରି ରହିଥିବା ଅସୁବିଧା ଏବଂ ଈର୍ଷାପରାୟଣ ପ୍ରତିଦ୍ୱନ୍ଦ୍ୱିତାକୁ ସେ ମନରୁ ପୋଛିପାରୁ ନଥିଲେ।

କିନ୍ତୁ ସେ ନିଜକୁ ସାନ୍ତ୍ୱନା ଦେଉଥିଲେ ଯେ ତାଙ୍କର ଉତ୍ତମ ଆଚରଣ ଏବଂ ସହନଶୀଳତା ସହିତ ସମସ୍ତଙ୍କୁ ନିୟନ୍ତ୍ରଣ କରିବାକୁ ସକ୍ଷମ ହେବେ।।

(୮)

ବିଜୁଳିର ଗର୍ଜନ ଏବଂ ବର୍ଷା ଜାରି ରହିଥିଲା । ପବନ ବଡ଼ ବଡ଼ ବୃକ୍ଷର ଶିଖରକୁ ଦୋଳାୟମାନ କରୁଥିଲା ।

ଇଳ୍କୋରନ ଘର ବାରଣ୍ଡାର ଚଟାଣରେ ଗଡୁଥିଲା । ଥଣ୍ଡା, ଗରମ ଏବଂ ବର୍ଷା ଯେ କୌଣସି ଋତୁ ହେଉ ସେ ସେଇଠି ଶୋଇଥାଏ ।

ଅଧ ରାତି ବିତିଲା ପରେ ବି ତାକୁ ନିଦ ଲାଗିଲାନି । ସେ ତା'ର ମଧୁର ଦାମ୍ପତ୍ୟ ଜୀବନରେ ଅପ୍ରତ୍ୟାଶିତ ଭାବେ ଆସିଥିବା ଦୁର୍ଘଟଣା ବିଷୟରେ ବାରମ୍ବାର ଭାବୁଥିଲା ।

ରାଘବନଙ୍କୁ ତାଙ୍କୁ ସମର୍ପି ଦେଇ ମୁଁ କ'ଣ ମାଲୁକୁ ଧୋକା ଦେଇଛି ? ପୁଅ ପ୍ରକୃତରେ ତା'ର, ଏହି ଅବସ୍ଥାରେ ତା' ଉପରେ ମୋର କି ଅଧିକାର ଅଛି ? କିନ୍ତୁ ମୁଁ ତାକୁ ଏବଂ ତା' ଗର୍ଭସ୍ଥ ସନ୍ତାନକୁ ବଞ୍ଚେଇଥିଲି । ତେଣୁ ପିଲାକୁ ତାଙ୍କୁ ସମର୍ପି ଦେବାରେ ମା' ଠାରୁ ବି ବେଶୀ ମୋର ଅଧିକାର ଅଛି ନା ? କିନ୍ତୁ ଏହି ରହସ୍ୟକୁ ମୁଁ କାହିଁକି ଖୋଲିଲି ? ସେ ବୁଝିପାରୁନି ଯେ ସେତେବେଳେ ତାକୁ ଧୋକା ଦେଉଥିବା ତତ୍ୱ ଏକ ଗ୍ରାମୀଣ ମନର ସ୍ୱଚ୍ଛତା ଏବଂ ହଠାତ୍ ଜାଗିଉଠିଥିବା ସହାନୁଭୂତିର ଭାବନା ଥିଲା ।

ହଠାତ୍ ବିଜୁଳି ଆଲୋକରେ ସେ ଦେଖିଲା ପାହାଚ ଅତିକ୍ରମ କରି ଗୋଟିଏ ଛାଇ ଅଦୃଶ୍ୟ ହୋଇଯାଉଛି । ମନେହୁଏ ସେ ମଣିଷଟିକୁ ବୁଝିବାରେ ସକ୍ଷମ ହୋଇନାହିଁ । ତା' ହୃଦୟରେ ବି ଏକ ଉଲକାପାତ୍ ହେଲା । କିଛି ସମୟ ପରେ ସେ ଦ୍ୱାର ପାଖରେ ପହଞ୍ଚିଲା । କବାଟ ଭିତରୁ ବନ୍ଦ ଥିଲା । ସେ ଘରର ଉତ୍ତର

ଭାଗରେ ଥିବା କୋଠରି ଆଡ଼କୁ ଦୌଡ଼ିଲା । ତାହା କେବଳ ଅଧା ବନ୍ଦ ଥିଲା । ଶକ୍ତି ଲଗାଇ ସେ କବାଟ ଖୋଲିଲା । ତା' ପରେ ସେ ମାଲୁର ଶୋଇବା ଘରେ ଯାଇ ଦେଖିଲା । ଯେଉଁ ମସିଣା ଉପରେ ସେ ଶୁଏ, ତାହା କୋଣରେ ମୋଡ଼ାହୋଇ ରଖାଯାଇଛି ।

କ୍ଷଣଟିଏ ବିଳମ୍ବ ନକରି ସେ ବାହାର ଆଡ଼କୁ ଦୌଡ଼ିଲା । ସିଢ଼ିରୁ ଓହ୍ଲାଇ ସେ ଏକ ସଙ୍କୀର୍ଣ୍ଣ ରାସ୍ତା ଦେଇ ଗଲା, ଯେଉଁଠି ମଇଳା ପାଣି ପ୍ରବାହିତ ହେଉଥିଲା । ଆବୁଡ଼ା ଖାବୁଡ଼ା ରାସ୍ତା ଦେଇ ସେ ନଦୀ କୂଳକୁ ଦୌଡ଼ିଲା ।

କୌଣସିପ୍ରକାରେ ସେ ସେଇ ପୁରୁଣା ଦେବୀ ମନ୍ଦିର ପାଖରେ ପହଞ୍ଚିଗଲା । ହଠାତ୍ ଆଖିକୁ ଝଲସାଇ ଦେବାଭଳି ବିଜୁଳି ଚମକି ଉଠିଲା । ସେଇ ଆଲୋକରେ ଏକ ଧଳା ରୂପକୁ ପ୍ରଖର ସ୍ରୋତରେ ନଦୀରେ ଡେଇଁ ପଡ଼ିବାର ସେ ଦେଖିଲା । ଗୋଟିଏ ମୁହୂର୍ତ୍ତ ! ବଜ୍ର ପଡ଼ିବା ଭଳି ସେ ଛିଡ଼ା ହୋଇ ରହିଲା । ତା'ପରେ ସେ ଟିକେ ବି ବିଳମ୍ବ କଲାନି । ସେ ଦେବୀ ମନ୍ଦିରର ବାରଣ୍ଡାରେ ଛିଡ଼ାହୋଇଥିଲା । ତା'ପରେ ତାକୁ ଅନୁସରଣ କଲା ।

(୯)

ମିଷ୍ଟର ବର୍ଟନ ଘାବରେଇଯାଇ ଲେଖିବାକୁ ଲାଗିଲେ...

ମୁକ୍କମ

ଏପ୍ରିଲ ୧୭

ପ୍ରିୟ ମିଷ୍ଟର ରବିନ୍ଦ୍ରନ,

ପ୍ରଥମଥର ତୁମକୁ ଏକ ଅତ୍ୟନ୍ତ ଦାରୁଣ ତଥା ବିଲକୁଲ ଅପ୍ରତ୍ୟାଶିତ ଦୁର୍ଘଟଣାର ଖବର ଦେବାର ଦୁର୍ଭାଗ୍ୟ ମୋର ହେଲା। ଏଥିପାଇଁ ମୁଁ ଦୁଃଖିତ।...ଇଙ୍କ୍ଲୋରନ ଏବଂ ତା' ପତ୍ନୀ ମାଲୁର ଦେହାନ୍ତ ହୋଇଗଲା... ତୁମର ହୁଏତ ବିଶ୍ୱାସ ହେବନି। କିନ୍ତୁ କରିବା କ'ଣ ? ତାଙ୍କର ଶବ ଏଠାରୁ ଏକ ମାଇଲ ଦୂରରେ ନଦୀ କୂଳରେ ଅଟକିଥିବା ଦେଖାଗଲା। ଏଇ କଥା ବୁଝିପାରୁନି ଯେ ସେମାନେ ଦୁହେଁ ଆତ୍ମହତ୍ୟା କଲେ ନା ଜଣେ ଜଣକୁ ବଞ୍ଚେଇବା ପାଇଁ ଅନ୍ୟ ଜଣେ ମୃତ୍ୟୁମୁଖରେ ପଡ଼ିଲା। ମହିଳା ଆତ୍ମହତ୍ୟା କରିଛି ଏଥିରେ କୌଣସି ସନ୍ଦେହ ନାହିଁ।

ଅନୁମାନ କଲେ ବି ଏହାର କାରଣ ଜଣାପଡୁନି। ସ୍ୱର୍ଣ୍ଣିଳ ସମୟ ଯେତେବେଳେ ତାଙ୍କ ଦ୍ୱାର ଖଟ୍‌ଖଟ୍ କଲା ସେତେବେଳେ ସେମାନେ କାହିଁକି ଏହି ଦୁର୍ଭାଗ୍ୟପୂର୍ଣ୍ଣ ରାସ୍ତାକୁ ବାଛିଲେ। ଏହା ଆମ ପାଇଁ ଅଜ୍ଞାତ, ତାଙ୍କ ମନୋବୈଜ୍ଞାନିକ ତତ୍ତ୍ୱରୁ ଏହା ଏକ ଦୃଷ୍ଟାନ୍ତ ହୋଇ ରହିବ। ଗୁପ୍ତ ଭାବେ ତୁମକୁ ଆଉ ଗୋଟିଏ ଖବର ଜଣାଇବାକୁ ଚାହୁଁଛି। ମାଲୁର ଶବକୁ ଯାଞ୍ଚ କରିବା ସମୟରେ

ତା' ବସ୍ତ୍ର ଭିତରୁ ତୁମ ନାଁ ଖୋଦେଇ ହୋଇଥିବା ସୁନାର ଏକ ବଟମ ମିଳିଲା। ସେଇ ସୁନାର ବଟମକୁ ମୁଁ ସୁରକ୍ଷିତ ଭାବେ ରଖିଛି।

ମୁଁ ଜାଣିଛି ଯେ ଏହି ଘଟଣାର ଖବର ପାଇ ତୁମର ମନ ବହୁତ ଦୁଃଖ ହେବ। ମୁଁ ହାର୍ଦ୍ଦିକ ସମବେଦନା ଜଣାଉଛି। କିନ୍ତୁ ଧ୍ୟାନ ଦେବ ଏହି ଘଟଣା ଯେମିତି ପିଲାର କାନରେ ନପଡ଼େ।

ଏବେ ଇଷ୍ଟେଟର କଥା...କେମିତି ଭାଗ ବଣ୍ଟା କରାଯାଇପାରିବ ? ତୁମେ ତୁମର ସୁବିଧା ଅନୁସାରେ ଏହି ସପ୍ତାହରେ ଯେ କୌଣସି ସମୟରେ ଆସିପାର। ଆମେ ମିଶି ସିଦ୍ଧାନ୍ତ ନେବା।

ତୁମର ବର୍ଟନ

ପୁନଶ୍ଚ: ଶବକୁ ଇଷ୍ଟେଟର ଏକ ସୁନ୍ଦର ସ୍ଥାନରେ ପୋତିବାର ବ୍ୟବସ୍ଥା କରିବି।

ଏମ୍.ଡି.ବି.

(୧୦)

ଆଠ ବର୍ଷ ଆହୁରି ଚାଲିଗଲା । ଜଣେ ବୃଦ୍ଧ ଏବଂ ତାଙ୍କର କୋଡ଼ିଏ ବର୍ଷର ପୁଅ ରବର ଇଷ୍ଟେଟକୁ ପରିଦର୍ଶନ କରୁଥିଲେ । ପୁଅ ତା' ବାପାଙ୍କ ଭଳି ଲମ୍ବା ଏବଂ ସୁନ୍ଦର । ବୃଦ୍ଧଙ୍କ କେଶ ଚନ୍ଦା ଏବଂ ସମ୍ପୂର୍ଣ୍ଣ ଧଳା ହୋଇଯାଇଥିଲା । ବୃଦ୍ଧାବସ୍ଥାର ଲକ୍ଷଣ ମୁହଁରେ କୁଞ୍ଚନ, ଆଖି ତଳେ ରେଖା ଏବଂ କଳା ଦାଗ ସ୍ପଷ୍ଟ ଭାବେ ଜଣାଯାଉଥିଲା । ମଥାରେ ତିନୋଟି ରେଖା ସ୍ପଷ୍ଟ ଦେଖାଯାଉଥିଲା । ଚମକୁଥିବା ଦାନ୍ତ କୃତ୍ରିମ ।

ସେମାନେ ପୁରା ଇଷ୍ଟେଟରେ ବୁଲାବୁଲି କଲେ । ଶେଷରେ ଇଷ୍ଟେଟର ସୀମାରେ ଥିବା ଏକ ଛୋଟ ପାହାଡର ପାଦଦେଶରେ ଥିବା ଏକ ଛୋଟ ବିଶ୍ରାମଗୃହ ପାଖରେ ପହଁଚିଲେ । ତା' ପାଖରେ ଏକ ଛୋଟ ମଣ୍ଡପ ଅଛି ଏବଂ ତା' ଉପରେ ବିଭିନ୍ନପ୍ରକାର ଲତା ମାଡ଼ିଛି ।

ପୁଅକୁ ଏହି ସ୍ଥାନର ମହତ୍ୱ ବିଷୟରେ କିଛି ବି ଧାରଣା ନଥିଲା । ସେ ସେଠାକୁ ଯାଇ ଦେଖିଲା । ଲତାଗୁଡ଼ିକୁ ସେ ଉଠେଇ ଉଠେଇ ଦେଖୁଥିଲା । ସେସବୁ ଫୁଲ, ଫଳରେ ଲଦି ହୋଇଥିଲା । ସେ ଆଶ୍ଚର୍ଯ୍ୟ ହୋଇ ତା' ବାପାଙ୍କୁ ପଚାରିଲା, "ଏପଟେ ଦେଖ, ଏହି ଗଛମାନଙ୍କୁ ଲଗାଇବାପରେ କେହି ବି ଯତ୍ନ ନେଇନାହାନ୍ତି କିମ୍ବା ପାଣି ଦେଇନାହାନ୍ତି । ତଥାପି, ତୁମେ ଏସବୁକୁ ଦେଖୁଛ ନା ? ଏହି ଅନ୍ଧକାରରେ ଅଜଣାତରେ ବି କେମିତି ସତେଜ ଫୁଲ ଫଳ ହେଇଛି ?"

କୌଣସି ପୂର୍ବ ସ୍ମୃତିରେ ଜାଗ୍ରତ ହୋଇ ବାପା ପୁଅର ମୁହଁ ଏବଂ ଲତା କୁଞ୍ଜ ଆଡ଼କୁ ଚାହିଁ ରହିଲେ ଏବଂ ଏକ ଦୀର୍ଘ ନିଶ୍ୱାସ ନେଇ କହିଲେ, " ହଁ, ରାଘବନ, ତା'ର ନାଁ...ନାଦନ ପ୍ରେମମ୍" ।

ଶଙ୍କରନ କୁଟ୍ଟୀଙ୍କ ଜନ୍ମ କାଲିକଟ ସହରର ପୋଟ୍‌ଟେକ୍କାଟ ବଂଶରେ ୧୪.୦୩.୧୯୧୩ ରେ ହୋଇଥିଲା। ତାଙ୍କ ବାପା କୁଂଜିରାମନ ସ୍କୁଲରେ ଶିକ୍ଷକ ଥିଲେ। କାଲିକଟର ଗଣପତି ହାଇସ୍କୁଲ ତଥା ସାମୂତିରି କଲେଜରେ ତାଙ୍କର ଶିକ୍ଷା ଦିକ୍ଷା ହୋଇଥିଲା। ପିଲାଦିନରୁ ସାହିତ୍ୟ ପ୍ରତି ତାଙ୍କର ଆକର୍ଷଣ ଥିଲା। ନିଜ ପୁଅର କାହାଣୀ ବର୍ଣ୍ଣନା କରିବାକୁ ଆସିଥିବା ଜଣେ ମା'ର ଦୁଃଖ କାହାଣୀ ଛାତ୍ରାବସ୍ଥାରେ ଶଙ୍କରନ କୁଟ୍ଟୀଙ୍କ ମନରେ ଗଭୀର ପ୍ରଭାବ ପକାଇଥିଲା। ମା'ର ମାର୍ମିକ ଅଭିଯୋଗ ଶୁଣି ଛାତ୍ର ଶଙ୍କରନ କୁଟ୍ଟୀ ସେଇ ପୁଅକୁ ଗୋଟିଏ ଚିଠି ଲେଖିଥିଲେ। କିଛି ଦିନ ପରେ ସେଇ ପୁଅ ମା'କୁ ଖୋଜିବାକୁ ଆସିଲା। ତାଙ୍କର ସମ୍ପର୍କ ସୁଧୁରିଗଲା। ସେଇ ଚିଠିରୁ ସେ ଶବ୍ଦର ଆଶ୍ଚର୍ଯ୍ୟଜନକ ପ୍ରଭାବକୁ ବୁଝିଗଲେ। ଏହି ବୁଝିବା ତାଙ୍କୁ ଜଣେ ସାହିତ୍ୟିକ କଲା।

ପାଠ ପଢ଼ା ଶେଷ ହେବାପରେ ସେ ପ୍ରଥମେ ଅଧ୍ୟାପନା ଏବଂ ତା'ପରେ ମୁମ୍ବାଇର ଏକ କପଡ଼ା କମ୍ପାନୀରେ କାମ କଲେ। ଯାଯାବର ଜୀବନ ତାଙ୍କର ସଉକ ଥିଲା। ୧୯୬୨ ମସିହାରେ ନିର୍ବାଚନ ଲଢ଼ି ସେ ସାଂସଦ ହେଲେ।

ତାଙ୍କର ପ୍ରଥମ କାହାଣୀ- 'ରାଜନୀତି' ୧୯୨୮ ମସିହାରେ କଲେଜ ପତ୍ରିକାରେ ପ୍ରକାଶିତ ହୋଇଥିଲା। 'ମାତୃଭୂମି' ସାପ୍ତାହିକ ପତ୍ରିକା ତାଙ୍କ କାହାଣୀ ଲଗାତର ପ୍ରକାଶିତ କରିବାରେ ଲାଗିଥିଲା। ପ୍ରେମ କୀ ସଂଜା, ଘୁଁଘଟ, ବିଷକନ୍ୟା, କଥା ଏକ ଗଳି କି, କଥା ଏକ ପ୍ରାନ୍ତର କି, ଲୋଁଗ, କବୀନା ଏମିତି ଅନେକ ଉପନ୍ୟାସ ସେ ରଚନା କରିଛନ୍ତି।

ରାଜ୍ୟ ତଥା ରାଷ୍ଟ୍ରସ୍ତରୀୟ କେତୋଟି ପୁରସ୍କାରରେ ସେ ସମ୍ମାନିତ ହୋଇଛନ୍ତି। ୧୯୮୦ ମସିହାରେ 'କଥା ଏକ ପ୍ରାନ୍ତର କୀ' ପୁସ୍ତକ ପାଇଁ ସେ ଜ୍ଞାନପୀଠ ପୁରସ୍କାର ପାଇଛନ୍ତି।

ସଂସଦୀୟ ଅନୁଭବ ଉପରେ କେନ୍ଦ୍ରିତ ଉପନ୍ୟାସ 'ନର୍ଥ ଏଭନ୍ୟୁ' ଅଧୁରା ହୋଇ ରହିଛି।

ଅଗଷ୍ଟ ୬, ୧୯୮୨ରେ ଏସ୍. କେ. କୁଟ୍ଟୀଙ୍କର ମୃତ୍ୟୁ ହେଲା।

BLACK EAGLE BOOKS

www.blackeaglebooks.org
info@blackeaglebooks.org

Black Eagle Books, an independent publisher, was founded as a nonprofit organization in April, 2019. It is our mission to connect and engage the Indian diaspora and the world at large with the best of works of world literature published on a collaborative platform, with special emphasis on foregrounding Contemporary Classics and New Writing.

www.ingramcontent.com/pod-product-compliance
Lightning Source LLC
Chambersburg PA
CBHW050424110726
47899CB00008B/2841
9781645607151